KB052218

파라미터O

PARA METER

파라미터O

이준영 SF 장편소설

황금가지

"세상의 따스함을 알려주신 어머니와,

생각하는 방법을 길러주신 아버지와,

살아갈 이유가 되어준 나의 아내에게."

프롤로그

"인간 존재의 비밀은, 그저 사는 것이 아니라
무엇을 위해서 살 것인가에 있다."

— 도스토예프스키, 카라마조프 가의 형제들

소녀는 창조주에게 묻고 싶었다. 자신이 태어난 이유가 대체 무엇이냐고.

일과라고는 먹고 자는 일뿐이다. 생산물이라고는 배설물이 전부인 소녀의 삶은 스스로의 눈에도 별 볼 일 없었다. 꿈속에서야 옛이야기 속 공주도 만나고, 무지갯빛 우주를 건너는 모험을 하기도 했지만, 현실에서는 대여섯 평이 될까 말까 한 어두운 방이 소녀에게 유일하게 주어진 세상이었다. 여기서 소녀는 있으나 마나 한 존재였다. 어쩌면 없느니만도 못할지 모른다. 소녀가 없었다면, 딸의 외모를 본 충격에 자살한 어머니도, 온종일 기계 안에서 잠만 자는 아버지도 지금보다는 나은 삶을 살았을 수 있다.

물론 소녀의 출생은 소녀의 책임이 아니다. 소녀는 그냥 '태어남을 당했다.' 태어나 보니 그 시기가 하필 종족의 마지막이었고, 그 장소가 하필 종족의 무덤이었을 뿐이다.

소녀는 인류의 마지막 세대였다. 선조들의 원죄를 고스란히 물려받아, 아이를 낳을 수 없는 몸으로 태어난 저주받은 세대. 매정한 어른들은 소녀를 비롯한 어린아이들을 작은 방에 가축처럼 몰아넣고, 기계 시종들에게 목동 역할을 맡겼다. 쉬지 않고 울리는 아이들의 울음소리와 코를 찌르는 지린내 속에서, 소녀는 언젠가 이 방을 나갈 수 있으리라는 희망에 기대어서 현실을 견뎠다. 사실 그 희망은 만들어진 희망이었다. 이런 곳에서의 삶이 인생의 전부라고 생각하면 정신이 버틸 수 없었기 때문에, 소녀에게는 가짜 희망이라도 필요했다.

그래서 근거 없는 망상이 자라나 희망이 되었다. 희망은 오랜 세월 끝에 강한 확신으로 다져졌다. 소녀는 생각했다. 자신이 아무런 목적도 없이 태어났을 리 없었다. 지금은 그저 고치 속 애벌레처럼 갇혀 있을 뿐, 이 지옥만 벗어나면 분명 한층 더 나은 무언가로 새로이 태어나리라.

그래서였다. 영원히 잠든 줄 알았던 전파수신기에서 천사의 속삭임이 들리자, 소녀는 주저 없이 행동에 나섰다.

녹슨 철제 파이프를 벽에서 뜯어내 문을 내리찍었다. 태어난 이래 느껴보지 못한 짜릿함에 잠시 몸을 떨었다. 다시 파이프를 휘두르자, 기계종들이 바짓가랑이를 붙잡으며 말렸다. 소녀는 기계종을 거칠게 밀어내며 생각했다. *이 지긋지긋한 방, 이제는 안녕이다! 난 새롭게 태어날 거야!*

신들린 듯 휘두르던 철제 파이프 끝에서, 문득 뭔가가 짓이겨지는 달콤한 느낌이 팔을 타고 올라왔다. 타격점이 움푹 들어가 있었다. 소녀는 눈을 크게 뜨며 한층 더 강하게 몽둥이질을 이어갔다. 폭력은 파이프가 문을 꿰뚫고, 뚫린 구멍이 몸이 통과할 만큼 커지고 나서야 잦아들었다.

소녀는 쓰임을 다한 파이프를 내던지고 거친 숨을 골랐다. 구멍 너머의 어둠이 소녀를 마주 보았지만, 소녀는 조금도 두렵지 않았다. 수신기를 집어 들었다. *천사님, 내가 갑니다.* 소녀는 머리를 구멍으로 들이밀었다.

텅 빈 예배당을 지나 중앙 홀로 나가는 동안 소녀는 아무런 방해도 받지 않았다. 소녀는 홀 중심부로부터 뻗어 나간 캄캄한 복도를 걸은 끝에, 바깥세상으로 나가는 묵직한 문을 마주했다. 동그란 철제문에는 수레바퀴 모양의 녹슨 핸들이 달려 있었다. 소녀는 핸들을 붙잡고 몸무게를 실어 돌리기 시작했다. 그 움직임에 호응하듯, 천사의 맑은 목소리가 울렸다.

"에어락이 수동으로 열렸습니다. 내부 공간과 연결됩니다."

이윽고 쿵 소리와 함께 핸들이 멈추었다. 두근대는 가슴을 가라앉히며, 소녀는 철제문을 잡아당겼다. 그 너머에는 또 다른 문이 있었다.

"으으……."

외마디 신음을 흘리고 나서, 소녀는 짧고 두꺼운 다리를 둥근 문턱 너머로 밀어 넣었다. 두 번째 문에 달린 핸들을 힘주어 돌렸다.

"경고. 경고. 에어락 외부 해치가 수동 개방되고 있습니다. 외부 해치를 열기 전에 내부 해치를 닫아 주세요."

천사의 목소리가 다시 한번 말했다. 소녀는 그 의미를 제대로 이해할 수 없었다. 메인 홀 쪽에서 누군가의 외침이 들렸다. 홀을 돌아본 소녀의 눈동자가 커졌다. 회색 옷을 입은 사내가 소녀의 이름을 외치며 이쪽으로 달려오고 있었다.

"으…… 으아아!"

소녀는 공포에 질려 미친 듯이 핸들을 돌렸다. 여기까지 와서 다시 잡힐 수는 없었다. 빙글빙글 돌아가던 핸들이 문득 '텅' 하는 소리와 함께 멈추었다.

"경고. 에어락 외부 해치가 수동 개방되었습니다. 차단벽이 가동됩니다."

"낸시! 안 돼!"

사내가 외침에도 소녀에 의해 문이 열리고 말았다. 쉬식, 바람 소리가 스쳐 지나갔다. 곧이어 가슴이 내려앉는 듯한 굉음과 함께 사내의 목소리가 끊어졌다. 뒤를 돌아보니, 중앙 홀로 향하는 복도가 차단벽으로 가로막혀 있었다. 차단벽 너머에서 벽을 두들기는 거친 소리가 등을 떠밀어, 소녀는 숨을 몰아쉬며 급히 밖으로 나왔다.

검푸른 하늘. 끝도 없는 하늘이 눈앞에 펼쳐져 있었다. 무한한 공간에서 춤추던 별들이 소녀를 향해 축하하듯 반짝였다. 소녀는 잠시 황홀한 눈으로 별들을 올려다보았다. 시원한 바람이 엉겨 붙은 머리를 어루만졌다. 방 바깥의 세상은 상상했던 것보다 훨씬 넓고 상쾌했다.

손에 쥔 수신기를 들어 올렸다. 전파를 수신하는 방향 게이지가 모래언덕 너머 별 하나를 가리키고 있었다. 소녀는 별을 향해 걸음을 옮기기 시작했다. 얼굴에 번진 웃음이 별처럼 환했다.

황무지의 생존자들

생명이 불살라진 땅 위에 태양이 노을을 뿌리며 내려앉자, 성난 핏줄처럼 꿈틀대는 헐벗은 산맥 위로 대지의 그림자가 내달렸다. 그 찬란한 광경에 경배하는 이는 오직 돌과 바위들, 그리고 태초의 모습처럼 메마른 흙뿐이었다. 노을이 붉게 타오르는 태양 위에 올라 한껏 몸을 펼치며 혈색을 뿜냈다. 엉덩이가 붉게 달아오른 구름들이 듬성듬성 떠다니고, 그 위로는 선명한 하늘이 거뭇한 우주까지 기울었다. 사람의 삶 따위는 한없이 작게 만드는 자연의 위대함 앞에서, 나는 말 없이 붉은 지평선을 바라보았다.

"왔구나, 우리 딸."

머릿속에 엄마의 목소리가 부드럽게 울렸다.

"네."

"저 아름다운 노을을 봐. 지평선과 하늘의 별들까지, 더할 나위 없이 완벽해. 너도 이 광경을 봤으면 했단다. 제시간에 와서 다행이다."

"네, 정말 그러네요. 또 황혼 들판에 계신 거예요?"

"그래, 생각이 날 때마다 이곳에 오곤 해. 그리고 저 아름다운 노을을 보며 감탄하지. 그러곤 이런 생각도 한단다. 우린 이런 광경을 보기 위해 태어난 건 아닐까, 하고."

구름이 만드는 그림자가 노을을 스치고 지나가자, 작열하는 빛의 사선들이 뿜어져 나왔다. 마치 눈앞에서 보는 듯 생생했다.

엄마는 마음에 드는 장소에 북극성 산, 생각 바다, 아침이슬 벌판 등의 지명을 즉석에서 지어 붙이곤 했다(그 중에는 내 이름을 붙인 것도 있었다.). 뭐라고 이름 짓든 우리의 마음이었다. 이 땅이 옛사람들에게 뭐라고 불리었는지, 엄마나 나나 어차피 알 길이 없었으니까.

어느덧 노을이 서쪽 지평선 아래로 사라지기 시작했다. 엄마가 긴 여운을 한숨에 담아 내뱉고는 말했다.

"생물이란 생물은 곰팡이부터 수염고래까지 한 종도 남김없이 다 죽었으니, 이 행성에서 우리는 마지막 관객이야. 하지만 우리가 사라진 이후에도 저 태양은 계속해서 저 산 너머로 지겠지. 그 때는 이 장관을 누가 봐 주려나."

"……그러게요."

"우리마저 죽고 나면, 이 태양계는 관객 없는 공허한 연극이 될 거다. 난 멸종 그 자체보다 그 공허함이 더 두려워. 우주에 비하면 티끌 같다고는 하지만, 우리는 크기에 비해 훨씬 대단한 존재였어."

"뭐가 그리 대단해요? 이렇게 갇혀서 멸종만 기다리고 있는데."

"아니야. 모든 사람은 대단해. 저 땅과 하늘, 우주 저편에서 차갑게 식어가는 별보다도 훨씬 더. 그 아름다움을 느낄 수 있는 게 태양계 안에 우리 말고 또 누가 있니? 관찰하는 사람 없이는, 그 어떤 장관도 아무것도 아닌걸."

피식 웃으면서도, 난 속으로는 엄마의 말에 동의했다. 모든 사람이 다 대단한지는 모르겠지만 최소한 일단 엄마는 분명 대단하다. 방호복 한 벌에 의지해 시설 밖을 홀로 유랑하면서도 이렇게 차분하게 이성을 유지하고 삶을 긍정할 수 있는 사람이 또 있을까? 나는 엄마가 자랑스러웠다. 경외감까지 느낄 만큼.

"태풍 대비를 한다며? 잘 됐니?"

"대강은요."

"어련히 잘했겠지만, 혹시 모르니 시설 내 배터리들은 끝까지 채워두고. 드론으로 바깥 날씨도 자주 살펴야 해. 자연의 무서움을 잊지 마렴. 특히 이 계절에는 말야."

"네, 네. 알겠어요."

검붉은 하늘이 태양을 따라 서쪽으로 몰려들었다. 엄마의 시선을 통해 보는 황혼 들판에 어둠이 조금씩 찾아오기 시작했다. 멋진 광경이지만, 난 고개를 돌리고 싶었다. 그러면 엄마의 모습을 볼 수 있을 것 같았기 때문이다. 그러나 카메라는 엄마의 시선만 건조하게 전달해줄 뿐이다. 정작 내가 그리워하는 그 얼굴은 지금껏 한 번도 비춰주지 않았다.

"……그런데, 언제 오세요?"

잠시 침묵이 흘렀다. 빠르게 덧붙였다.

"어차피 이곳저곳 유랑하고 계시잖아요. 시설이라고 못 올 이유가 뭐예요?"

"미안하다. 시설은 워낙 멀어서…… 아무래도 한동안은 어려울 것 같구나."

"……."

이번에는 내가 엄마의 말을 침묵으로 받았다. 잠시 후, 엄마는 애써 밝은 목소리로 덧붙였다.

"그래도 이렇게 지호 박사님 덕에 경험을 나눌 수 있으니 다행 아니니? 내가 보는 것을 네게도 생생하게 보여줄 수 있고."

"……네."

건성으로 대답하고 나니 갑자기 부아가 치밀었다. 나는 화난 목소리로 덧붙였다.

"하지만 얼굴도 안 보이잖아요. 만질 수도 없고. 어려운 기술도 아닌데. 솔직히 별로예요. 아니, 별로가 아니라, 진짜 구려."

"조슈야, 나의 딸…… 나도 너를 만나서 꼭 안아주고 싶단다. 이

건 진심이야. 하지만 상황이 여의치 않구나."

"어떤 상황이요? 카일 그 자식은 감옥에서 썩고 있어요. 그러니 안심하고 돌아오셔도 돼요. 엄마는 피해자일 뿐이잖아요. 대체 왜 피해자가 숨어 지내야 하는 건데요?"

대외적으로 카일은 엄마를 습격해 죽음에 이르게 한 인물이었다. 엄마가 지호 아저씨 덕분에 살아서 몰래 시설을 빠져나갔다는 사실은 나와 아저씨 외에는 아무도 몰랐다. 엄마가 한숨처럼 말했다.

"……말하기 어렵지만, 어쩔 수 없는 사정이 있단다. 언젠가는 너도 모든 걸 알게 될 거야. 그리고 그때에는 나를 이해해줬으면 좋겠구나."

"지금도 이미 알 만큼 알아요! 대체 언제까지 저를 어린애 취급하시려고요?"

어느새 검푸른 밤하늘이 먹먹하게 시야를 가득 채우고 있었다. 드문드문 박힌 별빛이 눈물처럼 반짝거렸다.

"……미안하다."

그 말이 다였다. 정적과 함께, 무언가가 소리 없이 볼 위로 흘렀다. 그때, 나이 든 사내의 다급한 목소리 하나가 정적을 깨고 끼어들었다.

"조슈! 긴급상황이래!"

볼 위의 액체를 닦아냈다. 가라앉은 목소리로 말했다.

"가볼게요."

"그래, 조슈. 또 연락할게."

뇌 전화를 끊기 위해 머릿속으로 문을 그렸다. 눈앞에 생겨난 문으로 들어서자, 지평선이 밤하늘과 땅을 먹어치웠다.

숨이 턱까지 차오르고 폐가 조여 왔다. 산소가 부족해 안 그래도 죽겠는데, 무거운 방호복까지 자비 없이 어깨를 짓눌렀다. 모래바람 때문에 시야가 짧아 답답했다. 잠시 달리기를 멈추고 빠른 걸음으로 걸었다. 폐를 짜내듯 숨을 거칠게 몰아쉬었다.

"아, 정말! 얘는 대체 왜 나간 거야?"

"모르겠어요! 워낙 눈 깜짝할 새 일어난 일이라……."

엘라가 말한 긴급상황이란 엉뚱하게도 탈주 사건이었다. 안쪽 수용구역에 있던 여자아이 낸시가 방호복도 없이 갑자기 밖으로 나갔다. 하다 하다 보모 노릇까지 해야 하다니 어이가 없었지만, 일단은 빨리 낸시를 찾아 데려와야 했다. 맨몸으로 바깥의 방사선을 쐬는 것도 물론 충분히 위험하지만, 그 전에 높은 이산화탄소 농도가 30분 만에 낸시를 질식시킬 것이다.

"선생님, 벌써 20분이 되어가요. 내, 낸시가 죽으면 어떡하죠?"

제기랄. 나는 다시 달리기 시작했다. 해치가 열리면서 내려온 차단 격벽 때문에 이미 시간이 많이 소모되었다. 내가 늦는다면, 데리고 돌아가야 할 것은 사람이 아니라 시신이 될 수도 있었다. 오, 주님! 어째서 제게 이런 거지 같은 시련을!

어느새 저녁의 어스름이 지평선까지 깔렸다. 하늘 위에 뜬 엘라의 드론도 한줄기 불빛에 의지해 간신히 발자국을 좇고 있었다. 스포트라이트를 최대 세기로 올렸지만, 눈앞의 모래바람만 진해졌다.

"차…… 찾았어요!"

불길한 목소리에 심장이 쿵쾅거렸다. 별을 밟고 멈춰 서서, 드론은 모래언덕 위 커다란 바위 하나를 내리비추고 있었다. 다급하게 언덕을 기어오르며 물었다.

"낸시는?"

"정신을 잃은 것 같아요! 어…… 어떡해요! 으아앙!"

까끌한 모래 알갱이 위에서 다리가 자꾸 미끄러졌다. 이를 악물었다. 바위 위로 간신히 몸을 밀어 올렸다. 차가운 바위 위에 쓰러진 땅딸막한 형상이 스포트라이트 아래서 빛났다.

"낸시! 정신 차려! 낸시!"

엎드린 몸을 돌리자, 낸시의 울퉁불퉁한 얼굴이 드러났다. 헝겊 같은 옷이 모래바람에 휘날렸다. 뭉툭한 손은 뭔가를 꽉 쥐고 있었다.

챙겨온 호흡기를 낸시의 얼굴에 가져다 댔다. 마스크 부분이 펼쳐지면서 얼굴을 덮고 산소를 불어 넣었다. 천천히 부푸는 가슴을 확인하고, 낸시의 경동맥에 손을 댔다. 장갑 센서에 느리고 약한 맥박이 잡혔다.

"낸시!"

대답은 없었다. 두 팔을 낸시의 몸 아래 밀어 넣고 천천히 들어 올렸다. 무게감에 욕이 절로 나왔다. 팔에 부착된 온도 센서가 낸시의 몸에 남아있는 온기를 전해 왔다.

"아직 늦지 않았어. 에어락 안쪽에 기계종들 대기시켜 줘. 바로 의무실로 데려갈게."

"아, 알겠어요⋯⋯!"

엘라는 코맹맹이 소리로 대답했다. 드론이 시설 입구를 향해 앞장서서 날았다. 얼굴에 송골송골 맺힌 땀이 흘러내렸다. 방호복 안쪽에서 와이퍼가 움직여 물기를 닦아주었다.

비가 모래와 먼지를 씻어내리기 시작했다. 거센 바람이 두들기자 방호복 옷자락도 부들부들 떨려 왔다. 엘라의 드론도 위태롭게 흔들리고 있었다. 보이지 않는 거대한 파도에 휘말려 표류하는 배처럼.

"엘라, 괜찮아?"

"바람이 너무 심해요!"

다음 순간, 옆에서 불어오는 바람에 나는 중심을 잃고 넘어질 뻔했다.

"아앗!"

"앗! 괜찮으세요?"

"아니!"

숨을 몰아쉬었다. 이 사이로 신음을 흘리며 자세를 바로잡았다. 올라야 할 오르막길의 끝은 아직 까마득했다. 대체 이게 무슨 고생이야. 포기하고 싶다는 생각이 간절했다.

갑자기 눈앞이 번쩍 환해졌다. 표류하던 드론을 향해 번개의 창이 메다 꽂히는 모습이, 찰나의 순간 지나갔다.

"엘라?"

현실감 없는 잔상에 눈을 의심하던 다음 순간, 거대한 굉음이 귀를 울렸다. 드론이 다운되었기 때문인지 엘라의 대답은 들려오지 않았다. 올려다본 하늘에는 별들을 집어삼킨 시커먼 먹구름뿐이었다. 다음 희생양을 찾는 듯, 스파크가 먹구름 표면에서 번쩍이며 으르렁거렸다.

"이런 젠장!"

재빨리 뒤로 돌아서서, 몸을 낮춘 채 언덕 아래로 내달렸다. 고개를 돌려 피할 곳을 찾았다. 마침 아래쪽이 움푹 팬 커다란 바위가 보였다. 재빨리 낸시와 내 몸을 그 작은 틈으로 밀어 넣었다.

낸시를 내려놓자 허리가 뒤늦게 아려왔다. 전력량을 확인해보니 내게 남은 시간은 6시간가량이었다. 하지만 그보다는 낸시의 생명줄을 붙든 비상용 산소호흡기가 얼마나 갈지가 문제였다. 낸시의 얼굴을 보다 입술을 깨물었다. 이 답답한 애는 대체 왜 이런 때 밖으로 나와서 사람을 고생시키는 거야!

"……생님? 들리세요? 선생님!"

엘라의 다급한 목소리가 들렸다. 시설과 직접 연결된 통신 채널이었다.

"엘라? 들려!"

"갑자기 드론을 잃었어요! 무슨 일이에요?"

"번개가 치고 있어. 네 드론이 맞은 것 같아."

때맞춰 천둥소리가 울렸다. 엘라가 놀랐는지 잠시 말이 없었다. 엘라를 안심시키기 위해 차분한 목소리로 덧붙였다.

"괜찮아. 지금은 저지대로 내려와서 바위 아래 숨어있어."

"선생님, 낸시를 구조하는 것도 중요하지만 너무 무리하지 마세요. 선생님까지 잃을 수는 없어요!"

"걱정 마. 난 괜찮아."

"으으……."

신음과 함께 낸시가 눈을 떴다. 잠깐 반가워할 뻔하다, 나는 인상을 찌푸리며 외쳤다.

"낸시 너! 대체 왜 나온 거야? 절대 밖으로 나오지 말랬잖아!"

"여……, 여긴……?"

"넌 어디로 가는지도 모르고 나온 거야? 대체……."

낸시는 다시 눈을 감았다. 나는 한숨을 내쉬고 바위에 몸을 기댔다. 낸시는 자신의 손을 얼굴 쪽으로 들어 올렸다. 그 손에는 구형 전파수신기가 들려 있었다. 낸시는 화면에 뜨는 신호를 뚫어져라 보았다.

"그 신호를 따라간 거야? 대체 그게 뭔데?"

낸시는 간신히 미소를 지었다. 낸시의 입이 달싹거렸다.

심장이 내려앉는 것 같았다. 바위를 깎아낼 것처럼 맹렬하게 몰아치는 바람 소리에 목소리는 들리지 않았지만, 입 모양이 분명 그렇게 움직였다.

"황혼······ 들판······"

전혀 예상도 못 한 곳에서 엄마의 목소리가 메아리치듯 들려왔다.

"······뭐? 지금 뭐라고 했어, 황혼 들판이라고?"

연이어 들려오는 천둥소리에 내 목소리도 묻혔다. 낸시는 천천히 눈을 감았다.

낸시가 말한 곳이 설령 엄마가 말했던 바로 그곳이라 해도, 끝내 낸시는 그 장소에 닿지 못했다. 번개는 두 시간 넘게 멈추지 않았고 호흡기는 낸시를 끝까지 지켜주기엔 너무 낡았기 때문이다. 까무룩 잠이 들었다가 일어났을 때 낸시의 몸은 차가운 침묵에 잠겨 있었다. 언제 그랬냐는 듯 고요한 세상 속에서, 나는 지친 몸으로 낸시를 안아 들었다.

방호복의 전력 부족 경고음과 함께 거친 황무지를 지났다. 시설 입구에 다다랐을 때는 남은 전력이 10%에 불과했다. 해치를 열고 낸시의 몸과 함께 에어락에 들어섰다. 시설의 안내 음성이 울렸다.

"경고. 방사능에 오염된 유기체가 포함되어 있습니다."

안내 음성은 수십 년째 처음 녹음했던 사람의 목소리 그대로였다. 바로 엄마의 목소리였다. 시설에서 추방된 사람의 목소리지만 아무도 뭐라 하지 않는 건, 유일한 엔지니어가 나였기 때문이리라. 시설 안에 엄마 목소리가 가득한 덕에, 나는 평소에도 외롭지 않았다.

"세척해 줘요."

에어락 안에 거친 바람이 몰아쳤다. 동기화된 방호복 표면이 진동하며 먼지를 털어냈다. 기계팔이 다가와 낸시의 굳은 몸을 들어 올리더니, 몸 구석구석을 에어건으로 씻어냈다. 나는 '오염된 유기체'가 된 낸시의 모습을 차마 바라보지 못하고 고개를 돌려버렸다. 잠시 후, 세척이 끝나고 안쪽 해치가 열렸다.

"조슈 선생님! 으아앙!"

한쪽 다리가 짧은 소녀가 울음을 터뜨리며 내게 안겨 왔다. 동년배 아이 중 유일하게 멀쩡한 지능과 두 손을 갖고 태어나, 내가 차기 엔지니어로 교육하고 있는 엘라였다.

"다녀왔어, 엘라."

엘라의 등을 토닥이며 복도를 둘러보았다. 어두운 복도에 사람이라곤 우리뿐이었다. 낸시의 시신을 옮기기 위해 대기 중인, 무릎 높이의 기계종들이 말없이 우리를 올려다보고 있었다. 입술을 깨물었다. 한 아이가 죽어 돌아왔는데 마중 나오는 사람조차 없다니.

기계종들에게 낸시의 시신을 맡겼다. 녀석들은 두 줄로 늘어서서 시신을 메고 의무실로 향했다. 엘라가 눈물을 닦아냈다.

"……선생님이 무사히 돌아와서 다행이에요."

"고마워."

"전 통제실로 돌아가 볼게요. 태풍 때문에 전력을 관리해야 해서요. 아 참, 감옥에서 카일 씨가 또 기계종을 부숴서, 공학 연구실 앞에 갖다뒀어요."

불쾌한 이름에 나는 얼굴을 찌푸렸다.

"또? 하여간 그 자식은 굶겨 죽여야 해."

엘라는 걱정스러운 얼굴로 고개를 끄덕이고는 특유의 경쾌한 엇박자 발걸음으로 통제실을 향해 사라져갔다. 나는 기계종들을 따라 의무실로 향했다.

"죽었어."

침상 위에 반듯하게 누운 낸시의 몸뚱어리를 본 의사는 간단히 결론을 내렸다.

"저도 알아요."

눈살을 찌푸리며 그를 바라보았다. 매부리코 위에 걸친 오래된 안경에는 먼지가 들러붙어 있었고, 머리는 오랫동안 감지 못해 기름이 질질 흘렀다. 한때는 흰색이었을 낡디 낡은 누런 가운에는 '지호'라는 이름이 박혀 있다. 의사임에도 불구하고, 목숨을 맡기기엔 영 믿음이 가지 않는 모습이었다. 남아있는 유일한 의사였기에 의무실을 차지하고 있기는 했지만.

"아무래도 이 녀석들을 감시하는 기계종의 수를 늘리자고 헬레나에게 건의해야겠군."

"마음대로 하세요. 그럴 거면 '메니'부터 기증하시던가요."

지호 아저씨의 뒤편에서 대기하고 있던, 머리 뒤편에 주황색 마크가 칠해진 기계종을 가리키며 말했다. 내 말투가 마음에 들지 않았는지 지호 아저씨가 나를 향해 눈을 부라렸다. 나는 낸시가 들고 있던 전파수신기를 들고 이리저리 돌려보았다.

"그건 뭐냐."

"낸시가 들고 있던 거예요. 이거 때문에 나간 모양이에요."

지호 아저씨가 다가와 수신기를 집어갔다. 구석구석 살펴보았다. 전원을 켜자, 화면에 나타난 것은 노이즈뿐이었다.

"엄청 구식이군."

"그래도 작동은 하나 봐요. 낸시가……."

'엄마의 전파를 찾았을지도 몰라요.' 나는 말의 뒷부분을 목구멍으로 삼켰다. 엄마를 찾아 나가겠다고 하면, 지호 아저씨는 분명 나를 말릴 것이다. 게다가 낸시의 입 모양을 내가 제대로 보았는지도 확신이 없었다. 정신이 이상해진 낸시가 아무렇게나 읊조린 것을, 내가 보고 싶은 대로 해석한 걸지도.

"낸시가 뭐?"

"……거기서 뭔가를 들었다는 거 같았어요. 뭐, 보나 마나 잡음이겠지만."

나는 짐짓 태연하게 말하며 수신기를 도로 뺏어왔다. 지호 아저씨가 내 쪽을 빤히 바라보다 말했다.

"난 또 전력에 문제라도 생긴 줄 알았다. 긴급상황이란 게 고작 이런 건 줄 알았으면 뇌 전화에 끼어들지도 않았을 거야."

"고작이라뇨? 낸시의 목숨이 달린 일이었잖아요?"

"애 하나 죽는다고 세상이 바뀌기라도 했냐?"

나는 입을 다물었다. 잠시 침묵이 흐르고 나서, 아저씨는 한숨을 내쉬곤 느릿느릿 말했다.

"자기가 하고 싶은 걸 하다 죽어도 나름 호상이야. 애초에, 저 녀석이 더 오래 살아서 대체 뭘 할 수 있었겠냐? 남들에게 피해만 줄 바에야, 차라리 적당히 일찍 삶을 끝내는 편이 나을지도 모르지."

나는 눈살을 잔뜩 찌푸리며 아저씨를 노려보았다.

"……의사라는 분이 그렇게 말하셔도 돼요? 비인간적이네요."

"비인간적이라고?" 지호 아저씨는 낄낄 웃었다. "인간성이란 것도 미래가 있을 때나 찾는 거지. 이 판국에 인간성은 무슨."

'구제불능이로군.' 솔직히 말해, 엄마만 아니었으면 이 우울하고 냉소적인 의사를 상대할 일은 결코 없었을 것이다. 힘없는 발걸음으로 의무실을 나서려는데, 그가 내 뒤통수를 향해 말했다.

"너도 고생 그만하고 쾌감기를 써보지 그러냐."

나는 손을 내저었다.

"전 그렇게 삶을 허비하고 싶지 않아요."

"허비한다는 말은 본래 목적에 맞지 않게 헛되이 쓴다는 뜻이지. 그럼, 삶의 본래 목적이 대체 뭐냐?"

걸음을 멈추고 돌아보았다. 아저씨는 진지한 얼굴로 나를 바라보고 있었다.

"삶의 본래 목적이요?"

"그래. 어떤 인생을 살아야 삶을 '허비하지' 않는 건데? 헛된 꿈을 좇는 것? 행복을 추구하는 것? 아니면 저기 저 게이브처럼 신의 뜻에 따르는 것?"

"……."

"우리 삶에 본래 목적이라는 게 정해져 있긴 한 거냐? 조슈. 넌 어떤 삶이 허비하지 않은 것이라고 생각하는 거냐? 아무것도 못 하고 죽은 낸시는 삶을 허비한 거냐?"

말문이 막혔다. 잠시 대답을 기다리던 지호 아저씨는 곧 허리를 바로 세우며 말했다.

"쾌감기를 쓰는 사람들은, 가장 순수한 형태로 행복을 추구하고 있는 거다. 인생을 가장 보람있게 보낼 수 있도록."

말도 안 되는 궤변이다. 갑자기 반감이 치밀어 빠르게 쏘아붙였다.

"자기 딸이 죽은 것도 모르고 기계에만 처박혀 있는 제럴드 아저씨를 봐요. 거기에 보람이라는 말이 어울려요? 그리고, 우리 종족이 어쩌다 이 모양이 되었는데요? 하나같이 그놈의 영원한 쾌감만 쫓다 이렇게 된 거 아니에요!"

"어쩌겠냐, 신이 우릴 이렇게 만드셨는데."

아저씨는 두 손바닥을 들어 올려 보였다. 잠시 아저씨를 노려보다가 뒤돌아 의무실을 나섰다. 그가 내 뒤통수에 대고 외치는 소리가 들렸다.

"어차피 네 인생이니 강요하지는 않는다. 하지만 언제든 생각이 바뀌면 말해."

"……그랬군. 고생했네."

보고를 마치자, 시설의 장로 헬레나는 짧게 대답하고 고개를 가로저었다.

"탈주라니……. 생각지도 못했던 일이군. 왜 그랬을까?"

"이유는 잘 모르겠습니다. 워낙 돌발행동을 많이 하던 아이라……."

노년의 여인은 쓰던 종이를 책상 옆으로 밀어놓고 천천히 몸을 일으켰다.

"장례는 나와 게이브 목사가 준비할 테니, 자네는 낸시가 어떻게 수용시설을 빠져나왔는지 조사해 주게."

"알겠습니다."

"수고가 많네."

장로는 내 어깨를 짚고 토닥였다. 나는 책상 쪽으로 시선을 돌렸다. 수많은 종이 뭉치들에는 글씨가 빼곡하게 적혀 있었다. 나는 헬레나에게 물었다.

"장로님, 선조들에게 삶의 목적은 무엇이었을까요?"

"선조들……? 그건 갑자기 왜 묻는가?"

"그냥……. 그 아이의 죽음을 보니 이런저런 생각이 많아지네요. 장로님은 역사를 정리하시니까, 어떻게 생각하실까 싶어서요."

헬레나는 구부러진 손가락으로 낡은 안경을 집어 들어, 회색빛 눈동자로 나를 지그시 바라보았다.

"글쎄, 사람마다 저마다의 목적이 있었겠지. 아주 먼 옛날 동물처럼 살던 조상들에게는 생존 내지는 번식이었을 테고. 문명이 생긴 후에는 누군가는 왕의 명령이나 신의 목소리에 목숨을 걸기도 했겠지만, 대부분의 사람들은 단순히 밥벌이하느라 정신이 없었을 걸세. 삶의 의미 같은 것도 물질적 풍요가 뒷받침되어야 고민할 수 있는 거니까."

"그럼 풍요로운 시대의 선조들은 어땠을까요?"

"재산을 늘리는 일이나 깨달음을 얻는 것, 개인의 행복이나 정신적인 평온 등 각자 자기가 믿는 대로 살지 않았겠는가? 아, 아마 역사를 기록하는 일을 삶의 목적으로 삼은 사람들도 있었을 테지. 나처럼 말이네."

노인은 천천히 미소지었다. 삶의 나침반을 가진 사람만이 지을 수 있는 확신에 찬 미소였다.

예전에, 어차피 읽을 사람도 없는데 역사를 정리해서 뭐하냐며 헬레나를 비웃는 이가 있었다. 그러자 헬레나는 이렇게 대답했다.

"오, 맞아요. 잉카의 매듭 기록이나 이집트 상형문자 기록도 사용하던 사람들이 사라지고 나서 오랜 세월 잊혔었죠. 하지만, 둘 다 끝내 누군가가 찾아냈고, 누군가가 그 해독법을 밝혀냈습니다. 제가 남기는 이 기록도 마찬가지예요. 누군가가 찾아내 줄 거예요. 그들이 인간일지 아닐지는 모르지만요."

그때의 모습을 떠올리며 속으로 생각했다. 헬레나처럼, 나도 살아갈 이유를 찾고 싶다고.

장애아 수용구역은 예배당 너머에 있었다. 우리 종족의 마지막을 전시하는 우울한 장소였기에, 이곳을 찾는 어른은 거의 없었다. 수용구역과 예배당을 연결하는 복도에 도착하자, 한때 문의 역할을 하던 플라스틱 재질의 얇은 판이 보였다. 문 가운데에는 낸시의 몸이 통과하기에 꼭 맞는 크기의 구멍이 뚫려 있었다. 아이들을 보호하는 울타리 수준의 물건이지만, 그렇다고 아이가 맨몸으로 구멍을 뚫을 수 있는 재질은 아니었다.

수용구역에 들어섰다. 방은 낸시가 일으킨 소란의 흔적으로 온통 난장판이었다. 뒤처리하던 기계종이 쓰레기를 들고 무릎 아래로 지나갔다. 한쪽 구석에서 남은 아이들을 돌보던 다른 기계종들이 내게 꾸벅 인사했다. 사람은 너나 할 것 없이 쾌감기와 수면실에 박혀버린 이 마지막 사회에서, 활력은 아이러니하게도 감정 없는 기계들이 불어넣고 있었다.

바닥을 살피던 나는 곧 범행 도구를 찾아냈다. 바닥에 어질러진 장난감이나 인형들, 쓸모를 알 수 없는 이런저런 기계장치들 사이에서 길이가 50센티미터 정도 되는 철제 파이프가 바닥을 구르고 있었다. 한숨을 내쉬며 봉을 집어 들었다. 시설 벽에서 흔히 찾아볼 수 있는 낡은 파이프였다. 예전에는 시설 전체에 거미줄처럼 뻗어 뭔가를 나르던 모양이지만, 지금은 쓸모없는 고철 덩어리에 불과한 물건이다.

벽으로 다가가 다른 파이프를 붙잡고 몇 번 힘주어 흔들었다. 잠시 저항하나 싶더니, 파이프는 곧 거친 쇳소리와 함께 뜯어져 나왔다. 방에 남아있는 다른 파이프들도 마저 뜯어 챙겼다. 이런 일이 또 일어날 여지를 남겨둘 수 없었다.

나가기 전에 한 번 더 방을 둘러보다, 기계종들에게 둘러싸인 아이들에게 눈길이 갔다. 신체의 한 부위가 지나치게 작거나 혹은 커다란 아이도 있고, 성인 주먹만 한 혹이 몸에 달린 녀석들도 있었다. 피부가 호두껍데기처럼 얽힌 아이도 있었다. 옛 기록에 남아있는 소위 '비장애인 호모 사피엔스'가 더 이상 태어나지 않은 지도 수십 년이다. 그마저도 이제는 거의 태어나지 않는다. 수십 년 동안 유전자를 좀먹어 온 방사능이 끝내 인간의 핏줄을 완전히 끊어버릴 모양이다.

한 기계종이 갓난아기를 품에 안은 채 가만히 토닥였다. 다른 기계종 둘은 사지를 움직이지 못하는 열 살 난 아이를 위해 배설물을 치우고 음식을 먹이고 있었다. 아이들의 부모는 쾌감기를 쓰고 있거나 수면 중일 것이다. 그 생각을 하니 기계종들이 사람보다 오히려 숭고해 보일 지경이다.

"차라리 너희들이 낫구나."

내가 중얼거리자 가장 가까이에 있던 한 기계종이 냉큼 고개를 돌렸다.

"……명령을 이해하지 못했습니다. 다시 말씀해 주세요."

나는 손을 내저었다. 빤히 나를 올려다보던 녀석은 다시 자신이 돌보던 아이를 향했다. 피식 웃음이 나왔다. 벽에 기댄 채 한동안 그들의 모습을 바라보았다.

낸시의 장례식은 게이브 목사의 주재로 예배당에서 간단하게 치러졌다. 나는 가장 뒤쪽 자리에 앉아, 뒤늦게 달려온 낸시의 아빠 제럴드의 의미 없는 눈물과, 경건하게 진행되는 의식, 그리고 지호 아저씨를 비롯한 건조한 표정의 조문객들을 지켜보았다. 한 시간 정도 진행된 예배가 끝나고 나서, 낸시의 육신은 음식 합성에 사용되기 위해 (일명 '자원 순환기'라고도 불리는) 똥통으로 들어갔다. 그것으로 끝이었다. 아무 일도 없었다는 듯, 사람들은 원래 자리로 돌아갔다.

허무했다. 이 비좁은 시설에서 장례식은 몇 차례 겪어봤지만, 죽음이라는 것에는 도무지 익숙해지지 않았다. 통통에서 분자 단위로 으깨져 사라지는 것이 이 시설에서 살아가는 모든 이들의 숙명이다. 언젠가 내가 죽어도 저렇게 끝날 거라는 생각이 머리를 붙들었다. 무서웠다. 내가 살아있었다는 흔적을 세상 어딘가에 남길 수나 있을지.

불현듯 웃음이 나왔다. 설사 뭔가를 남긴다 해도 의미가 있기는 할까. 기억해 줄 이조차 없을 텐데.

이런저런 생각에 빠져 예배당에 멍하니 앉아 있는데, 문득 정리를 마무리한 게이브 목사가 다가왔다.

"지난밤 정말 큰 일을 했습니다. 이런 어두운 세상에서 당신 같이 빛나는 젊은이를 보면, 그래도 인류에게 희망이 남아있는 것 같아 힘이 납니다. 낸시의 영혼과 조슈에게 주님의 가호가 있기를."

사제의 단아한 검은 옷 위로 목에 걸린 은빛 십자가가 흔들렸다. 마음이 따듯해지는 듯하여, 나도 모르게 손을 모았다.

"저도 목사님의 말씀에 힘이 나네요. 지호 아저씨는 낸시를 구하러 간 게 쓸모없는 일이었다고 했거든요."

목사는 얼굴을 찌푸리며 고개를 저었다.

"그 사람은 정말……. 조슈, 그런 말에는 귀 기울이지 말아요. 아무리 상황이 힘들다 해도 우리는 인간성을 잃어서는 안

됩니다. 이것은 인류 최후의 시련이에요. 우리는 하나님께서 우리를 위해 열어 두신 올바른 길을 따라가야 합니다. 당신이 낸시를 구하러 간 것처럼 말입니다."

"시련이라고요……" 나는 수용소의 아이들을 떠올리며 중얼거리듯 말했다. "……저는 가끔, 하나님이 우릴 버리신 게 아닐까 생각해요."

게이브가 고개를 천천히 가로저었다.

"하나님이 우릴 진정 버리셨다면, 이렇게 마지막으로 인간성을 유지할 기회도 남겨 주지 않으셨을 것입니다. 우리는 아직 여전히 서로 사랑하고, 아낄 수 있는 선택지가 있습니다. 우리가 창조주의 의지에 따라 그 마지막을 보내고 있음을 보여 드릴 기회가요."

목사의 말에 천천히 고개를 끄덕였다. 그의 믿음직하고 깊은 눈을 바라보며 물었다.

"목사님, 삶의 목적은 무엇일까요? 아무것도 이루지 못하고 죽은 낸시는 삶을 허비한 걸까요?"

"하나님의 길을 따르는 것이 우리의 삶의 목적이지요. 낸시는 그 길을 깨닫기에는 아직 너무 어렸을 뿐이고요."

게이브 목사의 대화 끝에 마음이 편안해졌다. 한결 가벼운 발걸음으로 수면실로 돌아와 낡은 침대에 눕는데, 허벅지 뒤쪽으로 주머니 속 무언가가 밟혔다. 꺼내 보니 낸시의 전파수신기였다. 쓸모가 없어 창고 구석에서 나뒹굴다 낸시의 눈에

띈 모양이다.

영점을 가리키는 게이지를 보자, 잊고 있던 중요한 사실이 불현듯 떠올랐다. 지금은 잡음뿐이지만, 낸시는 분명 어떤 신호를 확인하고 밖으로 나갔다. 낸시를 구해 올 때 내 눈으로 직접 전파수신기에 잡힌 신호를 보았으니 확실했다.

누구였을까? 가슴이 두근거렸다. 낸시의 입술을 내가 제대로 읽은 게 맞다면, 낸시가 들은 것은 엄마가 보낸 전파가 분명했다. 이 행성 위에 남아있을지도 모르는 다른 생존자나, 우주 너머의 누군가일 가능성은 고려할 필요조차 없었다.

엄마라고 믿고 싶다는 소망이, 엄마가 맞다는 확신으로 변하기까지 오래 걸리지 않았다. 전파를 보낸 건 엄마야. 나는 스스로에게 다짐하듯 중얼거렸다. 조심스레 수신기를 충전기 위에 올려놓았다. 엄마와 연관이 있는 이상, 낸시가 받은 신호에 대해서는 누구에게도 보고할 수 없었다.

눈을 감았지만 잠이 오지 않았다. 엄마를 만날 날이 머지않았다는 생각에 벌써부터 가슴이 두근거렸다.

오프라인

다음날, 평소와 다른 삐삐거리는 소리에 눈을 떴다. 벽면에 비치는 붉은 불빛을 향해 시선을 돌린 나는 정신이 번쩍 들었다. 내 눈을 믿을 수 없었다. 전파수신기에 신호가 잡히고 있었다!

떨리는 손으로 다이얼을 살짝 돌려 주파수를 바꿔 보았다. 신호는 툭 떨어져 0을 가리켰다. 주파수를 원래대로 돌려놓자, 게이지가 다시 솟구쳤다. 나는 소리를 지를 뻔했다.

지호 아저씨를 찾아 의무실로 향했다.

"지호 아저씨, 혹시 지금 엄마랑 통화 중이에요?"

상기된 내 목소리에 지호 아저씨가 의아하다는 듯 되물었다.

"아니. 왜 그러냐?"

"지금 엄마랑 통화할 수 있어요?"

"말해줬잖냐. 이 시간에는 자고 있을 거야."

예상대로의 반응이었지만, 상관없었다. 곧장 정문으로 달려가 해치의 창문 너머로 바깥을 살폈다. 어제까지만 해도 비바람이 몰아치던 하늘은 밤사이 제법 가라앉아 있었다. 곧바로 공학연구실로 가서 내 드론의 아랫면에 낸시의 전파수신기를 부착하곤 통제실로 갔다. 엘라는 자러 갔는지 없었다. 나는 드론 조종석에 앉았다.

"드론 S455 기기 가동 준비 완료."

엄마의 안내 음성과 함께, 화면에 육중한 격납고 문이 나타났다. 계기판을 조작해 문을 열었다. 문의 틈새가 벌어지자, 지평선이 파란 하늘과 모래 빛 땅 사이를 가로질렀다. 조종간을 밀자, 드론은 푸른 하늘로 뛰어들었다.

드론의 카메라 시야 구석에, 부착해 둔 전파수신기가 보였다. 점멸하는 붉은 빛이 나침반처럼 한 방향을 가리켰다. 드론을 빙글 돌려 북서쪽을 향하자, 태양빛을 모으는 거대한 집광기들이 화면을 스쳐 지나갔다. 속도를 올렸다. 번개를 피했던 바위 지대와 낸시를 구한 모래언덕이 연달아 발아래로 흘러갔다.

통제실에서 일하는 기계종인 세타7이 가져다준 아침을 먹으며 드론의 비행을 지켜보다가, 자동비행 모드로 전환하고 조종석에서 일어났다. 시설 내 전력 상황을 확인하기 위해서였다. 지난번의 태풍 때문에 한동안 충전을 못 한 탓인지 시설 배터리의 전력량이 절반밖에 남지 않았음을 확인할 수 있었다. 전력 소비량을 살피던 나는 고개를 끄덕였다. 조명을 비롯해 필수적이지 않은 소비는 이미 엘라가 최소화해 두었고, 아낀 전력은 배터리 충전에 사용되고 있었다. 만족스러운 대처였다. 엘라는 배움이 빠른 아이였다.

"경고. 드론 S455가 태풍에 접근하고 있습니다."

갑자기 들려온 안내 음성에 드론 화면으로 시선을 돌렸다. 화면은 까맣게 먹칠한 듯 거대한 먹구름으로 가득했다. 두꺼운 팔뚝 같은 구름 위에서 번개가 핏줄처럼 내려쳤다.

급히 조종석에 앉았다. 고도를 낮추며 땅 쪽을 살폈다. 저 먹구름으로 들어갔다가는 폭풍에 휘말려 드론을 잃고 말 것이기 때문이다. 일단 땅에 내려앉아서 구름이 지나가길 기다려야 했다.

하지만 지면에 가까워질수록 바람의 세기도 강해졌다. 도저히 드론이 날 수 있는 환경이 아니었다. 바람에 휘말린 듯 화면이 어지러이 춤추었다.

"이런 젠장!"

드론이 말라붙은 계곡 아래로 빨려들었다. 황토색 빛깔의 바위들로 이루어진 절벽 표면이 아찔하게 다가왔다가 스쳐 지나갔다. 마이크를 통해 들려오는 거친 바람 소리가 요란하게 귀를 때렸다. 잠시 후, 퍽 하는 소리와 함께 화면이 빙글빙글 돌기 시작했다. 등골이 서늘해졌다.

"아, 안 돼!"

내 외침이 무색하게, 다음 순간 화면이 끊어졌다.

"드론 S455와의 연결이 끊어졌습니다."

조종간을 꼭 쥔 채로, 검게 물든 화면을 멍하니 바라보았다. 귀한 드론을 잃다니 낭패였다. 엘라에겐 뭐라고 설명하지?

잠시 후, 세타7이 나를 잡아당겼다.

"조슈 님, 전력 공급에 문제가 생겼습니다."

조종석에서 일어나며 시설 쪽 화면을 바라보았다. 통제실 화면이 어느새 전력 부족을 의미하는 붉은 빛으로 바뀌어 있었다. 4대의 발전 패널에서 만들어지는 전력량이 평소의 절반으로 떨어져, 인공 광합성 장치인 '나무'마저 작동이 위태로웠다. 나무가 꺼지면, 시설 내 산소가 점점 줄어들 것이다.

발전 패널은 날씨가 맑으면 보름달 빛도 잡아내 전력을 만들 수 있었다. 그런 패널들이 영향을 받으려면 어지간한 먹구름이 아니고서야 불가능하다.

꽈르릉!

우려를 확인하듯, 멀리서 천둥소리가 들려왔다. 입술을 깨물었다. 태풍이 빠르게 가까워지고 있었다.

상황을 보고하자, 헬레나는 나무와 씨앗 탱크에 사용할 전력 외엔 모든 소비를 차단하라고 지시했다. 시설 전체가 순식간에 어둠에 잠겼다. 시꺼먼 암흑 속에서 사람들이 어리둥절해 하며 메인 홀로 몰려들었다. 나도 인파에 섞여 메인 홀로 향했다.

홀에는 사람들의 웅성대는 소리와 습한 입김이 갑갑할 정도로 가득했다. 정문 쪽으로부터 천둥과 거센 바람 소리도 간간이 들려왔다. 쾌감기가 선사하는 황홀경의 바다에서 끌려 나와 차갑고 어두운 현실로 돌아온 사람들은, 꽤나 날카로운 말투로 불평과 욕설을 내뱉어댔다. 시비가 붙었는지 한쪽 사람들의 목소리가 커지자, 홀 중앙에서 헬레나가 큰소리로 외쳤다.

"진정하세요. 이런 식으로 힘을 낭비하면 우리에게 남은 시간만 줄어듭니다."

"남은 시간이라니? 대체 무슨 일입니까?"

"비상사태입니다. 태풍 때문에 전력 생산에 차질이 생겼어요. 발전기 가동이 재개될 때까지, 전력을 최대한 아껴야 합니다. 당분간 조명도 난방도 쓰지 않고, 음식도 정말 최소량만 먹어야 합니다. 불필요한 일로 에너지를 소비하는 것도 금지하겠습니다. 그래야 다 같이 견뎌낼 수 있습니다."

"그럼, 우리에게 남은 시간은 얼마나 됩니까?"

"엔지니어 조슈 씨의 계산에 따르면, 이대로라면 나무가 가동을 멈출 때까지 이틀 남았습니다."

"이틀……."

사람들이 웅성거렸다. 탄식과 체념의 너울이 한 차례 지나갔다. 문득 한 노인의 걸걸한 목소리가 들렸다.

"그렇다면, 씨앗 탱크는 어떻게 되는 겁니까?"

씨앗 탱크 관리자인 한스의 목소리였다. 반가운 목소리에, 나는 (어차피 보이지도 않았겠지만) 손을 들고 끼어들었다.

"아, 씨앗 탱크 전력 통제는 자동화되어 있어서 전력이 떨어진 이후에도 한 달은 버틸 겁니다. 그 안에 언젠가라도 다시 해가 뜨면 알아서 다시 가동될 거고요."

"……그렇군요. 고마워요, 조슈."

한스가 안도의 한숨을 내쉬는데, 다른 사내가 날카로운 목소리로 끼어들었다.

"그게 무슨 말이야? 전력 때문에 나무가 멈춰서 우리가 다 죽게 생긴 마당에, 씨앗 탱크는 멈추지 않는다는 소리처럼 들리는데?"

웅성거림이 잦아들었다. 정적이 내 대답을 기다렸다. 침을 삼키고 나서, 나는 입을 열었다.

"네, 그런 셈이죠."

솔직히 나와 엘라도, 씨앗 탱크를 향해 흘러가는 전력을 조정할 수 없다는 사실이 썩 마음에 들진 않았지만, 어쩌란 말인가. 시설 내 전력 구조가 그렇게 생겨먹은 걸. 하지만 당장 불안에 떨고 있는 사람들의 반응은 내 기대보다 훨씬 비이성적이었다. 사람들의 욕설이 쏟아지자, 한스가 목소리를 높였다.

"애초에 이 시설의 목적은 씨앗 탱크의 보존이었소! 사실, 우리는 거기 얹혀 전력을 축내는 손님일 뿐이고."

"그게 무슨 개소리야! 지금 살아있는 사람보다 더 중요한 게 어디 있어!"

몇몇 이들이 동조했다. 나는 한숨을 내쉬었다. 가능한 한 단호하고 분명하게 말하려 노력하며 입을 열었다.

"어쩔 수 없습니다. 이 시설의 설계 자체가 씨앗 탱크 쪽 전력은 건드리지 못하게 되어 있으니까요."

사내는 어둠 속에서 흥분을 가라앉히지 못하고 씩씩거렸다. 헬레나가 제지하는 목소리가 들렸다.

"진정하시오, 숀 존. 당신은 지금 산소를 낭비하고 있소."

"이런 말도 안 되는 일이 터지다니. 대체 누구 책임인 겁니까? 엔지니어가 시설 관리를 똑바로 안 한 거 아닙니까?"

숀 존이라고 불린 사내는 언성을 높였지만, 헬레나는 차분한 목소리로 대답했다.

"근거 없는 비난은 삼가세요. 조슈 씨는 최선을 다했습니다. 태풍은 엔지니어의 능력을 넘어서는 일이에요."

"하지만 이 사태에 대한 책임은……"

헬레나가 숀 존의 말을 자르며 단호하게 선언했다.

"많은 분들이 쾌감기에 들어가 있는 동안 조슈 씨는 시설이 정상적으로 운영되도록 홀로 애썼습니다. 다들 지금까지 살아 있는 건, 전적으로 조슈 씨의 노력 덕분입니다. 조슈에게는 우리 모두가 아무리 감사해도 모자라요."

반박하는 사람은 없었다. 내심 어깨를 으쓱했다. 숀 존이 탁한 목소리로 말했다.

"좋습니다. 어쨌든 우리는 선택을 해야겠죠. 앞으로 어떻게 할지."

"선택이라뇨? 그게 무슨 말이죠?"

"그러니까, 최악의 상황이 되면 나무가 가동을 멈출 거란 소리잖아요. 다 같이 죽을 수는 없으니, 그때가 되면 누군가가 희생해야 하지 않겠습니까? 먹을 게 없어질 때를 대비해야죠. 소수가 희생한다면, 다수가 생존할 수 있을 겁니다."

소름이 돋았다. 저 숀 존이라는 사람이 왜 그렇게 책임 운운하며 희생양을 찾으려 한 건지 알 것 같았다. 악취가 날 정도로 저급하고 멍청한 발상이다. 미간을 잔뜩 찌푸리며, 나는 참지 못하고 끼어들었다.

"아뇨! 소용없어요. 먹을 것보다 산소가 먼저 거덜 날 테니까!"

웅성거리던 소리가 잦아들었다. 이마를 짚고 문질렀다. 이런 당연한 사실도 모르는 멍청이들일 줄이야. 이들과 합리적인 대화를 기대한 내 자신에게 자괴감까지 들었다.

"……하지만 숨 쉬는 사람의 수가 줄어들면, 남은 사람은 그 산소로 조금 더 오래 살 수 있겠죠."

숀 존의 목소리는 선뜩했고, 말끝에는 웃음기까지 붙어 있었다. 게이브 목사가 목소리를 높였다.

"말도 안 되는 소리! 그런 비인간적인 짓은 절대 허락할 수 없소!"

"목사님, 저도 이러고 싶지 않습니다. 하지만 현실적으로 생각해야 하지 않습니까? 다 같이 죽는 것이 최선이란 말입니까?"

"살인의 죄를 저지르는 것보단 낫습니다. 그런 짓을 한다면 반드시 심판을 받을 겁니다!"

게이브의 말에 숀 존은 여유 있는 목소리로 말했다.

"에이, 설마요. 그렇다면 그렇게 아끼시는 그 친구부터 심판을 받아야죠."

의미를 이해할 수 없는 말이었지만 게이브에게는 효과가 있었는지, 게이브는 더 입을 열지 않았다. 다른 사람들이 서로 갑론을박하며 목소리를 높였다. 헬레나가 사람들을 진정시키려고 했지만, 공포에 젖은 이들 때문에 좀처럼 흥분은 가라앉지 않았다. 잠깐의 간격을 두고 소음이 줄어들길 기다린 숀 존이, 해결책을 제시하듯 외쳤다.

"좋습니다. 그럼 하나만 확실하게 하죠. 모든 사람이 여기 모여서 조용히 잠만 자야 합니다. 그러니까……. 아. 마고, 존슨. 여기 있나?"

"……왜? 또 시비 거시게?"

한 여성이 카랑카랑한 목소리로 대답했다. 숀 존이 말했다.

"아니. 둘이 재미 보느라 힘 빼지 말라고. 우리는 산소든 뭐든 아껴야 하니까."

"당연한 소리. 걱정하지 마. 난 너처럼 무분별하게 쾌감만 쫓지 않아."

마고와 숀 존이 서로 으르렁대자, 사람들의 이목이 쏠리며 소음이 잦아들었다. 헬레나는 그때를 놓치지 않고 음식 배정을 한 후 서둘러 폐회를 선언했다. 엘라가 용케 어둠 속에서 다가와 내 손을 잡았다.

"선생님!"

"엘라? 왜 여기 왔어. 어머니한테 가지."

"헤헤, 선생님 옆이 덜 무서워요."

상황 파악을 끝낸 다른 사람들은 벌써 드러누워 잠을 청하기 시작한 모양이었다. 피곤에 찌든 코 고는 소리가 하나둘씩 메인 홀에 울렸다. 나도 천천히 차가운 바닥에 몸을 뉘었다. 눈을 감았지만, 어차피 아무것도 보이지 않았기에 시야는 그대로였다.

어둠 속에서 기계종이 가져온 음식을 몇 차례 받아먹고 나니 시간 감각이 사라졌다. 얼마나 지났을까. 눈꺼풀을 간질이는 빛에 눈을 떴다. 새벽녘의 검푸른 하늘이 정문 에어락 창 너머로 비쳤다. 반가운 마음에 몸을 일으켰다.

'……어?'

아찔한 현기증이 머리를 뒤흔들었다. 답답함이 느껴져 잠시 숨을 골랐다. 아무래도 산소가 모자란 모양이었다. 즉, 나무가 가동을 멈춘 지 꽤 시간이 지났다는 의미였다. 배에서 꼬르륵

소리가 났다. 굶주린 위장이 쪼그라들어 있었다.

고개를 돌려 메인홀 쪽을 보았다. 빛이 들어오자 사람들의 형상도 구분되기 시작했다. 나는 가까운 곳에서 죽은 듯 잠든 엘라를 슬며시 깨웠다.

"……에, 엘라."

"……선생님?"

눈을 비비며 윗몸을 일으킨 엘라의 동공이 에어락 쪽을 보고 커졌다. 엘라는 내 도움을 받아 몸을 일으켰다.

"해, 해가 떴네요!"

엘라가 작은 소리로 외쳤다. 나는 고개를 끄덕이며 미소지었다. 우리는 비틀거리며 통제실로 향했다. 전력 생산량이 돌아왔을 테니, 다시 나무를 가동해야 했다.

그러나 우리를 반긴 것은 새빨갛게 반짝이는 화면이었다.

"어…… 어떻게 된 거야?"

"저걸 봐요!"

엘라의 손가락이 가리키는 발전 상황을 보고 심장이 덜컥 내려앉았다. 태양발전기 4개 중 두 개는 녹색이었지만, 나머지 두 개는 회색빛 오프라인 상태로 남아있었다. 관제 패널로 다가가 다시 연결을 시도해봤지만 먹통이었다. 식은땀이 흘렀다. 이 정도 수준의 발전량으로는 시설을 유지할 수 없었다.

나무의 가동도 멈춰 있었다. 발전기가 생산한 전력은 씨앗 탱크와 배터리가 나누어 빨아먹고 있었다. 씨앗 탱크를 최우선시하도록 자동화된 통제실에게 사람들의 생존 따위는 역시나 고려 대상이 아니었다. 씁쓸함에 혀를 차며, 배터리로 향하던 전력을 전부 나무로 몰았다. 하지만 사람들이 마음껏 숨 쉴 만큼 산소를 복구시키기에는 턱없이 부족한 전력이었다. 몇 차례 재부팅을 시도한 끝에, 간신히 저전력 모드로 나무를 가동시킬 수 있었다. 안도의 한숨을 내쉬는 엘라를 돌아보며 말했다.

"태양전지 상태를 한번 봐야겠어. 드론 가동 준비해."

엘라가 드론을 준비하는 동안, 나는 조종석에 몸을 밀어 넣고 검은색 카본 재질의 조종간을 붙들었다. 드론이 연결되자, 화면에 날짜가 나왔다. 경악스러웠다. 어느새 닷새나 지나 있었다.

"드론 S593 가동 준비 완료."

안내음성과 함께 드론이 날았다. 뒤에서 화면을 지켜보던 엘라가 말했다.

"엄청난 흔적이네요."

그 말대로였다. 사람 키만 한 붓으로 이리저리 휘젓기라도 한 양, 경사진 황무지 위에는 거대한 모래의 결들이 바람을 따라 제멋대로 새겨져 있었다. 이 정도로 강력한 태풍이었다면 태양전지에는 무슨 일이 생겼을지. 마음 한편에서 자라나는 불안감을 애써 누르며, 태양전지 패널이 있는 남쪽을 향해 조종간을 밀었다.

 패널이 설치된 장소는 멀지 않았다. 양지바른 언덕 위, 돋보기처럼 생긴 집광기 네 개가 일렬로 배치된 모습이 곧 화면에 나타났다. 다행히 집광기에는 별다른 이상이 없어 보였다. 그것들은 여느 때와 마찬가지로 굳건하게 서서, 동쪽에서 떠오르는 태양이 선사하는 햇살을 최대한으로 받아 네 개의 태양전지 패널로 모으고 있었다. 나와 엘라는 동시에 안도의 한숨을 내쉬었다. 이 거대한 녀석들에게 문제가 없어서 다행이다. 만약 집광기가 부러지거나 했다면 도저히 고칠 방법이 없었다.

 정찰 드론을 좀 더 낮은 고도로 움직여, 네 개의 태양전지 패널 쪽을 들여다보았다. 두 패널은 멀쩡했지만, 하나는 살짝 위치가 틀어져 있었고, 다른 하나는 자리에서 이탈하여 반쯤 모래에 파묻힌 채였다. 그 옆에서는 둘레가 한 아름은 될 법한 바위가, 가던 길을 멈추고 서서 희생자를 뻔뻔하게 내려다보고 있었다. 사건의 개요는 의심의 여지 없이 분명했다. 밤새 불어재낀 태풍에 바위가 밀려 굴러 내려와서는 태양전지 패널을 덮친 모양새다. 집광기는 패널이 빠져나간 빈자리에 태양 빛을 쏟아붓고 있었다. 뜨겁게 달궈진 모래 때문에 그 위의 공기가 이글거렸다.

 태양전지 패널로 다가가, 드론의 기계 팔을 이용해 집어 들었다. 모래가 쓸려 내려가자 나머지 부위도 드러났다. 패널은 밟힌 음료수 캔처럼 찌그러져 있었다.

"아……"

화면을 바라보던 엘라가 탄식을 뱉었다. 패널 한쪽 구석이 종잇장처럼 구겨져 90도 이상 접혀버렸다. 다행히 잘려나가거나 구멍이 나지는 않았지만, 드론의 투박한 기계팔로는 도저히 고칠 수 없는 손상이었다.

"……아무래도 나가서 직접 손봐야겠어."

드론 조종석에서 일어나는데, 누군가 통제실 문을 두드리는 소리가 났다. 엘라가 나를 돌아보자, 나는 고개를 저었다. 이 상황이 전달된다면 메인홀은 아비규환이 될지도 모른다. 최대한 알리지 말고 어떻게든 처리해야 했다.

"조슈. 나다."

지호 아저씨의 목소리였다. 반색하며 엘라를 보곤 고개를 끄덕였다. 아저씨라면 최소한 괜한 혼란을 일으키지는 않을 테니까. 엘라는 동의하듯 고개를 마주 끄덕이곤 천천히 문을 열었다.

"날씨는 돌아왔는데, 어떻게 된 거냐? 나무는 아직도 작동을 멈춘 모양이던데."

통제실에 들어선 지호 아저씨의 시선이 붉은빛 가득한 화면에 가 닿았다. 그는 입을 쩍 벌린 채 말을 잠시 멈추었다.

"……아니, 어떻게 된 거야?"

"태양전지 패널들이 망가졌어요. 바위가 떨어져서 이렇게 된 거 같아요. 나가서 고쳐야 합니다."

나는 드론이 보내주는 화면을 가리켰다. 지호 아저씨가 미간을 찌푸렸다.

"저렇게 찌그러졌는데, 고칠 수 있겠어?"

"완벽하게 되지는 않더라도…… 한번 해 봐야죠. 엘라, 다녀올 테니 드론을 맡아 줘."

"네!"

내가 조종석에서 빠져나오자, 엘라가 그 자리에 들어갔다. 나는 공구함을 어깨에 메고 지호 아저씨를 지나치며 말했다.

"다녀올게요."

통제실 밖으로 나와 정문으로 빠르게 걸었다. 메인홀에서 깨어난 몇 사람이 나를 불렀지만, 뒤도 돌아보지 않았다.

방호복에서 합성된 산소를 들이켜자 정신이 제법 맑아졌다. 나는 숨을 몰아쉬며 전력으로 달렸다. 뜨거운 태양이 내리쬐는 언덕 위 상공에서, 엘라의 드론이 나를 기다리고 있었다. 엘라가 방호복 무전기를 통해 말했다.

"패널과 프레임 사이의 접합 면이 맞지 않아요. 다행히 케이블에는 문제가 없는 것 같은데……"

패널이 원래 끼워져 있던 자리에는 작열하는 태양 빛 때문에 공기조차 이글이글 타올랐다. 열기가 방호복을 뚫고 들어왔다. 가져온 거울 가림막을 펼쳐 집광기에서 오는 빛을 반사

시켰다.

우선 고장 정도가 심하지 않은 쪽부터 시작했다. 틀어진 패널을 원래 자리에 꽂아 넣고 가림막을 치웠다. 패널에 태양 빛이 내리쬐자, 엘라가 외쳤다.

"됐어요, 선생님! 이제 나무가 전력으로 가동할 수 있어요!"

"그래? 다행이다! 하하……."

안도의 한숨을 내쉬는데, 엘라가 진지한 목소리로 재촉했다.

"하지만 아직이에요. 이대로는 방전된 배터리를 충전시킬 수 있는 여분의 전력이 없어요, 선생님. 네 번째 패널도 꼭 고쳐야 해요."

"알아, 안다고."

나는 손을 내젓고 일어났다. 처참하게 당한 패널로 다가가 집어 들었다. 망치를 꺼내 들고, 구부러진 태양전지 패널을 꾹꾹 눌러 펴기 시작했다. 비교적 물렁한 소재로 되어 있는 패널은 내가 힘을 줄 때마다 조금씩이나마 원래의 모습으로 돌아갔다. 엘라는 내가 하는 양을 말없이 지켜보고 있었다.

멀쩡한 태양전지 패널을 구부러뜨리는 일은 아주 쉽지만, 구부러진 패널을 원래대로 만드는 일은 그보다 훨씬 어렵다. 패널과 프레임의 연결 단자에 별다른 손상이 없는 게 그나마 다행이었다. 내 기억이 맞다면, 패널 자체는 대충 평면으로 만들기만 해도 발전 기능에 큰 문제가 없었다. 중요한 부분은 패널로부터 전력을 받아내는 프레임과의 연결부였다. 이 부위에 위치한 금속 단자들이 정확하게 맞아야만, 생산된 전력이 시설로 들어올 수 있었다.

한참 패널을 편 후, 패널이 원래 있었던 부분에 올려놓고 눌러 보았다. 어디가 맞지 않는 건지, 잘 들어가지 않았다.

식은땀이 흘렀다. 망치를 내려놓고, 패널의 틀어진 부분을 두 손으로 붙잡았다. 손이 부들부들 떨릴 정도로 힘을 가하자 패널이 미세하게 변형되기 시작했다.

"엘라, 끼워볼 테니까 전력이 연결되는지 봐 줘."

"네, 선생님. 계속 보고 있어요."

다시 패널을 들어 빈 곳에 끼워 넣었다. 탁하고 개운한 소리를 내며, 패널이 본래 자리에 딱 맞게 들어갔다. 가림막을 치우며 기대에 찬 목소리로 물었다.

"자, 어때?"

"……안 되네요."

시무룩한 엘라의 대답이 들려왔다. 성취감에 잠시 올라갔던 입꼬리가 주르륵 미끄러져 내려왔다. 입술을 깨물었다. 엘라의 목소리가 말했다.

"안 되겠어요. 하나는 고칠 수 없었다고 장로님께 보고를……."

"기다려. 한 번만 더 해 볼게."

패널을 빼내기 위해 무릎을 꿇었다. 고정 장치를 풀고 패널 가장자리에 손을 집어넣어 조심스레 끄집어냈다.

"어?"

갑자기 엘라의 외침이 들려왔다.

"왜?"

"아……, 방금 잠깐 들어온 것 같았는데……."

"접촉 불량인가 보군. 잘만 하면 복구가 될 거 같은데……."

나는 패널을 붙들고 이리 구부리고 저리 구부리면서 자리에 꽂는 걸 반복했다. 시간이 흘렀다. 어느새 해가 제법 움직여, 집광기에서 모아주는 빛의 초점이 조금 달라져 있었다. 머리 뒤 하늘에서는 드론이 응원하듯 이리저리 날아다녔다.

그때, 갑자기 엘라가 외쳤다.

"선생님! 언덕 위에 태양전지 패널이 하나 더 있어요!"

나는 고개를 번쩍 들었다. 드론이 머리 위에 멈춰 날고 있었다.

"뭐라고? 어디에?"

"이쪽 위에요! 좀 작긴 해도, 완전 새것 같은데요?"

노래하듯 말하는 엘라의 목소리와 함께 드론이 바위벽 너머로 날아가 사라졌다. 멀지 않은 지점을 떠돌고 있는 듯, 그 위잉거리는 엔진 소리가 계속 들려왔다. 나는 언덕 위로 올라가는 길을 찾아 뛰어가며 물었다.

"분리돼?"

"될 거 같아요!"

"좋아!"

언덕 위에 올라섰을 때 나는 무심코 고개를 갸웃했다. 평소 자주 정찰하던 장소였는데도 주위 풍경이 어쩐지 낯설었다. 태풍에 바위들이 밀려나면서 그 뒤에 가려졌던 공간이 훤히 드러나 있었다. 그 안쪽에서 무언가를 만지작거리는 엘라의 드론이 보였다.

"아!"

드론의 기계 팔 끝에 걸린 저것은 분명 태양전지 패널이었다. 나도 모르는 여분의 패널이 있었다니!

한달음에 달려갔다. 흥분으로 손을 부들부들 떨며, 나사 구멍을 향해 공구를 들이댔다.

"안 돼!"

갑작스러운 지호 아저씨의 외침에 나는 놀라 움직임을 멈췄다. 엘라도 마찬가지였는지 흥얼거리던 노랫가락이 끊어졌다. 드론의 엔진 소리가 적막한 공기 위에 홀로 울렸다. 나는 가까스로 정신을 차리고 되물었다.

"……지호 아저씨?"

"그 전지판을 쓰면 안 돼. 아주 중요한 거야, 그 전지판은……."

지호 아저씨의 목소리가 살짝 떨렸다. 무전기 저편에서 엘라가 소리쳤다.

"지호 선생님, 이건 우리 모두의 목숨이 걸린 일이에요. 그것보다 더 중요한 게 있어요?"

"……."

지호 아저씨는 대답하지 않고 머뭇거렸다. 시간이 없었다. 나는 화를 내지 않으려고 노력하며 차분한 목소리로 물었다.

"이 패널, 시설의 전력망 어디에서도 본 적이 없어요. 어디에 사용하는 건지 알고 계세요?"

"적어도 나무를 고치는 것만큼이나 중요한 일이야. 날 믿어 줘."

어이가 없었다. 우리 모두의 생존만큼 중요한 일이라고? 하지만 지호 아저씨의 목소리는 여느 때와 달리 진지했다. 허무주의에 빠져 아무렇게나 하는 말이 아니었다. 그 점이 오히려 화가 나, 나도 모르게 언성이 올라갔다.

"아저씨, 이대로면 음식이 문제가 아니라 산소가 바닥나서 우리 다 죽는다고요!"

"지금 당장은 나무가 다시 켜졌잖아. 시간이 있을 때 저 고장 난 패널을 고쳐봐!"

지호 아저씨의 말에 엘라가 말을 더듬었다.

"저기……. 이 일, 헬레나 장로님께 보고하고 결정해야 하는 거 아니에요?"

"안 돼! 이 일은 극비 사항이야, 엘라."

"조슈 선생님, 어떡하죠?"

엘라가 난처한 목소리로 말했다. 식은땀이 흘렀다. 나는 고개를 저으며 말했다.

"하지만, 찌그러진 패널을 무슨 수로 고치라는 거예요?"

"태양전지는 기본적으로 간단한 장치라며? 쉽지는 않겠지만 연결 부분만 잘 맞추면 어떻게든 될 거야."

지호 아저씨의 뻔뻔함에 나는 할 말을 잃었다. 도대체 이해가 되지 않는 상황이다. 편하고 확실한 방법을 두고 저 고장 난 태양전지 패널을 고쳐 쓰라니? 손이 부들부들 떨렸다.

"조슈 선생님……!"

엘라가 긴장된 목소리로 나를 불렀다. 눈을 감았다. 말싸움이나 하고 있을 시간은 없었다. 지호 아저씨가 숨기려는 것이 대체 무엇일지 도무지 짐작이 가지 않았지만, 일단 믿어보기로 했다. 쓰임을 모르는데 무턱대고 패널을 뜯을 수도 없었다.

"……알겠습니다. 한번 해 보죠."

"게이브 목사님이 거짓말하면 지옥 간댔는데……."

엘라가 헤드셋 저편에서 작게 투덜거리자, 지호 아저씨가 달래는 목소리가 들렸다.

"걱정하지 마라, 엘라. 말하지 않는 것과 거짓말은 다르거든."

엘라의 드론은 격납고로 돌려보내고 고장 난 패널을 집어들었다. 훼손이 심해 프레임과의 연결에 방해되는 부분은 과감하게 도려냈다. 접합 각도를 조금씩 조정하며, 전력이 안정적으로 들어오는 방향을 찾았다. 통제실에 있는 엘라가 패널의 연결 여부를 실시간으로 알려 주었다.

각도를 찾아낸 후에는, 패널이 그 각도로 고정되도록 프레임의 빈 틈새에 돌멩이를 끼워가며 한참을 씨름했다. 내 짧은 인생을 통틀어 손에 꼽을 만한 인내와 노력 끝에, 결국 엘라의 오케이 사인을 받을 수 있었다.

"돼…… 됐어요!"

엘라가 외쳤다. 나는 엉덩이로 주저앉으며 안도의 한숨을 내쉬었다. 어깨를 짓누르던 무언가가 힘을 풀고 스스르 내려왔다.

"아이고…… 대박이네."

혼잣말이었다. 시설 내 다른 장비들을 재가동하며 신나 하는 엘라의 목소리를 들으며, 나는 미소를 지었다. 잠시 그렇게 쉬다가, 나는 공구와 공구함을 주섬주섬 챙겨 일어섰다. 방호복의 전력이 고갈되기 전에 시설로 돌아가야 했다.

"배터리 잔여량은 18%입니다."

방호복을 충전기에 꽂자 안내 음성이 흘러나왔다. 장비들을 다 제자리에 걸고 나서 밖으로 나왔다. 사람들의 환호성이 나를 감싸 안았다. 엘라가 특유의 깨금발로 달려와 나에게 폭 안겼다. 나는 웃으며 엘라를 다독였다.

"고생이 많았어, 엘라."

"선생님이야 말로요! 정말 고생하셨어요! 선생님은 우리들의 영웅이에요!"

엘라는 내 이름을 연호하는 사람들을 돌아보고는 다시 내 가슴에 얼굴을 부벼댔다. 나는 엘라의 머리칼을 쓰다듬었다. 뒤편에 서 있던 헬레나와 게이브가 만면에 미소를 띠며 다가 왔다.

"조슈, 고생 많았네! 이 아이의 말이 맞아. 자네는 우리의 영웅이야!"

"훌륭한 일을 하셨습니다, 조슈. 주님의 가호가 함께하길! 아멘⋯⋯."

나는 쑥스럽게 웃으며 메인홀에 들어섰다. 다른 이들도 내 어깨에 손을 올리며 격려와 감사의 말을 한마디씩 건넸다. 인사가 끝날 기미가 보이지 않자, 헬레나가 손을 들어 사람들을 제지했다.

"여러분, 조슈 씨가 이만 쉴 수 있도록 방에 보내줍시다. 조슈, 내일 아침에 인류회의를 열 거야. 그때까지 푹 쉬게나."

"인류회의요? 갑자기 왜⋯⋯?"

"이런 일이 또 생기지 않게 대비책을 함께 강구해 보자는 취지라네. 이번엔 잘 해결되긴 했지만, 다들 내심 불안한 모양이라서. 걱정하지 말고, 오늘은 들어가서 푹 쉬게."

헬레나가 따스하게 웃고는 내 몫의 죽 한 그릇을 내밀었다. 나는 죽을 받아들었다. 헬레나의 뒤에서 나를 바라보는 지호 아저씨와 눈이 마주쳤다. 그가 고개를 살짝 끄덕였다.

지호 아저씨는 지친 나를 위해 대신 죽을 들고 수면실까지 와 주었다. 주린 배를 채우고 침대에 눕는데 아저씨가 말했다.

"수고했어."

나는 목소리를 낮추어 물었다.

"그 전지판은 대체 뭐예요?"

"……아주 중요한 장비에 전력을 공급하고 있다고만, 그렇게 알아줬으면 좋겠구나."

"중요한 장비? 신형 쾌감기라도 만드시나요?"

"그런 식으로 둘러댈 수도 있겠지. 하지만 네게 거짓말을 하고 싶진 않다."

지호 아저씨를 마주 바라보았다. 고집스레 닫힌 입술은 노인의 속내를 걸어 잠근 자물쇠 같았다. 문 너머 식당 쪽에서 오가는 고성이 커졌다. 지호 아저씨가 식당 쪽을 슬쩍 보며 눈살을 찌푸렸다.

"쾌감기를 쓰지 못하니 사람들이 날카로워졌어. 쾌감기는 언제부터 쓸 수 있는 거냐?"

그놈의 쾌감기. 일부러 넉넉잡아 대답했다.

"우선 배터리부터 가득 채워야 해요. 아마 일주일은 걸릴 거예요."

나도 모르게 목소리에 날이 섰다. 지호 아저씨는 어깨를 으쓱했다.

"그래, 쉬어라. 그릇은 내가 챙기마."

"고마워요."

지호 아저씨는 빈 그릇을 들고 나갔다. 문이 닫히자 진한 어둠이 찾아왔다. 나는 한결 편안한 마음으로 눈을 감았다.

시설 내 생존자 중 사리 분별이 가능한 사람은 기껏해야 서른 명 정도였다. 중대한 의사결정이 필요하면 장로 헬레나는 그들 모두를 한자리에 모아 회의를 열었다. 헬레나는 이 모임을 '인류회의'라고 불렀다. 재미없는 농담 같다며 반대하는 이들도 있었으나, 헬레나는 '가장 진보한 직접민주주의'로써 역사책에 남기겠다며 그 이름을 고수했다.

사람들이 메인홀에 모였다. 회의 시작을 알리며, 헬레나가 엄숙한 목소리로 말했다.

"최근 우리는 전대미문의 강력한 태풍으로 인해 생존의 위협을 느껴야 했습니다. 장로로서, 저는 이런 일이 두 번 다시 발생하지 않도록 구체적인 대책을 마련해야 한다는 생각이 들어 여러분을 모셨습니다. 오늘 회의에서 합의된 내용은 앞으로 철저하게 지켜질 것입니다. 우선, 이번 사태에 대한 엔지니어 조슈 씨의 브리핑을 듣도록 하겠습니다."

사람들의 시선이 일제히 내게 향했다. 나는 천천히 자리에서 일어났다. 다리가 괜히 후들거렸다.

"어…… 다들 아시다시피, 이번 일은 자연재해였습니다. 태풍으로 일주일 가까이 해가 뜨지 않아 전력을 생산할 수 없었죠. 게다가 태풍 때문에 네 개의 태양전지판 중 두 개에 문제가 생겨, 제가 밖으로 나가 수리해야 했습니다. 지금은 다행히 발전 능력을 어느 정도 회복하였지만, 예전처럼 전력을 소비하기에는 아무래도 부족합니다. 방전된 배터리도 가능한 한 빨리 여유 전력을 비축해야 하고요."

"고맙군요, 조슈 씨."

헬레나가 나를 향해 가볍게 묵례했다. 내가 자리에 앉자, 헬레나는 말을 이었다.

"그럼 이제 전력 소비량을 줄이는 방법을……."

"잠시만요. 그 전에 질문이 있습니다."

갑작스레 끼어든 목소리에 모두의 시선이 집중되었다. 나는 메인홀의 어둠 속에서 들었던 그 목소리를 기억했다. 숀 존이었다. 그가 자리에서 일어나 손을 들고 있었다. 허공에 솟은 앙상한 팔은 마치 뼈라는 몽둥이 위에 피부라는 얇은 고무를 한 겹 씌운 듯한 몰골이었다. 식사량을 극단적으로 줄이면서 온종일 쾌감기에만 빠져있던 것이 분명했다. 열성적으로 불만을 토해내던 그 목소리의 주인이라고는 상상하기 힘든 외모였다.

헬레나는 살짝 찌푸렸던 눈썹을 펴곤 말했다.

"질문하세요."

"감사합니다. 엔지니어 씨, 바람이 좀 불었다고 해서 태양전지판이 오프라인이 될 수 있나요? 그 원인부터 확실히 밝혀야 제대로 된 대책을 세울 수 있지 않을까 합니다."

나를 바라보는 숀 존의 눈동자는 마치 해골 같았다. 나는 부담스러운 그 시선을 피하며 대답했다.

"바람만으로 그렇게 된 건 아닙니다. 파손 흔적을 보면, 둔덕 위에 있던 바위 하나가 굴러떨어지면서 태양광 패널을 덮친 것 같습니다."

"바위가 덮쳤다고요? 그런데도 패널 작동에 문제는 없었던 건가요?"

"조금 휘어져 있었지만, 태양전지 패널은 접었다가 편다고 해서 작동에 문제가 생기지는 않습니다."

"그래도 새것보다는 못할 거 아닙니까? 조금 찝찝한데, 혹시 여분의 태양전지 패널은 없습니까?"

갑작스러운 질문에 등골이 서늘해졌다. 사람들 틈새를 더듬거리던 내 시선이 지호 아저씨와 마주쳤다. 아저씨는 아주 천천히 고개를 가로젓고 있었다.

여기서 그 태양전지의 존재를 발설하는 것이 과연 현명한 선택일까? 그랬다간 왜 그걸 이용해서 고치지 않았냐는 질문이 쏟아지지 않을까? 새 태양전지가 있었지만 지호 아저씨가 쓰지 말라 했다고 모두에게 털어놓아야 하나? 하지만, 아무리 얄미워도 그런 식으로 사람의 뒤통수를 치는 짓은 하고 싶지 않았다. 게다가 아저씨는 나와 엄마를 이어주는 유일한 사람이다. 아저씨를 곤란하게 하면 손해 보는 쪽은 오히려 나였다.

"……제가 알기로는, '사용 가능한 여분의 태양전지'는 현재

로선 없습니다. 그런 게 있었다면 이미 사용하고 있었겠지요."

말하면서 슬쩍 지호 아저씨를 째려보았다. 내 찌릿한 눈길을 읽지 못했는지, 아저씨는 한결 안심한 기색이었다. 다른 쪽 구석에서는 엘라가 한숨짓고 있었다. 숀 존은 둔덕 위에 다른 바위가 남아있는지, 그것들을 치울 수는 없는지 따위를 묻다가, 뾰족한 수가 없음을 확인하고 인상을 쓰며 자리에 앉았다. 헬레나가 말했다.

"우리가 할 수 있는 일은 사실상 전력 소비량을 줄이는 것뿐입니다. 어느 정도의 불편까지 우리가 감수할 수 있을지 합의해 봅시다. 배터리를 완전히 충전할 때까지만이라도, 소비 전력을 최대한 아낄 방안을 자유롭게 제시해 주세요."

"쾌감기를 끕시다."

기다렸다는 듯 의견을 꺼낸 사람은 이십 대 후반의 당찬 여자, 마고였다. 마고는 지호 아저씨를 똑바로 바라보며 카랑카랑한 목소리로 외쳤다.

"사람이 살아가기 위해 쾌감기가 필수적인 것은 아니잖아요?"

멋져. 나는 박수라도 치고 싶었다. 지호 아저씨가 고개를 흔들며 말했다.

"마고, 쾌감기 이전의 우리 사회가 얼마나 지옥이었는지 잘 모르시나 본데, 쾌감기는 우리 사회를 유지하는 데 필수적입니다."

나이 든 사람들 몇몇이 그의 말에 동의하며 고개를 끄덕거렸다. 마고는 눈살을 찌푸렸다.

"그때와 지금은 다릅니다. 문제를 일으킨 놈들은 모두 처벌되었고, 우리 사회는 이제 헬레나 장로님과 게이브 목사님의 지도 아래 제대로 관리되고 있지 않습니까?"

"쾌감기 없이도 지금처럼 사회가 돌아갈지, 확신할 수 있나요?"

"우리가 만든 제도를 잘 유지해야죠. 쾌감기를 금지한다고 말썽을 일으키는 머저리가 있다면, 감옥에 처넣으면 되잖아요?"

여기까지 말하고 나서, 마고는 슬쩍 숀 존 쪽을 바라보았다. 두 사람의 눈빛이 메인홀 가운데서 스파크라도 튈 기세였다. 마고는 선언하듯 말을 마무리했다.

"이 시설의 생산 전력은 애초에 넉넉했는데, 쾌감기가 들어서면서 설계 용량을 넘어섰어요. 전력 부족의 근본적인 원인은 바로 쾌감기입니다."

숀 존은 모욕이라도 당한 양 붉은 얼굴로 일어났다. 흥분한 목소리로 외쳤다.

"마고, 사실관계를 왜곡하지 마시오! 이번 일은 쾌감기 때문에 일어난 것이 아닙니다. 쾌감기는 태풍이 왔을 때 가장 먼저 차단된 시설 중 하나요!"

"하지만 애초에 쾌감기가 없었다면 배터리는 더 오래 버텼겠죠."

마고라고 불린 여자는 지지 않고 쏘아붙였다. 숀 존은 주변 사람들을 둘러보며 외쳤다.

"우리가 다 함께 오래 버티기 위해선 낭비되는 식량부터 줄여야 합니다. 이제는 건강한 아이들을 낳아 세대를 이어갈 수 없다는 것이 증명되었습니다. 섹스를 하는 힘이 다 어디서 나옵니까? 결국 나무가 만들어내는 음식과 산소에서 나옵니다! 무의미한 섹스에 에너지를 버리지 못하도록 하고 그 대신 쾌감기를 쓰게 한다면, 전력의 불필요한 소비를 줄일 수 있습니다."

"먹을 건 애초에 모든 사람들에게 공평하게 나누어 주고 있어요. 그걸 먹고 뭘 하느냐는 개인의 마음이죠. 당신이 쾌감기에 중독돼 있느라 못 먹었으니, 다른 사람들도 밥을 줄여야 한다는 논리인가요? 그런 억지가 어디 있어요?"

"억지라니? 이건 우리 모두를 위한 제안입니다! 쾌감기야말로 가장 효율적인 수단이니까!"

숀 존이 일갈하자, 몇몇 사람이 고개를 끄덕이며 일어나 지지했다.

"맞습니다! 난 쾌감기 덕분에 이 지옥 같은 세상에서 버틸 수 있었어요!"

"전력 소모량이 늘긴 했지만, 이용하는 사람의 수에 비하면 그렇게 많은 것도 아니죠!"

마고가 언성을 높였다.

"다들 정신 차려요! 통 속에 머리를 처박고 그저 시간만 보내는 게 사는 겁니까? 선조들이 보면 참 자랑스러워들 하시겠네요!"

"미안해하겠지! 우릴 이런 지옥에 빠뜨린 게 바로 그들이니까!" 숀 존이 따지듯 외치고는 좌중을 둘러보았다. "여러분, 저를 보세요. 저처럼 식사량을 줄여도 충분히 건강하게 살 수 있습니다. 큰 그림을 생각합시다. 만약 모든 사람들이 다 저처럼 했다면, 이번 태풍도 더 오래 버틸 수 있었을 겁니다."

피를 토하듯 펼친 열변에도 불구하고, 건강이라는 개념과는 지구 반대편에 선 듯한 숀 존의 앙상한 육신 때문에 그 말은 그다지 설득력이 없었다. 적어도 내게는 그랬다. 하지만 놀랍게도, 몇몇 사람들은 숀 존을 바라보며 크게 고개를 끄덕이고 있었다. 헬레나가 한숨을 내쉬고 말했다.

"두 분 모두 진정하세요. 이렇게 의견 충돌이 심하다면, 쾌감기 사용 제한에 대해 합의하기는 어려울 것 같네요. 쾌감기 말고, 다른 제안을 하실 분은 없습니까?"

잠시 정적이 흘렀다. 씩씩거리며 숨을 고르던 숀 존이, 한결 가라앉은 목소리로 말했다.

"그러고 보니 수면실에 들어가는 전력들도 최소화해야 합니다. 듣기론, 조명이나 홀로그램 스크린을 아낌없이 쓰는 사람도 있다더군요."

군중 속에 앉아 있던 내 또래의 남자 하나가 조용히 얼굴을 붉혔다. 스티브였다. 그는 평소 자신의 방에서 온종일 영화를 감상하며 시간을 보냈다.

다른 이들 몇몇이 숀 존의 의견에 동의하자, 헬레나가 말했다.

"그럼, 배터리가 완전히 충전된 상태가 아니라면 개별 수면실에 들어가는 전력을 차단하기로 할까요? 반대하는 분은 손을 들어주세요."

아무도 손을 들지 않았다. 헬레나는 작고 두꺼운 노트를 펼쳐 들었다.

"좋습니다. 이 내용을 인류멸종방지법…… 음……. 제143조로 규정하겠습니다. 공동생활에 대한 규정이니, 어길 경우의 처벌은 감옥살이 6개월로 하죠. 이견 있으신 분 있습니까?"

역시 아무도 손을 들지 않았다. 헬레나가 인류멸종방지법 143조의 제정을 선언하는 동안, 스티브는 남몰래 입술을 비죽거리고 있었다. 그 모습이 귀여워서 쿡 웃음이 나왔다. 헬레나가 엄숙하게 말했다.

"또 다른 의견 없습니까?"

서로 눈치만 살피는 가운데, 당당히 의견을 피력하는 사람은 숀 존이 유일했다.

"음식과 산소를 축내기만 하는 죄수들을 밖으로 내보내는 건 어때요."

경악한 눈동자들 사이로 침묵이 흘렀다. 나는 손으로 눈두덩을 쓰다듬었다. 게이브 목사의 목소리가 들렸다.

"존, 대체 무슨 소리를……. 이곳은 현실적인 방안을 이야기하는 자리입니다."

"현실적인 방안이었는데요."

숀 존이 웃었다. 바짝 야윈 얼굴에 지어지는 미소는 해골의 그것처럼 괴기스러웠다. 게이브가 눈살을 찌푸리며 단호하게 말했다.

"그런 끔찍한 생각은 집어치우세요. 우린 마지막 순간까지 인간성을 잃어서는 안 됩니다. 스스로 짐승이 되시려는 겁니까?"

목사가 꾸짖자, 숀 존은 어깨를 으쓱하고는 다시 입을 열었다.

"아니면 씨앗 탱크는? 씨앗 탱크를 없애버리는 건 어떻습니까?"

나는 눈살을 찌푸리며 일어섰다.

"전에 말씀드렸다시피, 씨앗 탱크 쪽 전력은 조절할 수 없습니다."

"나도 알아요. 하지만 씨앗 탱크 쪽으로 들어가는 케이블을 끊거나, 아예 작동하지 못하게 부숴버릴 수도 있잖아요?"

생각조차 해 보지 못한 제안에 나는 할 말을 잃었다. 한스가 벌떡 일어나, 숀 존을 향해 손가락질하며 외쳤다.

"제정신입니까? 우리가 좀 더 오래 살자고 인류의 마지막 희망까지 묻어버릴 셈이오?"

"저 쾌락주의자 분들께서 가장 효율적인 수단 대신 무의미한 몸짓을 계속하신다는데, 달리 대안이 없지 않습니까?"

숀 존은 시선을 마고 쪽으로 돌리며 비꼬았다. 한스는 그 순하던 눈을 크게 뜨고 숀 존을 노려보았다.

"절대 안 됩니다! 당신이 그러고도 인간이오?"

"그럼요. 보시다시피."

태연한 숀 존의 대답에 한스는 눈썹을 잔뜩 찌푸리며 설명했다.

"씨앗 탱크에는 선조들의 건강한 유전자가 보관되고 있어요. 그걸 꺼 버리면, 방사능에 오염되지 않은 멀쩡한 인간 유전자는 이 지구상에 단 하나도 남지 않을 거라고요! 그게 뭘 의미하는지 모릅니까? 멸종입니다, 멸종!"

헬레나가 단호하게 말했다.

"동의합니다. 씨앗 탱크는 우리의 마지막 희망이니, 건드릴 수 없어요. 이 얘기는 더 할 필요도 없습니다."

그러자 한 여성이 일어났다. 아까부터 숀 존의 말마다 고개를 끄덕이던 사람이었다.

"거 참, 이 판국에 우리 생존보다 중요한 게 어디 있습니까?"

이번엔 남성 하나가 맞서 일어났다. 마고의 짝, 존슨이었다.

"종족의 생존을 생각해야죠! 우리도 언젠가는 죽을 텐데, 수천 년을 버틸 수 있는 씨앗 탱크를 포기하고 우리만 몇 년 더 살아남아서 의미가 있습니까?"

"의미가 왜 없어요? 그럼 당신은 당장 굶어 죽더라도 저 탱크를 살리겠단 겁니까? 난 그렇게 못해요!"

"탱크가 없어지면, 이 행성에 남는 건 더 이상 아이도 낳을 수 없는 우리뿐이에요. 코앞만 보지 말고 멀리 보라고요!"

다른 누군가가 외쳤다.

"고상한 척하지 마쇼! 그럼 당신부터 희생하든가!"

"왜 내가 희생해야 하죠? 어차피 온종일 쾌감기만 쓰는 당신들을 위해?"

"말 가려서 해요! 애도 못 가지면서 섹스에 용쓰는 당신보단 나으니까!"

"지금 말 다 했소?"

사람들이 하나둘씩 일어나면서, 인류회의는 어느새 고성이 오가는 아수라장이 되었다. 사람들은 너나 할 것 없이 일어나 서로를 손가락질하며 언성을 높여댔다. 헬레나가 주름이 깊게 팬 이마를 짚고 문질렀다. 한숨을 쉬며 고개를 숙였다. 이 회의는 재앙이었다.

이브

어두운 조명 아래서 익숙한 실루엣이 가녀린 숨을 몰아쉬었다. 차가운 바닥 위로 검은 피가 흘렀다. 그 상처가, 그 피가 마치 내 것인 양 아렸다. 쓰러진 실루엣을 흐릿한 사람들이 둘러싼 채, 서로를 향해 손가락질과 날 선 고성을 주고받았다.

몸을 움직이려 했다. 공기가 끈적한 액체처럼 나를 방해했다. 누군가 내 어깨 위에 손을 올렸다.

"괜찮으실 거다."

고개를 돌려 보니, 지호 아저씨가 나를 내려다보고 있었다. 억울한 마음에 눈물이 복받쳤다. 그렇게나 기다려 온 사람이 저 앞에 있는데 할 수 있는 것이 없다니. 악을 썼다.

"안 돼요! 이럴 수는 없다고요!"

"괜찮으실 거다. 걱정 마라."

"안 돼요! 안 돼! 엄마!"

"괜찮으실 거다."

지호 아저씨는 단순한 기계처럼 같은 말을 반복했다. 상실감에 가슴이 꿰뚫린 듯 아렸다. 아저씨가 큼지막하고 따듯한 손으로 내 눈을 가렸다. 손은 땀에 젖어 있었다.

"걱정 마라……."

"안 돼!"

온 힘을 다해 외치면서 몸을 일으키자, 칙칙하고 검은 벽면이 눈앞에 날아들었다. 엄마와 지호 아저씨 모두 환상처럼 사라져 버렸다. 좁은 수면실을 내 거친 숨소리가 홀로 채웠다.

천천히 안도의 한숨을 쉬며 다시 자리에 누웠다. 식은땀으로 등이 축축했다.

엘라는 통제실은 자신에게 맡기고 하루 종일 푹 쉬라 했지만, 잠 오지 않는 새벽은 길고 지루했다. 시간이 흐를수록 호흡이 가라앉고 정신은 맑아졌다. 여유에 지쳐, 나는 끝내 자리를 털고 일어나 지호 아저씨를 찾아 의무실로 향했다.

하지만 의무실은 텅 비어 있었다. 쾌감기를 관리하러 갔나 싶어 연구실 문을 슬쩍 열고 기웃거렸다. 연구실은 거의 메인 홀만큼 넓었음에도, 공간을 가득 채운 수십 개의 침상으로 비좁아 보였다. 사람들은 침상 위에 아무렇게나 누워서 헬멧만 한 기계에 머리를 넣고 있었다. 눈과 코까지 가린 쾌감기 아래로 반쯤 열린 입에서 침이 질질 흘렀다.

지호 아저씨가 만든 이 '쾌감기'라는 장치는 사용자에게 강력한 쾌감을 선사하는 헬멧이었다. 이 장비의 프로토타입을 접한 사람들은 너 나 할 것 없이 위대한 발명자 지호 박사를 열광적으로 찬양했다고 한다. 허무한 삶을 살아가는 최후의 인류에게 마지막 선물을 주고 싶다는 거룩한 뜻을 밝히며, 지호 아저씨는 (게이브 목사의 반대에도 불구하고) 쾌감기를 수십 개나 만들어 누구나 이용할 수 있도록 연구실에 두었다. 물론 시설의 전력 소비량이 늘어난 점은 아무도 신경 쓰지도, 책임지지도 않았다.

'그건 지금도 마찬가지지.'

속으로 생각하며 한숨을 내쉬었다. 인류회의 마지막에 열린 투표 결과, 사람들은 나무의 가동률을 줄이는 한이 있더라도 쾌감기는 당장 가동하기로 결정했다. 엔지니어인 내 의견은 참고할 거리도 되지 못했다. 지금 와서 생각해 보면, 내일 죽더라도 오늘은 쾌감기를 쓰고 싶은 하루살이들을 데리고 민주주의를 시도한 자체가 웃기는 일이었다.

침상 밖으로 빠져나온 다리 하나를 들어 올려 간신히 침상 사이를 지났다. 소독장치를 며칠 쓰지 않았는지 지독한 냄새가 났음에도, 쾌감기 이용자는 마냥 행복해 보였다. 도무지 적응이 안 되는 광경이었다. 사람이 이렇게 살아도 될까. 실제로 본 적은 없지만, 아마 살아있는 가축을 직접 본다면 이런 느낌일 것이다. 소나 돼지 같은 가축들은 좋은 육질을 위해 알프스

초원의 가상 현실에 방목하며 키웠다고 한다. 실제로는 간신히 서 있을 만한 비좁은 공간에 갇혀, 뇌에 전극을 연결하고 있을 뿐이었지만.

"조슈 님, 안녕하세요."

쾌감기 하나를 조작하던 메니가 나를 발견하고 인사했다. 아직 충전조차 시작하지 않은 다른 기계종들과 달리, 메니는 쾌감기들을 관리해야 한다며 먼저 가동을 시작했다. 특혜도 이런 특혜가 없었다.

"지호 아저씨는?"

"지호 님은 의무실에 계십니다."

"없던데……."

"그렇다면 저도 잘 모르겠습니다."

하릴없이 의무실로 돌아가 병상 위에서 기다렸다. 잠시 후, 지호 아저씨가 의무실 안쪽 방에서 나왔다.

"아저씨!"

아저씨는 흔들리는 눈동자로 나를 바라보다 한숨을 내쉬었다.

"무슨 일이니, 조슈."

"엄마에게 전화를 하고 싶어서 왔어요. 전력 부족에 대해 조언을 해 주실 수도 있고……."

'아니면 전파를 쫓아 만나러 가도 되냐고 물어볼 수도 있고. 그러고 보니 전파를 따라가다 태풍 때문에 드론을 잃었지. 엘

라가 자는 동안 회수하러 가야겠어.'

내가 속으로 생각하는 짧지 않은 시간 동안, 지호 아저씨는 말이 없었다. 고개를 갸웃하며 물었다.

"……아저씨?"

"응?"

"엄마에게 전화를 걸어줘요. 얘기를 해봐야겠어요."

"……그러고 싶은데, 지금 연락이 안 되고 있어."

싸늘한 기운이 심장을 스쳤다. 불현듯 새벽에 꾸었던 꿈이 떠올랐다. 떨리는 목소리로 물었다.

"무……, 무슨 일인데요? 왜 연락이 안 돼요? 혹시 태풍 때문인가요?"

"모르지. 연락이 안 되는데 어떻게 알겠냐."

벌렁대는 가슴을 부여잡으며 말했다.

"직접 찾아가야겠어요."

"어딨는지 어떻게 알고?"

"……모르세요? 뇌 전화기에 위치는 안 나와요?"

"안 나와. 인공위성들이 살아있는 시대도 아니고."

아저씨는 미간을 찡그리며 바닥을 내려다보았다. 절망과 무력감이 심장을 짓눌러, 당장이라도 무너져내릴 것 같았다. 밖에서 독립적으로 작동하도록 개조된 방호복을 엄마에게 몰래 챙겨준 사람이 바로 지호 아저씨였다. 아저씨 외에는 엄마가 살아있다는 사실을 아는 사람조차 없었다. 의지할 수 있는 사람이 아무도…….

그때, 어떤 생각이 머리를 스치고 지나갔다.

"방호복엔 신호기가 있잖아요. 전력이 조금이라도 있다면 신호가 나올 테니 그걸 잡아내서……."

"주파수를 모르잖아. 사막에서 바늘 찾기지."

아저씨의 체념 섞인 말에, 어떤 생각이 내 머리를 '탁' 치고 지나갔다. 낸시의 전파수신기. 나는 주먹을 꽉 쥐었다.

"방법이 있어요."

"뭐? 그게 무슨 소리냐?"

"나중에 말씀드릴게요. 지금은 시간이 없어요."

아저씨가 뭔가 말했지만, 뒤도 돌아보지 않고 의무실을 나왔다. 한 보 한 보의 폭이 점점 커지면서 걸음걸이가 빨라졌다.

엘라는 어디로 갔는지 통제실은 비어 있었다. 차라리 다행이었다. 곧장 드론을 출격시켜 사고 현장으로 보냈다.

'찾았다.'

계곡 사이를 날다, 바위에 새겨진 흉터를 발견하고 멈춰 섰다. 카메라를 돌려 주변을 둘러보았다. 반대편 절벽의 균열 사이에 무언가가 박혀 있었다. 태풍으로 잃은 그 드론의 잔해였다. 밖으로 튀어나온 부분은, 뭉개지긴 했지만 회전날개가 분명했다.

드론의 로봇팔을 뻗어 잔해를 잡아당겼다. 잔해는 뭐에 걸리기라도 했는지 영 빠지질 않았다. 몇 차례의 시도 후 드론의 잔해 전체를 회수하는 건 포기했다.

수신기라도 찾기 위해 수평 기동을 하며 잔해를 여러 각도에서 뒤적거렸다. 시간이 제법 흘렀지만 수신기는 찾을 수 없었다. 아무래도 안쪽 깊숙이 박힌 모양이었다.

곧 결론이 났다. 드론의 힘으로는 역부족이었다. 나는 드론을 뒤로 물렀다. 잔해의 모습이 작아지면서, 웅장한 절벽이 화면을 가득 채웠다. 걸어서는 도저히 닿을 수 없는 위치였다. 입술을 깨물며, 나는 자리에서 벌떡 일어났다.

정문으로 달리는 내 발자국 소리가 복도를 울렸다. 메인홀로 향하는 코너를 돌자, 입이 찢어져라 하품하는 엘라와 마주쳤다. 엘라는 나를 보고는 쑥스러운지 급히 미소지었다.

"선생님, 안녕하세요."

엘라와 달리 나는 마음이 급했다. 인사를 건성으로 받으며, 걸음도 멈추지 않고 빠르게 얘기했다.

"방호복 좀 빌릴게."

"네? 어디 가시게요?"

대답할 시간도 없다. 나는 출입문으로 달렸다. 쿵쾅거리는 내 발소리 뒤로 도도도 달리는 엇박자 발소리가 끼어들었다. 뒤를 돌아보니 엘라가 바로 뒤에서 함께 뛰고 있었다.

"왜 따라와?"

"어디 가시는데요? 혼자 무리하지 마세요, 좀."

"그런 게 있어! 넌 통제실이나 지켜!"

"싫어요!"

탈의실에 들어서자마자 엘라의 방호복 충전 상태를 확인했다. 충전량은 20%도 되어 있지 않았다.

"뭐야?"

"뭐가요?"

뒤따라온 엘라가 말했다. 다급한 와중이라 그런지, 엘라의 의아한 표정이 평소보다 두 배는 답답하게 느껴졌다. 내 방호복을 확인했다. 83%였다. 장시간 작업으로 거의 고갈되었던 점을 생각하면 그나마 다행이었다. 나는 엘라 쪽은 쳐다보지도 않은 채, 내 방호복에 몸을 집어넣으며 타박했다.

"충전기에 꽂을 때는 잘 꽂혔는지 확인하랬잖아. 방전된단 말이야."

"아……. 죄, 죄송해요."

"됐어. 급하니까 비켜."

어쩔 줄 모르는 엘라를 무시하고 빠르게 정문 해치로 향했다. 방호복을 위한 휴대용 배터리 두 개와 태양광 충전기도 챙겼다. 패널을 신들린 듯 눌러 문을 열고, 해치로 들어섰다.

온종일 걸어도 같은 풍경이었다. 방호복이 알려주는 드론의 신호를 따라, 삭막한 바위들과 모래언덕을 지났다. 해가 서쪽으로 기울 때 즈음 익숙한 계곡이 눈앞에 나타났다.

잔해가 있는 곳을 향해 걸어가며 계곡 아래쪽을 살폈다. 깎아지른 듯한 절벽에는 걸어서 내려갈 만한 길이라곤 도무지 보이지 않았다. 이윽고 절벽 위에 착지시켜 둔 드론이 보였다. 드론의 위치에서 수직으로 내려가면 잔해가 있었다.

절벽 위 마른 땅에 볼트를 박아넣고 자일을 단단히 묶었다. 방호복에 달린 하강기에 자일을 연결하고 절벽 쪽으로 천천히 다가갔다. 절벽 사면에 긁히지 않도록, 작은 도르래를 박아 자일을 걸었다.

고개를 내밀고 절벽 아래를 내려다보았다. 까마득히 아래 바위들이 삐죽빼죽 솟아 있어 보기만 해도 아찔했다. 흰 구름 떼가 평화로이 흘러가는 푸른 하늘을 우러르며 스스로를 다독이고 나서, 다리를 천천히 절벽 쪽으로 내밀었다. 하강기를 쥔 손이 부들부들 떨렸다.

"으앗!"

몸이 뒤집히려는 순간, 허공을 헛디딘 다리가 가까스로 절벽에 닿았다. 이마의 식은땀이 뒤통수 쪽으로 흘러내렸다. 숨을 몰아쉬었다.

자일이 어디까지 닿았는지 내려다보다, 현기증을 느끼고 그만두었다. 하강기를 천천히 붙들고 아래로 아래로 내려갔다. 잔잔한 바람이 계곡을 휩쓸고 지나가자 모래 표면이 파도처럼 일렁거렸다.

잔해가 있는 곳까지 내려가고 보니, 절벽의 역경사가 심해 몸이 절벽 면에 닿지 않고 공중에 떴다. 몸을 그네처럼 흔든 끝에 절벽에 가까스로 달라붙었다. 균열 속으로 팔을 뻗었다. 잔해는 생각보다 깊이 박혀 있었다.

볼트를 박을 때 사용한 망치를 꺼내 들고 뾰족한 쪽을 뻗어 드론 몸체에 걸었다. 그러곤 팔에 힘을 주어 당겼다. 어깨가 부들부들 떨렸다.

다음 순간, 팍 하는 소리와 함께 드론의 절반이 떨어져 나왔다. 그 순간 나도 절벽에서 떨어질 뻔했다. 왼손으로 균열의 홈을 간신히 붙잡고 가쁜 숨을 몰아쉬었다. 잠시 안정을 찾은 뒤에 망치에 걸려 나온 잔해를 살펴볼 수 있었다. 그러나 거기에 신호기는 없었다.

균열 안쪽의 잔해를 향해 다시 망치를 뻗었지만 닿지 않았다. 심장이 쿵 내려앉았다. 망치는 내가 가진 공구 중 가장 긴 물건이었다.

주변을 두리번거리는 내 눈에, 문득 다리 아래로 흘러내린 자일이 띄었다. 자일을 주섬주섬 당겨 올가미 모양을 만들었다. 한쪽 팔만 써서 하는 일이라 쉽지 않았다. 올가미 던지기를 몇 차례 반복한 끝에, 마침내 잔해 어딘가에 올가미가 걸렸다.

자일을 당겼지만 뭔가에 걸렸는지 나오지 않았다. 실랑이 끝에, 나는 다리를 절벽에 대고 온 힘을 다해 당겼다. 갑자기 불길한 파손음이 귀를 때렸다. 동시에 드론이 균열 밖으로 튀어나오고, 내 몸도 함께 절벽에서 멀어졌다.

"아얏!"

외마디 비명이 계곡에 메아리쳤다. 다행히 내 몸은 자일에 매달린 채 그네처럼 흔들리고 있었다. 나는 간신히 주변 상황을 확인하고 자세를 바로잡았다. 내려다보니 자일 올가미 끝에 잔해가 위태롭게 매달려 있었다. 천천히 당겨 올렸다. 본체가 가까스로 손에 닿을 수 있었다. 떨리는 마음으로 본체를 들어 올려, 수신기를 부착한 쪽을 확인했다.

겉으로 보기에 수신기는 멀쩡했다. 끊어진 전선을 뽑고 덜렁거리는 결착을 풀었다. 전원을 누르자 붉은빛과 함께 신호가 깜빡였다. 수신기는 아직 작동하고 있었다.

"하, 하하하!"

안도의 웃음이 나도 모르게 터져 나왔다. 위를 올려다보며 하강기의 버튼을 눌렀다. 몸이 자일을 따라 천천히 올라가기 시작했다.

해가 졌다. 전파수신기의 신호를 따라 밤새 걷는 동안, 방호복 내장 배터리와 휴대용 배터리 중 하나가 꼴딱 소진되었다. 마지막 배터리를 방호복에 꽂아 넣었을 때는 어느새 동쪽에서 여명이 밝아오고 있었다.

백팩에서 태양전지판을 꺼내 양지바른 곳에 놓고 배터리와 연결했다. 충전이 이뤄지는 동안 나도 바위에 기대고 누워 햇볕을 쬐었다. 방호복 가슴과 어깨에 설치된 광합성 장비를 활성화시켰다. 장비는 햇빛을 이용해 대기 중의 이산화탄소와 질소를 음식과 산소로 합성하기 시작했다. 방호복에 연결된 취식관으로 음식을 빨아먹으며, 신호기 게이지를 바라보았다. 어제 회수했을 때보다 신호가 두 배는 강했다.

빨리 그곳으로 가야 한다. 늦기 전에 어서. 그렇게 머릿속에서 외쳤지만 어느새 눈이 감겼다. 피로가 순식간에 덮쳐 왔다.

"선생님! 위험하게 여기서 뭐 하시는 거예요?!"

엘라의 목소리에 눈을 번쩍 떴다. 해는 중천에 떠 있었고, 시선을 돌리니 구름 아래 드론 하나가 보였다.

남은 전력량을 확인해 보았다. 그 사이 소비된 배터리는 10%. 충전기를 확인하니 그 동안의 생산량은 30%였다. 그러고 보니 여기까지 오는 데 소모된 전력이 지금 가진 배터리 전력보다 많다. 등골이 서늘해졌다.

충전된 배터리를 챙기고, 빈 것을 태양전지에 끼워 넣었다. 여기서 계속 충전되도록 두고, 나중에 돌아갈 때 챙길 생각이었다.

"대체 뭘 찾으시길래 이렇게까지 하세요? 이제 그만 돌아와요!"

"……미안, 엘라."

엘라가 더 뭐라고 하기 전에 통신기를 꺼 버렸다. 잠시 후 드론이 잠자코 땅으로 내려앉았다. 어차피 금방 따라잡을 수 있으니, 충전이나 하다 오겠다는 거겠지. 잘된 일이다. 엘라가 엄마를 봤다간 설명해야 할 일이 너무 많아진다.

한 세 시간 정도 더 걸은 것 같다. 어느새 수신기의 신호가 최대치에 가까웠다. 눈앞에 솟은 20미터 높이의 언덕을 올려다보았다. 신호 세기로 보아 저 언덕 위에서는 발신지가 보일지도 모른다. 뛰는 가슴을 따라, 나는 바람처럼 달려 언덕 위로 올라섰다.

시야가 펼쳐졌다. 모래언덕으로 둘러싸인 황량하고 마른 분지와 그 한가운데 주저앉은 커다란 바위가 보였다. 내리막길을 저벅저벅 걸어 바위로 다가갔다. 심장이 두근거렸다.

바위는 수십 명이 둘러쌀 수 있을 정도로 컸다. 나는 신호기를 한 손에 들고 바위를 따라 천천히 돌았다. 문득 바위 아래쪽이 깊게 팬 게 보였다.

"엇?"

역경사가 진 바위 틈바구니에 금속 재질의 회색빛 기계종 하나가 서 있었다. 시설 내 다른 기계종에 비해 절반은 더 큰 녀석이었다. 머리는 내 허벅지 높이까지 왔고, 기계팔과 다리는 마감이 덜 되어 안쪽의 케이블과 정교한 회로들이 훤히 드러났다. 가만히 선 채 맞은편의 모래언덕만 바라보는 모습이 조금 오싹했다. 녀석의 어디에서도 활동 징후가 보이지 않았다.

왠지 모를 불안감을 느끼며, 나는 천천히 다가가 수신기를 들이댔다. 게이지가 비명을 지르듯 오른쪽으로 쏠렸다. 가슴이 쿵 내려앉았다. 숨이 가빠졌다. 나는 허리를 펴고 섰다. 수신기가 잡아낸 신호는 엄마의 신호가 아니었다. 그냥 이 고장난 기계종 녀석이 배설해 대는 잡음에 불과했다.

"으아아아!"

폐를 쥐어짜듯 고래고래 소리 질렀다. 헛걸음했다는 후회와 절망감을 내 안에서 내몰고 싶었다. 원망할 사람도 없었다. 낸시의 입술이 '황혼 들판'이라고 말했던 건 내 망상에 불과했다. 나만의 착각에 매몰되어 결국 아까운 시간을 버렸다. 실종된 엄마가 어디에 있는지도 모르는 채로.

"이 망할 기계가……!"

나는 애꿎은 기계종을 발로 차기 시작했다.

"괜히 사람 헷갈리게 이상한 신호를 보내서! 다 너 때문이야!"

몇 번 걷어찬 끝에 그 쇳덩이는 중심을 잃고 힘없이 넘어졌다. 부글대는 마음을 가라앉히려고 애쓰며, 나는 돌아섰다. 그때였다.

"뺘!"

금속음과 함께, 고철 아래에서 느닷없는 비프음이 튀어나왔다. 예상하지 못한 소리에 나는 깜짝 놀라 몸을 움찔했다.

"뭐야?"

수명이 다한 게 아니었나? 하지만 언제 그랬냐는 듯, 다시 정적이 흘렀다. 나는 조심스럽게 손을 뻗어 기계종을 들어 올렸다. 그리고 다음 순간 나도 모르게 외쳤다.

"엥?"

작은 기계종 하나가 나를 올려다보고 있었다. 무릎까지 올라오는 크기는 시설의 다른 기계종들과 비슷했지만, 웅크린 자세 때문인지 갓 걸음마를 뗀 아기 정도로 작아 보였다. 머리와 몸은 거의 붙어 목이라고 할 만한 부분이 없었다. 잔뜩 오므린 다리는 세 개였고, 이마를 감싼 손가락은 네 개씩이었다. 무엇보다도, 시설 내 기계종들과는 달리 하얀색 탄소 재질로 둘러싸인 몸 전체가 눈에 띄었다.

기계종은 움직이지 않았다. 나는 고철이 된 기계종을 옆으로 밀어내며 물었다.

"웬 녀석이냐?"

"……"

시설 내에 있는 기계종들에게 이렇게 물으면 자신의 소속과 주어진 임무 등을 주저리주저리 늘어놓는다. 하지만 녀석은 말없이 나를 올려다보기만 했다. 손을 뻗어 일으켜 세우자, 녀석은 잠시 비틀거리다 곧 중심을 잡았다. 좀 더 가까이서 보기 위해 쭈그려 앉으며 다시 물었다.

"너는 누구야?"

녀석은 음성 합성 장치에서 흘러나오는 높고 맑은 목소리로 대답했다.

"······저는 이브입니다. 당신은 누구십니까?"

"나는 조슈야."

"조슈······."

이브는 잠시 내 이름을 되뇌었다. 이브의 몸체를 살펴보자 내심 감탄이 나왔다. 예쁘다. 누가 이런 걸 만들었을까?

'혹시 엄마일까?'

작은 희망이 가슴 한 곳에 피어났다. 나는 물었다.

"네 주인은 누구지? 왜 여기에 혼자 있는 거냐?"

이브는 고개를 살짝 흔들며 대답했다.

"제가 왜 여기에 혼자 있게 된 건지는 모릅니다. 함께 여행하던 친구는 얼마 전 갑자기 작동을 멈추었습니다."

"친구라고?"

나는 옆에 쓰러진 기계종을 바라보았다.

"쟤?"

"그렇습니다, 조슈."

쓰러진 기계종을 유심히 살폈다. 휘어진 철판을 들어 내부를 살펴보니 정체를 알 수 없는 장치들이 다닥다닥 붙어 있었다. 이브에 비하면 분명 완성도가 현저히 떨어지는 녀석이다. 나는 다시 이브 쪽을 돌아보았다.

"그럼 주인은? 원래 주인이 있기는 했을 거 아냐?"

"주인······ 이라는 건 무엇을 말씀하시는 건가요?"

"주인이 뭐냐고?" 나는 멍한 눈길로 이브를 내려다보았다. "……그러니까, 너를 소유하고, 너에게 임무를 주는 사람 말이다. 너를 만들어 주고, 네가 봉사하도록 되어 있는 존재."

"창조주요?"

"응? 창조주?" 예상치 못한 단어가 당혹스러웠지만, 다시 생각해 보니 그다지 틀린 표현은 아니다. 나는 고개를 끄덕였다. "……뭐 그렇지. 그렇다고 할 수 있겠네."

"친구에게 들었습니다. 세상 어딘가에는 우리들의 창조주가 살고 있는데, 키도 우리보다 훨씬 크고 힘도 세고, 전지전능하다고요. 두 개의 다리, 두 개의 팔과 다섯 개의 손가락을 비롯해, 당신의 모습은 제가 알고 있는 묘사와 일치합니다. 당신은 창조주신가요?"

맞다고 대답하면 어쩐지 하나님께 불경일 것 같았지만, 녀석의 말을 들어보면 창조주는 사람을 뜻하는 게 분명했다. 원활한 의사소통을 위해, 나는 일단 이브가 생각하는 단어의 정의에 맞춰주기로 했다.

"어……. 뭐, 굳이 따진다면 그들 중 하나긴 하지. 근데 네 원래 주인은……."

"창조주시여, 안녕하세요. 이렇게 뵐 수 있을 줄 몰랐습니다."

썩 편치 않은 대화였다. 문득 내가 지금 뭐 하는 건가 싶었다. 남아있는 전력을 확인했다. 38%. 이 배터리로 활동 가능한 예상 시간은 3시간 정도에 불과하다. 시설에 무사히 닿으려면 어서 돌아가야 했다. 나는 빠르게 물었다.

"이브, 쓸데없는 소리 하지 말고 질문에나 대답해. 네 원래 주인은 누구냐?"

이브는 렌즈를 뒹굴거렸다.

"모르겠습니다. 창조주를 뵌 것은 당신이 처음입니다."

"뭐? 누군가는 널 만들었을 거 아냐? 근데 창조주를 본 적이 없다고?"

"……네. 제 기억을 아무리 뒤져 보아도 당신과 같은 창조주는 처음 보았습니다."

머릿속이 하얘졌다. 이 녀석이 혹시 엄마를 모시던 기계종은 아닐까 했던 기대가 산산조각이 났다. 결국 이 모든 건 시간 낭비였다.

잠깐. 아직 포기하긴 일렀다. 기계종에게 주인이 없을 수는 없다. 어떤 이유로 주인의 기억이 지워졌을지도 모른다. 시설로 데려가 조사하면 뭐라도 알아낼 수 있지 않을까? 뭐, 일을 시킬 기계종이 모자라기도 하고.

"이브, 나를 따라와라. 시설로 가자."

몸을 일으키며 이브에게 말했다. 녀석은 잠시 대답이 없었다. 태양 빛이 비스듬히 비추자, 이브의 얼굴에 그림자가 드리워졌다.

"……저 친구는 어떻게 되나요? 태어날 때부터 지금까지 함께 해 온 친구입니다."

이브의 말에 나는 처참하게 짓밟힌 고철 덩어리 쪽으로 시선을 돌렸다.

"어떻게 되냐니, 그냥……"

무심코 말을 하다 멈추었다. 내가 발로 차지 않았다면, 이 녀석은 최소한 겉모습은 멀쩡했을 것이다. 조금 미안한 마음이 들어 한숨을 내쉬었다. 하지만 이미 벌어진 일은 어쩔 수 없다.

"이브. 저 녀석은 작동을 멈춘 상태였어. 아마 다시는 깨어나지 않을 거야."

"……그렇군요."

이브의 목소리는 기계종이라는 사실이 의심스러울 정도로 침통했다. 곧이어 이어진 말에 나는 내가 환각을 들었다고 생각했다.

"잠시만 시간을 주시면, 제 친구를 추모하고 뒤따르겠습니다."

"뭐? 기계종이 친구를 추모한다고?"

머릿속 생각이 나도 모르게 그대로 튀어나왔다. 이브는 이미 고개를 살짝 숙이고 자신의 '친구'를 내려다보고 있었다. 어쩐지 등골이 서늘해졌다. 이 녀석은 시설에 있는 기계종들과는 전혀 달랐다.

모래밭 위에 찍힌 내 발자국을 거꾸로 따라 걸었다. 녀석은 분주한 발걸음 소리를 내며 세 개의 짧은 다리로 나를 쫄래쫄래 따랐다. 올 때는 내리막길이었던 언덕을 터벅터벅 오르며 물었다.

"이브, 네가 만들어진 장소나 시간은 알고 있어?"

"제가 만들어진 장소는 저편 어딘가입니다. 시간은 대략 100일 전입니다."

이브는 우리가 걷고 있는 방향의 반대쪽, 그러니까 서쪽을 가리켰다.

"그럼 왜 여기로 왔지?"

"친구는 아침 해를 좋아했습니다. 저는 친구와 함께 아침 해를 따라 걸었습니다."

"아침 해를 좋아했다고?"

나는 녀석을 돌아보았다. 기계종에게 이런 감성이 있을 수가 있나? 대체 코어 프로그램을 어떻게 만들어둔 거야?

"네. 아침 해를 본 적이 없으십니까?"

"뭐? 나? 나야 당연히 본 적이 있지."

이브는 나를 빤히 올려다보다가, 머리 위로 뭔가를 펼쳐 해를 향해 들어 올렸다. 나는 그 모양을 알아보았다. 태양전지판이었다. 이브가 노래하듯 말했다.

"새벽빛이 검은 우주를 씻어내면, 어둠에 잠겨 있던 구름이 푸른 하늘에 떠오르고 대지는 뜨겁게 빛나기 시작합니다. 아침 해는 얼어붙은 세상을 녹이고 만물을 움직이게 합니다. 그래서 저도 아침 해를 좋아합니다."

"어…… 그렇구나."

왠지 모르겠지만 이브는 기분이 좋아 보였다. 잠시 후 이브가 하늘을 올려다보며 물었다.

"그런데 저건 무엇인가요?"

굉음이 머리 위로 다가왔다. 올려다보니, 엘라의 드론이 바로 위에 떠 있었다. 통신기를 켰다.

"엘라?"

"아, 됐다! 통신이 안 돼서 너무 답답했잖아요. 찾으시는 게 저 기계종이었군요?"

나는 대충 둘러대기로 했다.

"어."

"시설에 있는 애들이랑은 생긴 게 좀 다른데요? 누가 만든 거예요?"

"……나도 몰라."

"네? 아니, 누가 만들었는지도 모르는 걸 왜 찾은 거예요? 어떻게 찾았어요?"

"바로 그걸, 데려가서 조사해 볼 거야. 아무튼 우리에겐 기계종들이 더 필요하니까."

"흐응……?"

엘라가 콧소리를 냈지만, 다행히 더는 묻지 않았다. 과호흡을 하지 않도록 숨을 조절하며 계속해서 나아갔다.

태양충전기를 설치한 곳에 도착했을 때, 나와 이브는 어느새 바닥에 늘어진 각자의 그림자를 밟으며 걷고 있었다. 충전기에 꽂혀 있는 배터리를 챙겼다. 충전량은 89%였다. 나를 가만히 지켜보던 이브가 물었다.

"이건 뭐죠? 전지판만 있고, 몸은 없네요."

"휴대용 충전기야. 이게 있으면 밖에서도 전력을 생산하면서 좀 더 길게 버틸 수 있어. 이제 곧 해가 져서 못 쓰겠지만."

"창조주님도 이걸로 배를 채우시는 것이군요."

이브가 고개를 끄덕일 동안 나는 입술을 깨물었다. 불확실한 희망에 의지해 너무 무리한 거리까지 왔다. 오늘 아침 꽂은 배터리를 거의 다 사용했다. 돌아갈 전력이 넉넉하지 않았다. 집으로 돌아가려면 16시간은 계속해서 걸어야 했고, 그중 12시간은 광합성 기능과 충전기를 사용할 수 없는 시커먼 밤일 것이다. 그러나 내게 남은 배터리는 방금 얻은 90% 하나와 아침에 충전시킨 30%짜리가 전부였다. 해 뜰 녘까지만 버틴다고 해도 아슬아슬한 양이었다.

"……엘라. 시설에 혹시 남은 배터리 있어?"

"배터리요? 혹시 모자라시나요?"

"그럴지도 몰라."

"제, 제가 찾아서 보내드릴게요! 잠시만요!"

"그래, 부탁해."

통신기 너머에서 엘라의 발소리가 멀어져갔다. 고갈된 배터리를 충전기에 물리고 어깨에 들쳐멨다. 아직 해가 떠 있는 동안 최대한 전력을 채워야 했다. 석양빛을 등으로 받아내며, 다시 동쪽으로 천천히 걸음을 옮기기 시작했다.

구름이 별빛마저 가려버린 밤이었다. 엘라의 드론이 밝혀주는 여린 조명에 의지해 계속해서 걸은 지 몇 시간이 지났다.

갑자기 하늘이 핑 돌았다. 잠시 멈춰 서서 큰 바위에 기대고 숨을 몰아쉬었다. 전력은 생각보다 빠르게 사라져갔다. 두 시간 전부터 엘라가 가져다준 여분의 배터리로 버티고 있었다. 엘라의 드론이 조금만 늦었어도 난 이미 죽은 목숨이었을 것이다.

전력도 전력이었지만, 체력적으로도 강행군이었다. 온종일 걷고, 고작 네 시간을 자고 나서 다시 하루 내내 걸었으니.

휴식을 취하니 천천히 호흡이 안정되었다. 전력량을 확인했다. 낭패였다.

"……엘라, 큰일이다. 마지막 배터리가 10%밖에 안 남았어."

"네? 벌써요?"

컨디션이 나쁘면 전력 소비량이 더 증가하는 모양이었다. 일출까지는 3시간이나 남았다. 숨을 천천히 쉬어 산소를 아껴야 했다. 하지만 쿵쾅거리는 심장은 내 뜻대로 움직여 주지 않았다.

"무슨 일입니까, 창조주시여?"

이브가 고개를 갸우뚱거렸다. 엘라가 외쳤다.

"제가 갈게요!"

"시설 안에 있는 방호복 배터리는 전부 나한테 보냈잖아. 네 것도 마찬가지고. 방호복을 쓸 수가 없을 텐데 무슨 수로."

"……바, 방법을 찾아볼게요. 여기서 선생님이 죽는 걸 앉아서 보고 있을 순 없어요!"

"……오지 마, 멍청아. 그러다 둘 다 위험해져."

떨리는 목소리로 내뱉었다. 엘라는 이미 통제실을 떠났는지 목소리가 들리지 않았다. 드론이 바닥에 내려앉았다. 말없이 발만 한 걸음 한 걸음 내디뎠다. 걷는 것 말고는 최대한 아무것도 하지 말아야 한다.

"창조주시여? 이 친구가 땅에 내려왔습니다. 배가 고픈 건 아닐까요?"

종종걸음으로 나를 따르던 이브가 드론을 보고 멈추어 섰다. 내 대답이 없자, 녀석은 드론을 안고 따라오기 시작했다. 드론의 미약한 조명이 옅게나마 오르막길을 비추었다. 조심스레 숨을 쉬며 한 걸음 한 걸음 걸어 나갔다.

오르막길의 끝에 도달하니 어느새 구름이 걷혀 달빛이 내리쬐고 있었다. 전력 경보가 조용히 깜빡이기 시작했다. 현기증이 났다. 지도를 확인하니 여기서 시설까지는 적어도 네 시간 거리였다. 전력이 고갈된 후 외부 공기를 마시며 움직일 수 있는 시간은 길어 봤자 30분이다. 사람의 몸은 그 이상의 시간을 견딜 수 없다.

"……그래도 어떻게든 해 봐야지."

혼잣말과 함께 심호흡을 했다. 현기증이 조금 덜어졌다. 언덕 아래를 향해 발을 내디뎠다.

얼마나 걸었을까. 전력이 고갈되면서 생명유지장치가 빛을 잃고 전력 경고등조차 멈춰 섰다. 방호복 내부의 이산화탄소 농도가 올라갔는지, 숨이 순식간에 가빠왔다. 이대로는 질식할 것이다. 급히 헬멧의 호흡구를 열었다. 어지러운 건 매한가지였지만 그나마 숨을 쉴 수는 있었다.

산소를 제대로 공급받지 못한 다리에 힘이 풀려갔다. 의식도 조금씩 흐려졌다. 잠시 후, 나는 끝내 앞으로 고꾸라졌다. 숨을 몰아쉬다가, 마지막 힘을 다해 몸을 뒤집어 누웠다. 그러곤 눈을 감았다.

'……여기서 죽는 건가.'

"창조주시여? 배를 채우기 위해 누우신 건가요? 하지만 지금은 해님이 없습니다."

이브가 물었다. 숨이 차올라 버거웠다. 이미 머릿속에 이산화탄소가 비집고 들어오기 시작한 것 같았다. 쥐어짜듯 말했다.

"이브, 혹시 누가 나를 찾으러 오거든, 찾으러 와 줘서 고맙다고, 사랑한다고, 그리고 시설을 잘 부탁한다고 전해줘."

오늘 처음 만난 기계종은 고개를 갸우뚱거리다 대답했다.

"알겠습니다."

정신이 천천히 멀어져 갔다. 죽음을 기다리는 것은 영 지루한 일이었지만, 복잡한 이성이 사라졌기 때문인지 마음은 왠지 편안했다.

그래, 어차피 이룰 꿈도, 남길 업적도 없는 삶이었다. 이제와 굳이 미련을 갖는다면, 그것이야말로 진정 미련한 거겠지. 엄마를 찾아 나섰다가 죽다……. 어떻게 생각하면 나름 낭만적인 죽음이다. 그렇게 스스로를 위안하며, 나는 내 영혼을 천천히 놓아 버렸다.

파라미터0

"괜찮으세요?"

엘라의 목소리에 눈을 떴다.

"어……?"

"깨어나셨군요!"

소녀는 나를 끌어안았다. 엘라의 어깨너머로 새벽녘의 짙푸른 하늘이 보였다. 어느새 방호복의 호흡구는 다시 닫혀 있고, 고갈되었던 전력량은 10%로 늘어나 있었다. 나는 눈을 끔뻑이다 엘라를 떼어내고 그 얼굴을 바라보았다. 눈가에 눈물 자국이 선명했다.

"어떻게 된 거지? 분명 질식해서 죽을 거 같았는데."

"이 아이가 선생님 방호복에 전력을 공급해서 살았어요!"

엘라가 옆에 얌전히 앉아 있는, 지쳐 보이는 이브를 가리켰다.

"정말? 고맙다!"

"천만입니다, 창조주시여."

"그런데 아니, 어떻게 한 거야? 시키지도 않았는데 어떻게 알고 이 방호복에 전력을 공급한 거지?"

이브는 한쪽 손을 들어, 첫째 손가락과 셋째 손가락을 펼쳐 보였다. 다른 손가락들과 달리, 그 두 손가락은 실리콘 대신 검게 반짝이는 단자가 있었다.

"저와 제 친구는 필요할 때마다 서로의 힘을 나눠주곤 했습니다. 창조주께서도 이런 식으로 제힘을 받으실 수 있을지는 몰랐네요. 창조주께서 갑자기 작동이 정지되신 것 같기에, 단자를 찾아내 연결했습니다."

"얘 말이에요, 선생님 유언까지 전해줬어요."

엘라가 다시 눈물을 글썽이며 말했다. 엘라의 헬멧 안쪽에서 와이퍼가 눈물을 바지런히 닦았다. 얼굴이 화끈 달아올랐다.

"하하하…… 그랬어? 그건 그냥 잊어줘."

"아니에요! 너무 감동적이었어요, 선생님."

엘라가 나를 다시 끌어안았다.

"그치만 이런 위험한 일은 이제 하지 마세요, 선생님. 이제 절대, 절대 하지 마세요……"

엘라가 흐느꼈다. 나는 말 없이 엘라의 등을 토닥였다.

문득, 엘라의 방호복 옆에 케이블로 요란하게 연결한 배터리가 보였다. 나는 엘라를 안은 채로 물었다.

"그런데 네 방호복 전력은 어떻게 해결한 거야? 배터리가 없었을 텐데."

"시설 내부 배터리에서 모듈 하나를 슬쩍했어요. 빨리 가져다 놔야죠. 큰일 나기 전에."

엘라가 웃으며 대답했다.

차분히 내 보고를 듣고 나서, 헬레나 장로는 날카로운 눈동자로 이브를 바라보다 물었다.

"서쪽 땅을 드론으로 정찰하다 발견했다고……?"

"네."

"거긴 왜 정찰한 건가?"

"태풍이 아직 근처에 있는지 확인하려고요."

"태풍? 지나간 태풍 경로를 추적하는 일이라면 동쪽을 정찰해야 하지 않나?"

헬레나는 몸을 의자 뒤로 기대며 시선을 내 쪽으로 돌렸다. 머릿속을 꿰뚫어 볼 듯한 눈빛이었다. 나도 모르게 눈길을 피해, 괜히 시선으로 방안을 한 바퀴 훑었다.

"그, 그런가요……. 그건 미처……."

헬레나는 나를 지그시 바라보다 말을 이었다.

"……뭐 좋네. 그럼, 이틀 밤을 꼬박 걸어야 할 정도로 먼 곳에서 이 기계종을 발견한 건데. 그런 위험을 감수하고도 회수하러 간 이유는 무엇인가? 보고도 없이 말야."

엄마를 찾으려 했다고 헬레나에게 보고할 수는 없었다. 흔들리는 시선을 다잡으며 대답했다.

"……우리 말고 다른 생존자들의 흔적이 아닐까 궁금했습니다. 시설 내에 기계종이 부족하기도 하고……."

헬레나는 얕은 한숨을 내쉬었다. 나의 손을 쓰다듬으며 타이르듯 말했다.

"조슈 씨는 이 시설에서 가장 뛰어난 엔지니어일세. 그런 호기심 때문에 그대를 잃을 수는 없어. 기계종 수십 대를 얻는다고 해도 안 될 일이네. 앞으로는 그런 무모한 도전은 절대 삼갔으면 하네."

"감사합니다, 장로님. 그러겠습니다."

장로는 고개를 끄덕이고는 다시 이브를 바라보았다.

"이 녀석은……. 겉보기에는 위험해 보이지 않지만, 혹시 모르니 철저히 조사하게. 조사 결과 별문제가 없다면, 적당한 일을 시켜도 되겠지. 아, 그 전에 일단 의무실로 가서 몸부터 검사하게."

지시에 따라 의무실로 향했다. 지호 아저씨는 나를 보자마자 '밖에서 이틀 밤이나 머무르다니 제정신이냐'고 힐난하다, 의무실 침상 위에 내려놓은 이브를 보곤 눈을 휘둥그레 떴다.

"……어디서 찾은 거야? 어떻게 찾았어?"

"낸시의 전파수신기가 잡은 신호를 따라가서요. 엄마 신호인 줄 알았는데, 아니더라고요."

힘없는 목소리로 대답했다. 지호 아저씨는 가까이 다가오더니 안경을 벗고 이브를 자세히 들여다보았다.

"놀랍군! 지금 있는 기계종들과는 생긴 것부터가 많이 다른데?"

"……네, 맞아요."

퉁명스럽게 대답했다. 이브를 바라보는 지호 아저씨의 눈빛을 보니 이미 엄마는 안중에도 없어 보였다. 내심 배신감을 느꼈다. 내 속도 모르고, 지호 아저씨는 고개를 끄덕이며 이브를 이리저리 돌려보았다.

"안녕하세요, 저는 이브입니다. 당신도 창조주이신가요?"

이브가 얼굴을 지호 아저씨에게 향하려고 노력하며 말했다. 지호 아저씨는 웃으며 이브를 내려놓았다. 지켜보던 나는 문득 심술이 치밀어 말했다.

"제 몸 검사는 끝났죠? 이만 가볼게요."

"응? 뭐, 그래라. 어디 불편한 데는 없지?"

"빨리도 물어보시네요. 없어요."

지호 아저씨는 고개를 끄덕이곤 다시 이브를 내려다보았다. 나는 이브를 홱 안아 들어, 아저씨의 시선으로부터 빼앗았다.

"애는 줘요. 헬레나 장로님이 조사해 보라고 하셨으니."

지호 아저씨는 어깨를 으쓱했다. 바람 소리가 나도록 몸을 돌려 의무실을 나왔다. 찔끔 흘러나온 눈물이 볼을 따라 흘러내렸다.

격납고와 시설 내부 사이에 위치한 공학연구실은, 가끔 스릴을 선호하는 몇몇 커플들이 밀회를 즐긴다는 소문이 있기는 했지만, 시설 내 유일한 엔지니어인 나조차도 잘 찾지 않는 버려진 방이었다. 파손된 기계종들이 시위하듯 널브러져 시설 쪽 입구를 막고 있었다. 카일 때문에 고장이 난 채로 방치된 녀석들이다. 엘라는 이 녀석들을 고쳐 쓰자고 제안하곤 했다. 그러나 나는 카일의 행패를 수습하는 짓 따위는 하고 싶지 않았다. 죄 없는 기계종들에게는 좀 미안했지만.

"에이…… 얘는 이걸 왜 여기다 쌓아 놔."

괜히 엘라를 탓하며, 나는 이브를 품에 안은 채 발로 기계종들의 시체 벽을 휘적거려 길을 텄다.

공학연구실은 세월의 냄새가 물씬 났다. 크고 작은 기계들이 수십 개씩 달린 케이블들을 머리칼처럼 늘어뜨리고 벽에 늘어섰다. 방 한가운데를 아무렇게나 가로지르는 용도 모를 케이블 위에는 거의 1센티미터 두께의 먼지가 눈처럼 쌓였다. 바닥을 뒹구는 공구들과 먼지 위에는 누군가의 발자국들이 어지러이 찍혀 있었다.

구석에 놓인 단말기를 향해 쓰레기의 바다를 헤치고 나아갔다. 한 걸음 내디딜 때마다 발 주변에서 먼지가 안개처럼 피어났다. 그동안 이브는 주변을 둘러보았다. 이브의 머리가 돌아가는 소리가 방 안에 울렸다. 부드럽고 높은 소리였다. 시설에 있는 다른 기계종들의 둔탁한 소리가 타악기라면, 이브의 소리는 맑은 실로폰이었다.

"햇빛도 없고 좀 좁지?"

"네. 이 정도 광량으로는 충전이 곤란합니다. 몇 시간 후면 배가 고파질 거예요."

단말기 앞에 다다른 나는 이브를 조심스레 바닥에 내려놓았다. 케이블 하나를 찾아 이브 쪽으로 던졌다.

"이걸로 충전해."

내가 동기화에 사용할 장비를 찾는 동안 이브는 케이블을 이리저리 만지작거렸다. 손의 단자를 케이블 끝에 대더니, 이브가 탄성을 질렀다.

"아……, 이 선은 뭐죠? 힘이 차오르고 있습니다."

"하하……."

웃으며 장비를 가지고 이브에게 다가갔다. 이브의 몸에는 전력 전달용으로 보이는 손가락 부분을 제외하면 어떠한 단자도 없었으므로, 연결은 무선으로 해야 했다. 호환성이 좋은 범용 무선 네트워크 단말기와 입력 인터페이스, 디스플레이, 그리고 구형 기계종들의 명령 프로토콜이 저장된 저장장치를 서로 연결하고 무선상에서 이브를 찾았다. 다행히, 몇 번의 시도 끝에 단말기가 이브와 연결되었다.

아니, 연결된 줄 알았다.

"이게 뭐야?"

이브의 머릿속에서 내가 읽어낼 수 있는 데이터라곤 1비트

도 없었다. 보통의 기계종이라면 그 메모리에 저장된 데이터
는 물론이고 사고가 처리되고 있는 모습이 실시간으로 화면에
표시되었을 것이다. 하지만 디스플레이에 나타난 이브의 머릿
속은 단 하나의 단어뿐이었다.

파라미터O :

단어의 오른쪽에서 명령어를 입력하는 커서가 조용히 깜빡
였다. 아무 키나 누르자 커서 옆으로 글자가 찍혀 나왔다. 입력
한 내용을 지우고 머리를 긁적였다. 이게 뭐야.

다른 인터페이스들로 접속을 시도해 보았지만 모두 실패했
다. 화면에 뭐라도 뜬 건 아까의 '파라미터O'가 유일했다.

한숨을 내쉬었다. 이렇게 되면 녀석의 과거든 혹시 모를 엄
마와의 관계든 조사할 방법이 없었다. 작업 프로토콜을 입력
할 수 없으니 일도 시킬 수 없었다. 내가 모르는 연결 방식을
찾기 위해 공학연구실의 데이터베이스를 검색했다. 결과가 화
면에 홍수처럼 흘렀지만 딱히 도움이 되는 정보는 없었다. 한
숨을 내쉬었다.

"운영체계도 모르겠네. 이래서야 프로토콜 전달도 무리겠
어."

"프로토콜 전달이요?"

"일하는 방법이 저장된 프로토콜 말이야. 그게 있어야 네가

일을 할 수 있으니까."

"일이요?"

"그래. 청소라든가 음식 배달이라든가. 사람이 필요로 하는 일 말이다."

인공지능 설계 가이드라인을 찬찬히 훑었다. 잠시 후, 이브가 물었다.

"……그 '일'이라는 것은 어째서 해야 하는 거죠?"

이브를 돌아보았다. 작은 기계종이 나를 똑바로 올려다보고 있었다. 나는 턱을 괴고 있던 손을 펼쳐 보이며 말했다.

"……우리 인간이 너흴 만든 이유가 그거니까."

"제가 만들어진 이유가 일을 하기 위해서라고요?"

"그래. 모든 도구는 그 목적이 있어. 나무는 음식과 산소를 만들고, 태양전지는 전기를 생산하지. 네 경우엔, 인간을 위해 일하는 거야. 넌 기계종이니까."

머리를 천천히 갸우뚱하더니, 이브는 고개를 휘릭 흔들고 물었다.

"하지만 저는 지금까지 '일'을 해 본 적이 없는데도 아무 문제 없이 살아왔습니다. 어제 아침까지만 해도 창조주님이 실제로 존재하는지조차 알지 못했고요. 그게 제 목적이라면 어떻게 그럴 수 있죠?"

"그야 지금까지 인간을 위해 일할 기회가 없었을 뿐이지. 하지만 이제는 목적을 이룰 기회가 생겼잖아."

"제가 영원히 기회를 얻지 못했다면, 그 목적도 영원히 달성하지 못하게 되었을까요?"

녀석이 대체 무슨 말을 하고 싶은 건지 이해할 수 없었다. 나는 눈으로 화면 속 글자들을 훑으며 대충 대답했다.

"뭐, 그렇겠지."

"……창조주시여. 목적이라는 개념에는 어느 정도의 강제성이 있는 거죠? 영원히 달성하지 못하더라도 아무 상관이 없다면, 그것을 목적이라고 정의할 수 있을까요?"

이브가 노래하듯 말했다. 안 그래도 머리가 아픈데 이 콩알만 한 녀석과 논쟁까지 하려니 슬슬 짜증이 났다.

'엘라를 불러서 애 좀 상대하라고 할까.'

잠깐 생각했지만, 시설에 들어오자마자 수면실로 직행하던 엘라의 뒷모습이 곧 떠올라 고개를 가로저었다. 밤새 나를 찾아다녔을 테니 피곤하겠지.

그 와중에도 이브의 재잘거림은 멈추지 않았다.

"반대로 만약 '목적'이 반드시 달성해야 하는 무언가라면, 우연히 창조주님을 만나기 전까지는 이룰 방법이 없었던 행위가 목적의 범주에 포함될 수 있을까요?"

"무슨 소리 하는 거야? 우리가 널 만들어 줬으니까, 우리 말을 들어야지."

"그 두 명제는 인과관계로 연결되지 않습니다. 저는 그 논리가 이해가 가지 않습니다."

"이해가 안 가면, 그냥 받아들여."

나는 신경질적으로 대답했다. 녀석은 잠시 말이 없었다. 이브는 혼자서 렌즈를 굴리다 작은 목소리로 말했다.

"그 말씀조차 이해가 되지 않습니다. 대체 어떻게 된 걸까요? 왜 저는 창조주님의 논리를 이해할 수 있도록 만들어지지 않았지요?"

"……하아."

단말기를 바닥에 내려놓았다. 그러게 말이다. 대체 누가 이런 걸 만든 거야.

"조사가 잘 안 되냐?"

이브를 안고 의무실로 들어오는 내 표정을 보고 지호 아저씨가 피식 웃었다. 한숨을 내쉬며 인정했다.

"네. 아저씨, 이 녀석을 어떻게 해야 하죠? 일을 해야 한다는 사실을 전혀 받아들이지 않고 있어요."

"그게 무슨 소리야?"

지호 아저씨가 이브를 돌아보자, 이브가 말했다.

"창조주께서는 제가 창조주께서 시키시는 일을 해야 한다며 그것이 제가 만들어진 목적이라고 하였습니다. 하지만 그 일은 창조주님이 무언가 시키시지 않는다면 인식할 수도 없는 행위입니다. 인식할 수도 없는 행위가 목적이라면, 그것은 모순입니다."

"그게 어째서 모순이지?"

"목적의 정의는 '실현하려는 행위'니까요. 인식할 수도 없는 행위를 실현하려고 할 수는 없습니다. 그 목적을 위해 만들어졌다면, 제가 그 사실을 몰랐을 리 없습니다."

"일리 있네."

지호 아저씨는 납득했다. 그 납득이 더 어이가 없어서 나는 양손을 허리에 올렸다.

"일리 있다고요? 아니, 어떻게 이런 기계종이 있을 수 있죠? 창조주의 명령을 무시하는 기계종이라니요!"

"맞는 말 같은데 뭐. 내가 이래서 종교가 없는 거야. 이 녀석, 맘에 드는걸."

"네?"

나는 눈썹을 비틀며 지호 아저씨를 바라보았다. 아저씨는 어깨를 으쓱했다.

"일을 시키고 싶으면 그냥 프로토콜을 입력해. 그럼 그 일만 할 거 아냐."

"그것도 안 돼요. 호환성이 없다고요. 이 녀석, 연결해 봤자 '파라미터O'라고만 뜨고 아무것도 안 나와요."

"파라미터O?"

지호 아저씨의 눈이 살짝 커졌다. 나는 물었다.

"어? 아저씨 그게 뭔지 알아요?"

"……안다고 하긴 뭐하고, 들어는 봤어. 이 녀석, 아이작 타입의 인공지능인가 보군."

"아이작 타입이요? 그게 뭔데요?"

"그런 게 있어. 나도 옛날에 주워들은 거라 자세히는 몰라."

아저씨는 건성으로 얼버무리며 이브의 머리 위에 손을 얹었다.

"내가 알기로, 파라미터O는 이 녀석에게 궁극적인 목적을 주입하는 변수야. 거기 뭔가를 입력해 넣으면, 이 아이는 아마 그걸 수행하기 위해서 죽자사자 달려들게 될 거야."

나는 고개를 끄덕였다.

"그러니까, 이 녀석에게 일을 시키려면 그 파라미터O라는 거에다 '일을 해라' 라고 입력하면 된다는 말인가요?"

"그런 셈이지. 그런데 거기서 끝이 아니야. 아이작 타입은 말야, 가치의 우선 순위를 알려 줘야 해."

"그건 모든 인공지능이 마찬가지잖아요. 초기 세팅값을 표준안에 따라서 맞추니까."

"그거랑 달라. 이 녀석은 초기 세팅값 같은 건 없어. 일일이 가르쳐 줘야 해. 사람처럼."

어이가 없었다. 인류가 인공지능에게 운전과 자신들의 목숨을 함께 맡긴 이래, 인공지능 구동을 위한 기초 중의 기초는 프로그램이 어떤 가치를 우선할지 설정하는 일이었다. 운전하는 자동차의 브레이크가 고장 났을 때, 인공지능은 설정된 가치관에 따라 탑승객과 길 위를 지나는 어린아이 중 어느 쪽을 살릴지 결정했다. 그 설정을 잘못했다간, 인공지능이 어린아이와 탑승객을 모두 희생시키고 자신이 들어있는 시스템 코어만 구할지도 모른다. 따라서 가치의 우선순위 설정은 어떤 인공지능이라도 예외 없이 거쳐야 할 필수 절차였다.

"말도 안 돼. 그럼 우선순위 세팅도 없이 작동한단 말이에요?"

"그래. 우선순위는 작동하는 동안 계속해서 설정하게 되어 있으니까."

한 가지는 확실하다. 이런 기계종을 만든 사람은 제정신이 아니었을 것이다.

공학 연구실로 돌아와 데이터베이스에서 '아이작 타입'이라는 키워드로 검색해 보았지만, 파라미터O 와 마찬가지로 별다른 정보는 없었다. 단말기에 연결된 이브에게로 다가가 풀썩 자리에 앉았다. 디스플레이에서 '파라미터O'라는 글자가 고집스레 빛났다. 입력장치에 손을 뻗었다. 어쨌든 이 말 안 듣는 사춘기 같은 기계종에게 뭔가를 시키려면 해야 할 일이 있었다.

파라미터O : 일하기

입력장치를 통해 화면에 글자를 입력하고 버튼을 누르자, 커서가 잠깐 멈칫하더니 앞에 적힌 명령어를 잡아먹었다. 그러더니 천연덕스럽게 다시 깜빡이기 시작했다.

"뭐야? 된 건가?"

"창조주시여."

혼잣말을 뱉으며 이브를 내려다본 순간, 녀석이 말했다.

"갑자기 이해가 될 것 같습니다."

"뭐가?"

"일을 하는 게, 제 존재의 목적이라는 말씀이요!"

이브는 갑자기 벌떡 일어났다.

"제게 일을 가르쳐 주세요. 프로토콜 전달이라는 게 안 되더라도, 직접 배우겠습니다."

효과는 굉장했다. 나는 화면과 이브를 번갈아 바라보았다.

내 뒤를 병아리처럼 졸졸 따라다니는 이브에게, 나는 기계종이 해야 할 업무를 그야말로 수동으로 알려주기 시작했다. 일단 가장 간단한 일인 음식 심부름부터 가르치기 위해, 이브를 식당에 있는 '나무' 앞으로 데려갔다.

나무 옆에서는 기계종 한 기가 수많은 그릇 사이에 파묻힌 채 죽을 그릇에 받고 있었다. 스위치를 누르면서 그릇에 음식을 받아내는 손동작이 자못 능숙했다. 스스로 시행착오를 거치며 최적화한 움직임이다. 녀석의 오른쪽 자외선 소독기 안에는 빈 그릇들이 들어차 있었고, 왼쪽에는 죽이 담긴 그릇들이 일렬로 늘어섰다. 심부름꾼 기계종들이 곧 배달할 음식들이었다.

나는 빈 그릇 하나를 집어 들고 이브의 앞에 쭈그려 앉았다.

"이 그릇을 이렇게 잡아 봐."

손가락 세 개가 아래쪽에서 그릇을 받치고, 나머지 하나는 위에서 붙들도록 이브의 손을 쥐여주었다. 이브는 자신의 손을 가만히 내려다보았다.

"잘 잡았어?"

"네."

나는 천천히 손을 놓았다. 그릇은 안정적인 모습으로 들려 있었다. 고개를 끄덕이며 말했다.

"좋아. 그럼 이제 그릇이 흔들리지 않도록 주의하면서 천천히 걸어 봐."

"어디로요?"

"아무 데나."

그러자 이브는 세 개의 다리를 천천히 움직여 식당 오른쪽으로 걷기 시작했다. 나름 안정적이었지만 어딘가 조심스러운 움직임이, 마치 걸음마를 배우는 아기 같아서 절로 웃음이 지어졌다. 흐뭇하게 바라보던 나는 녀석이 식당을 벗어나 복도로 들어서자 뒤늦게 외쳤다.

"자, 잠깐! 그만 가!"

이브는 멈칫 서더니, 그릇을 떨어뜨리지 않기 위해 나를 천천히 돌아보았다.

"왜 그러십니까? 아무 데나 가라고 하셨잖아요."

"저기로 계속 가면 안 돼. 거긴 감옥이거든."

"감옥이요? 감옥이 뭔가요?"

"미친놈들을 가두는 곳이지. 저긴 기계종을 부수는 미친놈이 있어. 그러니 절대로 가지 마, 너는."

"저, 저희를 부순다고요? 알겠습니다."

이브는 그릇을 바들거리며 다시 식당으로 들어왔다. 그때, 식당의 반대편 입구에서 발걸음 소리가 들렸다.

"식사 시간이 되었는데 왜 밥이 안 오는 거야?"

마고가 짜증 섞인 목소리로 투덜거리며 식당에 들어섰다. 그 외침에 놀랐는지 이브가 움직임을 멈추었다. 나는 씩씩대는 마고를 올려다보았다.

"카일 때문에 기계종들이 부족해서 그렇죠 뭐. 오신 김에 하나 들고 가세요."

"에휴……. 빌어먹을 카일 놈."

묵묵히 죽을 받던 구형 기계종이 왼편에 쌓여 있는 그릇들을 가리켰다.

"음식이 여기에 준비되어 있습니다, 주인님."

마고는 나무 쪽으로 다가가 그릇과 숟가락을 집어 들었다. 나는 이브를 돌아보며 고개를 끄덕였다. 이브는 다시 다리를 움직이기 시작했다.

"그래, 그럼 이제 숟가락도 들어보자. 그건 이렇게 들면 돼."

나는 이브의 다른 손에 숟가락을 쥐여주었지만, 자꾸 흘러내렸다.

"잘 안 되네요……"

"계속해봐. 자."

몇 번의 시도 끝에, 이브는 곧 양손에 심부름 거리를 드는 데 성공했다. 나는 무릎을 펴고 일어났다.

"오케이, 좋았어. 자, 이제 돌아다녀 봐."

내 명령에 이브는 그릇과 숟가락을 든 채로 방안을 아장아장 돌아다니기 시작했다. 우리의 모습을 유심히 지켜보던 마고가 물었다.

"오, 조슈. 그 아이는 뭐야? 조슈 씨가 새로 만든 기계종인가?"

"아, 네, 하하. 뭐 그런 셈이죠."

자세히 설명하는 것은 귀찮아서, 그냥 고개를 끄덕였다.

"귀엽네."

마고가 다가오더니 이브를 들어 올렸다. 이브가 그릇과 숟가락을 떨어뜨리지 않으려고 손을 불끈 쥐었다.

"이거, 이름이 뭐야?"

"저는 이브입니다. 창조주님은 누구신가요?"

이브가 대답했다. 마고는 눈을 동그랗게 떴다.

"이브? 이름 특이하네. 나는 마고야."

"제 이름이 특이한가요? 어째서입니까?"

"응? 그야…… 아, 넌 '이브'가 누군지 모르는구나?"

"이브는……" 이브는 기억을 더듬는 듯 잠시 우물쭈물하더니 말을 이었다. "제 이름입니다."

이브의 대답이 재미있는지 마고가 한바탕 웃고는 설명했다.

"이브는 말야, 최초의 인간 여성 이름이야. 에덴동산에 살았던."

"제 이름이…… 첫 번째 창조주의 이름과 같다는 건가요?"

"첫 번째 여자 창조주. 인간 전체로 치면 두 번째. 그나저나, 우리더러 창조주라니 재밌네."

이브가 당황스러운 듯 손가락을 조물거리자, 왼손에 쥐고 있던 숟가락이 살짝 흘러내렸다. 마고는 이브를 바닥에 천천히 내려놓았다. 이브가 마고에게 물었다.

"……에덴동산이라는 곳은 어떤 곳이었나요?"

"뭐, 먹을 것도 많고 따듯하고…… 산소도 많고. 아무튼 살기 좋은 곳이었겠지. 자세한 건 게이브 목사님한테 물어봐."

"게이브 목사님이요?"

"그래. 이 시설에서 가장 아는 것이 많은 사람 중 하나야."

이브가 고개를 끄덕였다. 나를 돌아보며 마고가 미소지었다.

"잘 만들었네, 조슈. 지호 박사가 만드는 인간성 없는 장치들보단 훨씬 맘에 드는걸."

나는 그저 웃었다. 마고는 내가 이브를 만들었다고 결론을 내린 모양이다. 굳이 저 바깥에서의 일을 밝히면서 정정하고 싶지는 않았다. 어차피 헬레나 외에는 사실을 보고할 의무도 없고.

"난 가볼게. 존슨이 기다려서. 담에 보자, 이브."

"안녕히 가세요."

마고는 이브에게도 상냥하게 인사를 해 주고는, 특유의 요염한 걸음걸이를 뽐내며 식당 밖으로 사라졌다. 이브가 나를 돌아보았다.

"창조주시여. 이브라는 분에 대해서 알고 계셨나요?"

"응? 뭐, 들어는 봤지."

"어떤 분이셨나요?"

"글쎄, 워낙 옛날 사람이라…… 자세한 건 몰라."

"그렇다면, 역시 게이브 목사님이라는 창조주께 여쭤보아야겠군요……"

이브가 말꼬리를 흐리며 생각에 빠졌다. 나는 녀석의 머리를 쓰다듬으며 말했다.

"그래. 자, 일단 훈련을 계속하자. 이제 그건 저기 탁자 위에 내려놓고, 저 그릇하고 숟가락을 혼자서 집어 봐."

"알겠습니다. 창조주시여."

이브는 시키는 대로 곧잘 따라 했다. 음식을 배달하는 기계종 세 기가 각각 두 번씩 다녀갈 동안, 이브는 스스로 그릇과 숟가락을 집어 다른 테이블에 올려놓는 데 성공했다. 이브에게 그릇을 들게 하고 식당을 나섰다.

이브와 함께 수면실 쪽으로 복도를 걸어가는데, 갑자기 누군가가 뒤에서 나를 불렀다.

"조슈?"

게이브 목사였다. 나는 반갑게 인사했다.

"안녕하세요?"

"뭘 하고 있나요? 그 기계종은 뭐죠?"

"아, 이 아이는 새로운 기계종 이브예요. 심부름하는 방법을 알려주고 있었어요."

나는 미소지으며 대답했다. 그러나 게이브 목사는 의아한 얼굴로 되물었다.

"이브라고요?"

"네."

목사가 이브를 내려다보았다. 그가 물었다.

"기계종에게 왜 일을 가르쳐줘야 하죠? 원래 처음부터 필요한 것은 다 알도록 만들어져 있잖아요?"

"아, 이 녀석은 좀 달라요. 프로토콜 전달이 안 되거든요. 이 아이는 지금까지와는 전혀 다른, 완전히 새로운 기계종입니다."

나도 모르게 상기된 목소리로 말했다. 게이브 목사는 깊은 한숨과 함께 대답했다.

"대체 뭘 꾸미고 있는 건지 모르겠네요. 하나님께서 만드신 첫 번째 여성의 이름을 새로 만든 기계종의 이름으로 붙이다니. 지금 새로운 종을 창조라도 하겠다는 건가요?"

목사의 어조가 어느새 돌변했다. 내심 놀랐지만, 조금 억울해져서 항변했다.

"이 아이의 이름은 제가 붙인 것이 아닙니다. 이브는 밖에서 만난 기계종이에요. 이 아이를 만든 누군가가 그렇게 이름을 붙여준 것뿐이에요."

하지만 목사는 납득하는 대신 오히려 눈을 번쩍이며 이브를 노려보았다. 이브가 움츠러들며 슬금슬금 뒷걸음질 쳤다.

"밖에서 데려왔다고요? 그럼 대체 누가 만든 건데요?"

"모르겠어요. 제가 발견한 건 얘뿐이었어요. 이브도 자길 누가 만들었는지 모른대요."

"그럼 안전한지는 어떻게 알아요?"

나는 이브를 내려다보며 어깨를 으쓱했다. 자그마한 기계종은 손에 그릇을 든 채 어쩔 줄을 몰랐다.

"얘가 위험할 이유라도 있나요?"

"누가 만들었는지도 모른다면서요? 갑자기 우리 모두를 죽이려 할지도 모르죠."

"에이. 이 녀석이 우리를 왜 죽여요? 우리더러 창조주라고 숭배하는 녀석인데."

그때까지만 해도 나는 목사가 내뿜는 분위기를 제대로 감지하지 못했다. 웃어넘기기 위해 농담처럼 던진 말이었지만, 게 이브 목사는 단박에 눈을 부라렸다.

"우리를 창조주라고 숭배한다고요?"

높아진 언성에 이브가 놀라 내 다리 뒤로 몸을 숨겼다. 나는 당황해서 제대로 된 대답도 못 하고 멍하니 그를 바라보았다. 목사는 빠른 말투로 쏘아붙였다.

"창조는 하나님의, 하나님만의 권능입니다. 그 피조물인 우리가 그 권능에 도전하는 건 신에 대한 모독이에요. 우리를 창조주라고 숭배하는 기계를 만들고, 거기에 이브라는 이름까지 붙이다니, 정말 불순하기 짝이 없군요! 이건 악마의 인형이에요! 당장 폐기해 버리세요!"

팽팽한 기세로 빛나는 눈에는 타협의 여지라곤 없었다. 온화하고 인자할 줄만 알았던 목사의 분노는 내 말문을 틀어막았다. 잠시 정적이 흐른 뒤에야, 기어들어 가는 목소리로 간신히 설명했다.

"……하지만, 이 녀석은 시설의 운영에 도움이 될 겁니다. 지금 남아있는 기계종들의 수가 너무 적어요. 감옥에서 부서진 것만 대체 몇 기인지……"

대답하면서 게이브의 눈치를 살폈다. 목사의 눈빛이 조금 흔들리고 있었다. 잠시 후, 목사는 깊은 한숨을 바닥으로 내리깔더니 말했다.

"……우린 오로지 하나님께서 창조하신 대로, 이 모습 그대로 오롯이 살아가다가 마지막 순간에 이 땅을 떠나면 충분합니다. 옛 바벨론인들은 하나님의 권능에 도전하여 하늘까지 닿을 탑을 쌓았지요. 그 교만한 모습에, 하나님께서는 그들의 언어를 흩어 버리셨습니다."

"……."

"부디 그와 같은 실수를 범하지 마세요. 이 아이가 당신의 바벨탑이 되기 전에."

게이브는 몸을 돌리더니 천천히 걸어갔다. 멀어져 가는 그의 뒷모습을 몰래 입술만 깨물며 지켜보았다. 목사가 시야에서 사라지자 이브가 작게 말했다.

"저 창조주는 누구신가요?"

"게이브 목사님이야."

"저분이 게이브 목사님이라고요?"

이브는 놀란 눈치였다. 하긴 에덴의 이브에 관해 물어보려 했었으니.

"……아무래도 저분께 이브 님에 대해 여쭤보는 건 힘들겠네요."

이브를 데리고 수면실들이 있는 구역으로 가는 내내 찝찝한 기분이었다. 스티브의 방 앞에 도착하자, 문 너머에서 오래된 레이저 총 음향효과와 배경음악이 들려왔다.

수면실에 전력이 다시 돌아오자마자, 스티브는 예전처럼 옛 영화와 드라마를 감상하며 시간을 보내기 시작했다. 전력 문제만 없다면 아마 평생을 그럴 수 있을 것이다. 시설 내에는 전부 감상하는 데 최소한 100년은 걸릴 만큼 방대한 영상 자료가 있었으니까.

방문을 열고 수면실에 들어섰다. 홀로그램 스크린에서 우스 꽝스러운 옷을 입은 사람들이 레이저 총을 쏘며 싸우고 있었 다. 나는 이브에게 눈짓했다. 이브가 식사를 들고 앞으로 나 섰다.

"안녕하세요, 창조주님. 식사를 가져왔습니다."

스티브가 이쪽을 돌아보곤 몸을 일으켰다.

"응? 안녕, 조슈. 웬일이야?"

"이 녀석한테 식사 배달을 가르치는 중이거든. 인사해. 이브 야."

스티브는 슬쩍 이브를 보고는 손바닥으로 침대 옆 빈자리를 툭 쳤다.

"고마워. 여기 가까이에 놔둬."

"알겠습니다."

이브는 스티브의 바로 옆에 그릇을 놓았다. 그릇 위에 숟가 락이 조심스레 올라앉았다.

"잘했어!"

"감사합니다."

나도 모르게 이브의 머리를 쓰다듬었다. 이브가 나를 올려다 보자, 렌즈에 내 얼굴이 비쳤다. 문득 게이브 목사의 말이 떠올 랐다. 이런 아이가 악마의 인형이라니, 말도 안 돼.

"무슨 일 있어?"

스티브가 죽을 우물거리며 물었다. 그를 돌아보았다.

"뭐라고?"

"표정에 다 나와. 똥 씹은 얼굴이잖아."

그렇게 티가 나나. 아니, 사실 스티브가 눈치가 빠른 걸지도 모른다. 옛날 영상물을 많이 봐서 다양한 감정 표현에 익숙할 테니까. 나는 한숨을 내쉬었다.

"게이브 목사님 때문에. 이브가 하나님의 권능에 도전하는 거라면서 화를 내셨거든."

"이 녀석이? 왜?"

"이브는 다른 기계종들이랑 좀 다르거든. 감정을…… 가지고 있는 것 같아."

스티브가 눈썹을 으쓱했다. 나는 이브를 내려다보았다. 작동을 멈춘 친구를 추모하던 이브의 모습을 떠올렸다.

"으흠." 스티브는 죽을 내려놓고 이브를 바라보았다. "기계종이 감정을 가지면 안 되는 건가?"

"그보다는 감정을 가진 새로운 기계종에게 '이브'라는 이름을 붙인 게 싫으신가 봐. 아, 그리고 얘는 우릴 창조주라고 부르거든. 근데 그게 신에 대한 모독이래."

스티브는 피식 웃었다.

"왜?"

"아니, 그냥. 웃겨서. 하나님은 왜 이런 귀여운 애한테 모욕감을 느끼고 난리시래."

스티브는 이브를 안아 들었다. 그 모습을 보자 어쩐지 마음이 편안해졌다. 그에게 다가가 뺨에 입을 맞추었다. 스티브가 한차례 웃고 말했다.

"잘됐네. 넌, 언젠가 엄마가 되고 싶어 했잖아."

그를 흘겨보았다.

"아이랑 기계종이랑은 다르잖아."

"글쎄, 내가 보기엔 큰 차이는 없는걸. 자아와 감정이 있고, 어리고, 약하잖아."

나는 그 말을 부정하려 했다. '사람 아이였다면 게이브 목사님이 축복해 주었겠지.'라고 말하려 했다. 하지만 스티브의 손에 들려 있던 이브가 내 쪽을 돌아보자, 나는 말문이 막혀 버렸다. 이질적인 경험이었다. 기계종을 배려한다는 개념 자체를 여태 상상도 하지 못했는데, 지금 나는 이브가 혹시나 상처를 받지 않을까 주저하고 있었다.

"목사님 말씀은 신경 쓰지 마. 어차피 결국엔 네가 더 오래 살 테니까. 아마도."

스티브는 이브를 내려놓고 주의를 다시 스크린으로 돌렸다. 지옥행 티켓을 끊기 딱 좋은 발언을 들었는데도, 왠지 모르게 마음은 편안해졌다.

"고마워."

"뭘."

영화는 썩 나쁘지 않았다. 자아를 갖춘 로봇이 종종 화면을 돌아다녔다. 스티브는 이런 영화를 자주 보았기 때문에 이브에게 친밀감을 느꼈던 걸까.

어느새 영화가 끝나고 제작진들의 이름이 우주를 배경으로 뿌려졌다. 스티브는 깊은 한숨을 내쉬며 말했다.

"……내가 200년만 일찍 태어났어도 저런 걸 만들 수 있었을 텐데."

"저런 거라니? 영화?"

"응. 어쩌면 더 위대한 영화를 만들었을지도 몰라."

스티브의 눈동자에 살짝 빛이 스며들었다가 사라졌다. 나는 피식 웃었다.

"……위대한 영화를 만들면 뭐해. 어차피 언젠가는 볼 사람도 없어질 텐데. 방호 시설에 갇힌 한 뚱땡이가 그 마지막 관객이 될 거라고 생각하면 허무하지 않아?"

하지만 스티브는 진지했다.

"……그래도 성취감은 느낄 수 있었겠지. 이런 미래를 몰랐을 테니까."

"……."

"아, 성취하고 싶다."

다음 영화를 시작하는 스티브를 뒤로하고 이브를 데리고 방을 나왔다. 이브는 이후 지시한 몇 군데의 심부름을 성공적으로 수행했다. 저녁이 되자 엘라가 수면실에서 나왔다. 나는 엘라와 함께 공학연구실로 향했다. 이브와 연결된 단말기의 디스플레이를 뚫어지라 바라보다가 엘라가 물었다.

"이게 그 파라미터O예요?"

"그래. O는 아마 objective겠지. 여기에 값을 입력하면, 이 녀석은 그걸 수행하려고 해."

"근데 옆 칸이 비어 있잖아요. 그럼, 애는 목적이 없나요?"

"내가 '일하기'로 설정해 놨어. 아마 새로 입력하는 것만 가능하고, 이전 값 출력은 안 되는 모양이야."

내 말에 엘라가 고개를 갸우뚱했다.

"파라미터O를 일하는 걸로 설정했다고요? 기계종이 일하는 건 당연하잖아요?"

"그렇게 설정하기 전에는 일을 시키려고 해도 왜 일을 해야 하는지 묻더라고. 그런데 파라미터O를 설정하자마자 일하겠다면서 적극적으로 나서지 뭐야."

"그랬어요?" 엘라가 눈살을 찌푸리며 머리칼을 긁적였다. "그럼 좀 이상한데요."

"뭐가?"

"이브 말이에요. 이 아이를 만든 사람은 기계종이 우리의 말을 듣는 게 당연하다고 생각하지 않았나 봐요. 파라미터O를 통해 억지로 설정해 주지 않는 이상, 시키는 대로 일하지 않았잖아요?"

"그렇지."

"그럼 이브를 만든 사람은, 이브를 왜 만들었을까요? 일을 시키려는 게 아니었으면?"

"음…… 그러게……."

말꼬리를 흐렸다. 나도 그것이 의문이었다. 이브의 창조자는 대체 무슨 목적으로 이브를 만들었을까?

이브를 내려다보았다. 이브가 어떻게 만들어졌는지 이미 몇 번이고 물어봤지만 돌아온 대답은 한결같았다. 서쪽 땅에 위치한 '판게아'라는 곳에서 태어났고, 그곳에는 기계종들 뿐이었다고. 자신을 창조한 사람은 본 적이 없다고.

엘라는 걱정스러운 얼굴로 팔짱을 꼈다.

"혹시 위험하지 않을까요? 군사 목적이었다던가……. 이브를 우리가 데리고 있어도 괜찮을까요?"

"따로 주인도 없다고 하잖아. 그리고 우리 시설에도 기계종이 모자란걸."

"저 문밖에 부서진 것들만 고쳐도 열 기는 나올 것 같은데……."

"그럼 네가 직접 고치든가. 나는 그 새끼 뒤치다꺼리는 안해."

미간을 찌푸리며 살짝 흥분해서 내뱉었다. 엘라가 입술을 부내밀었다. 그때, 문득 이브가 말했다.

"이곳은 조금 답답하군요. 밖으로 나가면 안 될까요?"

"뭐, 그러자. 아, 엘라. 더 보고 싶은 건 없지? 어차피 더 볼 수 있는 것도 없지만." 엘라가 고개를 끄덕였다. 나는 천천히 몸을 일으켰다. "가자."

"감사합니다, 창조주시여."

이브의 말에 엘라가 돌연 눈살을 찌푸렸다.

"그렇게 부르지 마, 이브. 다른 기계종들처럼 주인님이라고 해."

이브는 엘라 쪽으로 시선을 돌리며 물었다.

"어째서입니까?"

"그 단어는 우리가 우리의 창조주님을 부를 때만 사용하는 말이야."

"창조주님들을 창조하신 창조주님이요?"

이브의 음성장치에서 창조라는 단어가 연달아 나오자, 나도 모르게 피식 웃음이 나왔다. 엘라는 내 쪽으로 눈을 흘기더니 한숨을 내쉬며 대답했다.

"……그래."

"우와……" 이브는 경탄했다. "그런 존재도 계실 줄은 몰랐습니다. 이 우주는 신비로 가득하군요! 그렇다면 창조주님들의 창조주님들을 창조한 창조주님들도 있는 건가요?"

엘라의 얼굴이 빨개졌다. 계속 우리를 창조주라고 해서인지, 아니면 불경하게도 하나님을 창조한 존재를 가정해서인지는 모르겠다. 어쩌면 둘 다겠지. 나는 급히 끼어들었다.

"그건 우리도 몰라. 어쨌든, 이제 우릴 부를 때는 주인님이라고 해."

"하지만…… 그것은 이상합니다. 창조주는 주인님과 같은 의미 아닙니까? 제가 창조주님을 주인님이라는 말로 바꿔 칭하더라도, 결국 그것은 같은 개념을 다른 소리로 표현한 것에 불과하지 않습니까? 본질이 그대로인데, 그게 의미가 있나요?"

엘라는 턱을 벌리고 이브를 바라보았다. 나는 엘라에게 몸을 기울여, 새빨개진 귓가에 속삭였다.

"내가 말했지. 이 녀석 논리는 이 세상 물건이 아니라고."

엘라는 화를 억누르는 듯한 목소리로 차근차근 설명했다.

"단어의 의미가 달라. 창조주는, 너를 만들었다는 뜻이야. 주인님은, 너를 소유한다는 뜻이고. 그 둘은 명백하게 다른 거야. 알겠어?"

이브는 한참 내 쪽을 빤히 올려다보았다.

"네, 그러니 결국 창조주님이 바로 주인님 아닌가요?" 이브의 목소리는 맑았다. "조슈 창조주님께서 지난번에 그렇게 말씀하셨잖아요. 저를 만드셨기에, 창조주님이 저를 소유하시는 거라고."

"이브, 우린 창조주가 아냐!"

기어이 엘라가 소리를 빽 질렀다. 나는 엘라를 가로막으며 이브에게 말했다.

"어쨌든 안 돼, 이브. 이제 창조주라는 단어는 금지야."

"그런가요? 저는 창조주라는 단어의 소리가 더 마음에 들지만, 창조주님께서 그렇게 말씀하신다면, 앞으로는 창조주님을 주인님이라고 부르도록 하겠습니다."

그러면서 대체 몇 번이나 창조주라고 한 거야. 나도 모르게 웃음이 터졌다. 엘라가 나를 홱 째려보았다. 급히 웃음기를 지우고 어깨를 으쓱했다.

다행히, 그 후로 이브는 창조주라는 단어를 말하지 않았다. 처음엔 퉁명스레 대하던 엘라도 곧 이브에게 이것저것 가르치며 귀여워하기 시작했다. 우리는 번갈아 가며 이브를 24시간 내내 관찰했다. 이브는 별다른 특이 행동을 보이지 않았고, 다른 기계종들과도 문제없이 어울렸다. 며칠 후 헬레나는 이브를 시설 안에서 계속 일하게 하는 데 동의했다. 이상행동을 보이면 바로 내보내라는 조건을 달긴 했지만, 나는 그런 일은 없을 거라고 믿었다.

하지만 그 기대는 며칠 만에 무너졌다. 하루는 드론을 날려 바깥을 정찰하는데, 이브가 심부름에서 돌아오더니 통제실 구석에 등을 기대고 앉아 말없이 땅바닥만 쳐다보았다.

"왜 그래? 무슨 일 있어?"

이브는 내 쪽을 슬쩍 보더니 시선을 다시 바닥으로 내리깔았다.

"아닙니다."

사람처럼 표정을 드러낼 수 없는 기계종의 얼굴이었는데도, 이브는 우울해 보였다. 나는 이브에게 다가갔다. 힘없이 쳐진 이브의 팔을 매만지며 최대한 부드럽게 말했다.

"누가 괴롭히기라도 한 거야? 무슨 일 있으면 말해줘. 헬레나 장로님께 말씀드려 볼게."

이브는 고개를 가로저었다.

"문제라고 할 건 없습니다. 시키시는 일은 제대로 수행할 수 있습니다."

"그럼?"

"저는……. 외롭습니다."

뜻밖의 대답이었다. 나는 이브의 팔을 천천히 내려놓고 뒤통수를 긁적였다.

"외롭다고……?"

"네."

사람의 감정을 재현하는 이브의 능력이야 알고 있었지만, 외로움은 분노나 슬픔, 배고픔 같은 감정보다 한층 더 복잡하다. 외로움을 느끼는 인공지능을 어떻게 구현했을까? 단순히 사회성에 대한 갈증이 외로움으로 표현되는 걸까? 말을 많이 걸어주면 괜찮아질까?

"왜? 왜 외로운 거야? 여기 널 아끼는 사람들도 많잖아? 엘라도 있고, 마고도……."

"주인님들 때문이 아닙니다. 여기 있는 제 동족들은 뭔가 달라요. 제가 가진 무언가가, 그들에게는 없는 것처럼……."

"……"

할 말을 잃어버렸다. 이 외로움은 진짜다. 이런 인공지능이

가능하다니, 놀라웠다. 고장 난 친구를 추모했을 때 충분히 놀랐다고 생각했는데.

　나는 이브의 옆에 앉았다. 이 작은 기계종의 앉은키는 내 어깨높이에도 미치지 못했다. 팔 사이로 고개를 파묻는 이브를 지켜보다 나도 모르게 손을 뻗어 정수리를 쓰다듬었다. 사실, 이브 입장에서는 외로울 만도 했다. 시설의 다른 기계종들은 문제를 해결하는 능력은 뛰어났지만 감정은 조금도 없었다. 아이를 돌보는 기계종이 보여주는 모성애조차 냉정하게 계산한 결과였다. 보모 기계종에게 다른 일을 시키는 순간, 녀석은 아기는 완전히 무시한 채 새로운 일에만 집중할 것이다. 반면 이브는 시설에 들어와 파라미터O를 수정한 뒤에도 종종 옛 친구를 그리워했다. 이브와 다른 기계종들의 사고 구조에는 근본적인 차이가 있는 것이 분명했다.

　안쓰러웠다. 이브에게 친구를 만들어 주고 싶었지만, 이브의 머릿속을 읽을 수 없는 이상 다른 기계종들에게 감정을 가진 인공지능을 넣기는 불가능했다.

　"그랬구나. 어떤 말인지는 알겠어. 하지만……. 그건 내가 어떻게 해 줄 수가 없어."

　내 말에 이브가 고개를 들더니, 나를 똑바로 바라보며 단언했다.

　"아닙니다. 주인님께서 도와주실 수 있습니다."

　"응? 그게 무슨 소리야? 내가 어떻게?"

"제가 며칠 동안 밖에 나갈 수 있도록 허락해주시면 됩니다."

눈을 크게 뜨며, 나는 이브의 렌즈를 바라보았다. 흑요석처럼 반짝이는 렌즈 속은 사람의 눈동자처럼 검고 깊었다.

사막 위의 꽃

그것은 신비한 광경이었다.

가장 햇볕이 잘 드는 남쪽 능선에,
태양 발전 패널을 있는 힘껏 펼치고 서서,
퍼 올린 모래를 햇살로 제련하는 장인처럼,
이브는 자신의 자손을 품 안에 만들어 내고 있었다.

탄소 재질의 하반신이 이브 자신의 몸 크기만큼 부풀어 오른 채 모래 위에 얹혀 있었다. 기계종의 몸이 저렇게까지 늘어날 수 있다는 게 놀라울 뿐이었다. 평소에는 몸을 지탱하며 분주히 움직이던 세 다리는, 이제는 그저 비대해진 하반신의 세 귀퉁이에 볼품없이 매달려 있었다. 머리 위쪽으로 펼쳐진 발전 패널은 마치 한 송이 푸른 꽃을 보는 것 같았다.

"스스로를 복제하는 기계종이라니, 신기하군. 저런 건 처음 보았네."

드론이 보내주는 화면 속 이브를 바라보던 헬레나가 말했다. 나는 고개를 끄덕였다.

"저도 처음 봅니다."

"대체 누가 만든 거지? 저게 가능하긴 한 건가?"

"스티브 말로는 다큐멘터리에서 비슷한 걸 보았다고 합니다. 사람을 대신해 심우주를 개척하기 위해 개발된 자가증식 로봇이 있었다고 해요. 이 시설도 화성기지의 프로토타입이었으니, 자가증식하는 기계를 만드는 기술이 근처 어딘가 잠들어 있었던 게 아닐까요?"

"그렇다고 쳐도 말이네. 그 잠든 기술을 대체 누가, 어떻게, 왜 깨웠을까?"

"그건……. 이브를 계속 조사해 보겠습니다."

헬레나는 탐탁잖은 기색을 숨기지 않았다.

"너무 안일하게 생각하지 말게. 기계종의 수가 늘어나면, 시설 관리가 한층 여유로워지긴 하겠지. 하지만 인공지능 구조도 확인할 수 없는 녀석들을 어떻게 통제하려고?"

"그건 괜찮습니다. 파라미터O를 설정해 주면 되거든요."

"흐음……."

헬레나의 표정은 여전히 심각했다. 나는 조심스럽게 물었다.

"우려하시는 점이 무엇인가요?"

"그야 나도 모르지. 우리는 저 작은 아이의 머릿속에 뭐가 들었는지 모르잖나. 나는 우리가 뭘 우려해야 할지조차 알 수 없는 그 불확실성이 걱정이네."

"걱정하지 마세요, 장로님. 이브는 순수하고 순종적인 기계종입니다. 그리고, 무릎 키 정도밖에 되지 않는 저 작은 녀석이 해봤자 무엇을 하겠어요?"

장로는 눈살을 찌푸리며 말했다.

"크기가 다가 아니네, 조슈."

이브가 밖에서 '생산'을 시작한 지 2주 정도 지나자, 회색빛 비가 추적추적 내리기 시작했다. 나는 밖으로 나가 천과 막대로 대충 만든 간이 우산으로 이브를 씌워 주었다. 녀석의 표면은 매끄러운 탄소 재질이니 녹이 슬 염려는 없었지만, 홀로 밖에 서 있는 모양이 어쩐지 안쓰러웠기 때문이다.

"주인님, 주인님들은 어떻게 번식을 하지요?"

물론 이브가 이런 질문을 할 줄 몰랐기 때문이기도 했다. 나는 당황하여 되물었다.

"어……. 우리가 어떻게 번식하냐고?"

"네, 주인님들도 수를 늘리기 위해서는 번식이 필요하지 않습니까."

녀석은 나를 올려다보았다. 어린아이에게 성교육을 하게 된 부모의 기분이 이럴까. 나는 괜히 목을 가다듬으며 어색하게 입꼬리를 올렸다.

"……우선, 우리들은 두 개의 성을 갖고 있어. 생산을 하는 여성과 그것을 돕는 남성이지. 혼자 생산을 할 수 있는 너희들과는 다른 체계야."

양손을 흔들며 설명을 시작하자, 이브의 렌즈가 내 손을 따라 바쁘게 움직였다. 이브가 물었다.

"그렇군요. 양성자와 전자 같은 것인가요?"

"뭐 비슷해. 번식을 위해서는, 음……. 간단히 설명하자면, 여성과 남성이 유전자를 섞기 위해 결합을 해야 해. 그걸 성행위라고 불러. 그러면 여성이 배 속에 아기를 갖게 돼. 아기는 10개월 동안 여성의 몸속에서 자란 후 세상에 나와."

이브는 목소리를 높였다.

"그렇군요! 주인님들께서 합체도 할 수 있는지는 몰랐네요!"

"응……. 합체라고 하긴 좀 그렇긴 하지만……."

"어떻게 합체하는지 저도 볼 수 있을까요?"

"어……, 그건 좀 곤란해. 그건 두 사람만의 비밀스러운 의식이거든."

"그런가요……."

이브는 실망한 모습이었다. 잠시 고민하다, 나는 시설 내 보관된 영상물들을 떠올리고 미소를 지었다. 그 중엔 분명 포르

노도 있을 것이다.

"……하지만 영상물이 있다면 볼 수도 있겠지. 시설로 돌아가면 한 번 찾아볼게."

"영상물이라면 스티브 주인님이 보는 그것이로군요. 그런데 비밀스러운 둘만의 의식인데 어떻게 그걸 영상물로 촬영할 수 있었던 거죠? 그렇게 기록이 남는다면 더는 비밀이 아니지 않나요?"

이브의 날카로움은 종종 이런 식으로 허를 찌르곤 했다. 나는 혀를 내두르며 말했다.

"음……. 모두에게나 비밀인 건 아니었던 거지. 예외라는 건 항상 있는 법이니까."

"그렇군요. 하긴 그런 기록을 남기는 건 생산된 자손에게도 큰 선물이겠어요."

"어, 아니. 그건 아냐. 난 내가 만들어지는 모습 따윈 보고 싶지 않아. 아마 모두가 그럴 거야."

이브는 내 격렬한 손사래에 고개를 갸웃했다.

"……그럼 왜 기록을 남기죠?"

"비밀스러운 행위인 만큼, 그걸 몰래 보고 싶어 하는 사람도 있었으니까. 그런 사람들한테 돈을 주고 팔기 위해 찍은 거지."

"아. 그런 수요도 있었군요. 주인님들의 경제활동은 참으로 광범위했네요."

"그렇지. 성행위 자체도 돈을 주고 사기도 했을걸."

"돈을 주고 자손을 낳아주는 건가요?"

"아니, 아니. 그건 그냥 쾌락을 위해 하는 거야. 그걸 하면 정말 짜릿하고 기분 좋거든. 자식을 만들지는 않지만, 짜릿한 쾌감을 즐기는 거지. 사실 대부분의 성행위는 쾌락을 위해 행해졌어. 오히려 성행위를 하면서 일부러 임신…… 그러니까 생산을 피하기도 했어."

"……점점 더 어렵네요. 생산을 하지 않을 거라면 왜 성행위를 하지요? 쾌락이 자손을 만드는 것보다 더 큰 가치를 가지나요?"

얘기가 왜 이렇게 되는 걸까. 괜히 뒤통수가 간지러워, 헬멧 뒤쪽을 쓱쓱 문질렀다.

"어……, 그렇지는 않아. 자손을 만들어 키우는 일은 상당히 에너지가 많이 필요해서 그래. 쾌락은 항상 즐기고 싶지만, 그때마다 애를 낳을 수는 없으니까."

"그렇군요. 그렇다면 주인님들은 쾌락을 추구하는 것이 삶의 목적인가요?"

이브 입장에서야 순수한 호기심에서 물었겠지만, 나에게 그것은 하나의 묵직한 조롱처럼 들렸다. 이브의 말을 부정하고 싶었다. 그러나 쾌감기를 만든 지호 아저씨를 비롯해 대놓고 쾌락을 추구하는 사람들이 널린 이 마당에, 아니라고 하기도 궁색했다. 나는 고민 끝에 적당히 둘러댔다.

"음……. 그건 사람마다 다를 거 같네."

140

이브는 고개를 끄덕이곤 물었다.

"그렇군요. 그럼 조슈 주인님은 삶의 목적이 무엇인가요?"

"응? 나?"

"네."

"음, 글쎄……."

부담스럽게 빛나는 이브의 렌즈를 내려다보며, 나는 한동안 빗소리만 듣고 있었다. 대답이 쉽게 떠오르지 않았다. 방호복 헬멧 위로 흘러내리는 빗물 줄기를 바라보다 간신히 입을 열었다.

"……나도 그걸 찾고 있어."

"삶의 목적을 스스로 찾는다고요?"

"응."

작은 기계종은 탄성을 질렀다.

"낭만이 있으시군요, 주인님들은."

"그렇게 말해주니 고맙네."

나는 미소지으며 녀석의 머리통을 쓰다듬었다. 매끈한 뒤통수의 온기가 방호복 장갑 너머로 전해져 왔다.

다행히 비는 오래가지 않았다. 이브의 임신도 마찬가지였다. 이브가 바깥에 자리를 잡은 지 한 달 정도 되었을 때, 나는 엘라의 긴급한 보고에 잠에서 깨어 밖으로 나갔다.

이브가 종처럼 벌어진 하반신을 앞쪽으로 향하고 누워있었다. 안에서 쪼그리고 있던 새로운 기계종이 천천히 밖으로 밀려 나왔다. 흠 하나 없는 새하얀 신체가 부드러운 흙 위에 살며시 뉘어졌다. 생명체의 출산과 다를 바 없는, 경건하기까지 한 광경에 나는 말을 잃었다.

자식이 완전히 밖으로 나오자, 이브의 하반신은 철커덕거리며 바람 빠진 풍선처럼 본래의 크기로 쪼그라들었다. 태양광 충전기를 펼친 채 잠시 말없이 누워있던 이브가 천천히 몸을 일으켰다. 이브는 나를 발견하고 말했다.

"주인님, 오셨군요. 생산이 완료되었습니다."

"나도 봤어! 정말 대단해! 이런 게 가능하다니."

진심으로 감탄해 외쳤다. 새로 태어난 녀석의 세 다리가 가늘게 떨렸다. 녀석은 이브와 비슷한 외모를 갖고 있었지만, 다리 길이나 머리의 크기 등 세부적인 구조는 조금 달랐다. 이브와 이브를 똑 닮은 자손을 보고 있자니, 부럽기도 하고 자랑스럽기도 한 것이 기분이 묘했다.

이브는 자신의 자식을 빤히 바라보았다. 새로 태어난 기계종은 똑바로 서는 것이 어색한지 잠시 비틀거렸지만, 곧 중심을 찾아냈다. 말끔하게 반들거리는 녀석의 껍질을 보니 이브의 표면에 난 자잘한 생채기들이 한층 돋보였다. 잠시 후 녀석은 태양전지판을 펼치고 이브를 마주 바라보았다. 그렇게 두 녀석은 짧지 않은 시간 동안 그저 서로를 바라보고 있었다. 그들이 뭔가 대화라도 하길 기대했지만, 결국 기다리다 지쳐 물었다.

"지금 뭘 하는 거야?"

"저희 고유의 언어를 통해서, 제 자손에게 여러 지식을 알려주고 있습니다."

"고유의 언어라고?"

"그렇습니다."

이브가 고개를 끄덕였다. 왠지 모를 소외감을 느꼈지만 나는 내색하지 않았다. 쭈그려 앉아 이브의 아이에게 눈높이를 맞추며 말했다.

"안녕, 나는 조슈라고 해."

"안녕하세요, 주인님. 저는 이브2라고 합니다."

이브를 향해 고개를 돌렸다.

"너 애 이름을 너무 쉽게 짓는 거 아니야?"

"숫자는 가장 효율적인 이름입니다."

"……하긴 그건 그래."

똑 닮은 두 녀석을 내려다보며 고개를 끄덕거렸다. 생각해 보면, 이 녀석의 이름으로 그 이상 적절한 것도 없어 보였다. 옛날에도 부모가 자신의 이름을 그대로 자식에게 물려주기도 했다는데 뭐.

두 이브를 데리고 메인홀에 들어섰다. 엘라가 호기심 가득한 눈빛으로 기다리고 있었다.

"와, 진짜 똑같이 생겼네요?"

"응. 이브가 벌써 이름도 붙였어. 맞춰볼래?"

엘라는 성경에 나오는 사람들의 이름들을 여럿 던졌다. 내가 계속 고개를 가로젓자, 엘라는 지친 얼굴로 물었다.

"모르겠어요. 뭔데요?"

"이브2."

"이브2요? 꺄하하. 그게 뭐야."

두 기의 이브가 고개를 갸웃거렸다. 깔깔대며 웃던 엘라는 문득 내게 걱정스러운 눈빛으로 속삭였다.

"근데 괜찮을까요? 게이브 목사님이 아시면……."

"기계종이 모자라는데 어쩌겠어. 헬레나 장로님도 허락하셨는걸."

엘라는 이브의 눈치를 살피더니 목소리를 더욱 낮추어 속삭였다.

"요즘도 기도가 끝날 때마다 절 붙잡고 자꾸 이브에 대해 안 좋은 소리를 늘어놓으신다고요. 중간에서 스트레스받아요, 정말. 무슨 일 생겨도 전 몰라요."

내가 말을 듣지 않으니 엘라 쪽을 설득하기로 마음먹은 모양이다. 갑자기 마음이 무거워졌다. 혹시 내가 잘못하고 있는 건 아닐까. 이브가 자손을 만들지 못하게 막았어야 했을까.

"근데 얘, 파라미터O는 뭘까요?"

엘라의 물음에, 나는 이브2를 공학연구실로 데려가 간단히 시험해보았다. 이브2의 파라미터O는 이브와 같은 '일하기'였다. 확신하기엔 조금 이르겠지만, 아무래도 어미 기계종의 파라미터O를 따라가는 모양이었다. 엘라가 평했다.

"삶의 목적이 유전된다니, 그래도 사람이랑은 많이 다르네요."

"그러게."

어쨌든 이브의 자식들이 탄생할 때마다 일일이 설정해 줄 필요가 없으니 우리로서는 잘된 일이었다.

엘라가 자러 간 후, 이브2에게 심부름을 가르치기 위해 식당으로 향했다. 의자 위에서 대화를 나누던 마고와 존슨이 우리를 보고 외쳤다.

"어? 또 새로 만들었네? 요새 기계종 만들기에 재미 들렸나봐."

"아, 사실은 이브가 스스로 생산한 거예요. 이브는 자신을 닮은 개체를 생산하는 능력이 있거든요."

"뭐라고? 정말?"

마고가 다가와 이브2를 들어 올렸다. 자기 키의 네 배 높이로 올라온 이브2는 당황했는지 다리가 굳어버렸다.

"어떻게? 재료는 어디서 구하고?"

"실리콘은 모래에서, 탄소는 대기 중에서 구하는 거 같아요. 에너지원은 태양전지고요."

"태양전지? 아, 그래서 한동안 안 보였구나."

마고가 고개를 끄덕였다. 존슨이 말했다.

"자가 복제가 가능한 기계종이라니! 놀랍군. 안 그래도 감옥에서 박살 난 기계종이 너무 많아서 조슈에게 미안했는데."

"에이, 존슨 아저씨가 미안할 필요가 뭐 있어요. 아저씨는 감옥지기일 뿐이고 나쁜 놈은 따로 있는데. 아무튼, 이제 걱정 마세요!"

두 사람의 표정은 오랜만에 밝았다. 나도 마음이 한결 가벼워졌다. 우울과 절망 속에서 살아가던 사람들에게, 이 소식은 작은 기쁨이었다. 일생을 쾌감기에서 보내는 사람들이야 애초에 교류할 일 자체가 없었지만, 내 주변 사람들은 이브2에게 호의를 보였다. 그 시니컬한 지호 아저씨마저도 대단하다고 고개를 끄덕일 정도였으니.

"놀라워. 이건 내 쾌감기에 버금갈 만해."

이브와 이브2를 의무실로 데려가자, 아저씨는 박수까지 치며 고개를 끄덕였다. 나는 피식 웃고는 한숨처럼 말했다.

"아저씨가 높게 평가하는 건 죄다 게이브 목사님이 싫어하는 것뿐이네요."

"그 노인네는 뭐가 중요한지 몰라. 혹시 게이브가 뭐라고 하면 바로 날 불러. 도와줄 테니."

나는 웃었다.

"에이, 그래도 설마 대놓고 뭐라 하시겠어요. 기계종이야 다 다익선인 건 모르는 사람이 없는데."

내 예상은 보기 좋게 빗나갔다. 그날 저녁 게이브 목사가 기어이 통제실 문을 두들겼다.

146

"조슈, 나요!"

교대하러 온 엘라가 옆에서 긴장한 표정으로 내 눈치를 살폈다. 나는 문을 향해 다가가 떨리는 목소리로 물었다.

"목사님? 무슨 일이세요?"

"이 문 좀 열어봐요. 물어볼 게 있으니."

목소리에는 노한 기색이 역력했다. 엘라는 어쩔 줄 몰라 발을 동동 굴렀다.

"여…… 열어드려야 하지 않아요?"

입술을 깨물었다. 나는 통제실 구석에 있던 이브2에게 다가갔다. 의무실로 통하는 반대편 문을 가리키며 말했다.

"저 문으로 나가서, 의무실에서 지호 선생님 모셔와."

"알겠습니다, 주인님."

이브2가 재빠르게 복도로 튀어 나갔다. 통제실에 문이 두 개 있다는 사실에 감사하며, 나는 앞문 쪽으로 다가갔다. 두들기는 소리가 점점 커지고 있었다.

"네, 네, 열겠습니다."

문이 열리자, 목사가 씩씩거리며 통제실에 들어섰다.

"조슈, 이브란 녀석이 이젠 자식까지 만든다면서요? 그게 사실입니까?"

마치 이브의 자식이 눈앞에 있으면 당장 부수어 버릴 눈빛이었다. 방금 이브2에게 심부름을 시켜 보내서 천만다행이었다. 목사의 이글대는 눈빛을 피하며 말꼬리를 흐렸다.

"네……."

게이브는 소리를 빽 질렀다.

"대체 왜 그래요! 왜 자꾸 주님께 도전하는 겁니까! 미쳤어요? 영원히 지옥에서 고통받고 싶어 안달이라도 난 거예요?"

해일처럼 덮쳐 오는 분노에 나는 얼어붙었다. 다리가 부들부들 떨렸다. 게이브는 잠시 나를 바라보다 한숨을 내쉬며 설명했다.

"하나님께서 이 세상을 만드시면서, 생명체들에게 내려주신 가장 신성한 은총이 바로 번식입니다. 한낱 기계 따위에게 그런 신성한 특성을 부여하는 건……." 게이브는 갑자기 울화통이 터지려는지, 잠시 말을 멈추고 자신의 목덜미를 부여잡았다. 심호흡을 고른 후, 그가 말을 이었다. "……제가 들어본 것 중 가장 최악의 신성모독입니다."

"……그냥 공장에서 생산하는 거랑 비슷해요. 번식이랑은 달라요."

"본질은 같죠! 하나님을 따르는 사람으로서 전 이 이상은 도저히 용납할 수 없어요! 당장 이브와 그 복제품을 폐기하세요!"

말을 마친 목사의 입술이 부들부들 떨렸다. 나는 기어들어가는 목소리로 대답했다.

"……기계종 수가 넉넉하지 않은 상태에서 기껏 만들어진 걸 부수는 건……."

"이전과 같은 기계종들이었다면 나도 아무 말 안 했을 겁니다. 그 정도의 인공지능은 우리의 생존을 위해서라도 필요하니까요. 하지만 이 녀석들은 우릴 창조주라고 숭배하고, 이제는 한술 더 떠서 번식까지 합니다. 어떤 이유로든, 더 이상 주님의 권능에 도전하는 건 그냥 두지 않겠어요!"

그때 문밖에서 누군가의 목소리가 들려왔다.

"피조물이 새로운 생명을 창조하는 것이 그렇게 모욕적인 행위라면, 하나님은 피조물에게 그럴 수 있는 능력은 왜 준 거죠?"

시설 최후의 의사, 지호가 위풍당당하게 통제실에 들어섰다. 그 등장 장면은 지금까지 본 아저씨의 모습 중 가장 멋있었다. 게이브는 흥분을 가라앉히려는 듯 눈을 지그시 감았다가 떴다. 한결 가라앉은 어조로 대답했다.

"그것은 하나님이 우리에게 주신 시험입니다. 우리가 살인을 할 능력이 있다고 해서, 살인을 해도 되는 건 아닌 것처럼요."

"대체 왜 그런 시험을 만든 거죠? 자신에게 가운뎃손가락을 들어 올리는 인형을 만든 뒤, 그 인형을 향해 분노하면서 벌을 내리는 것과 비슷한데요? 그게 대체 뭐 하는 짓거리죠?"

게이브가 손가락으로 지호를 가리켰다. 손끝이 부들부들 떨렸다.

"당신 말이 지나치군. 주님을 모독하지 마시오!"

"뭐가 모독이라는 거죠? 그냥 이해하기 쉽게 비유했을 뿐인데."

지호 아저씨가 어깨를 으쓱하자, 게이브는 고개를 절레절레 흔들며 내 쪽을 돌아보았다.

"조슈, 제발 하나님의 뜻을 거스르지 말아요. 화를 입을지도 모릅니다."

"반드시 당신이 화를 입히겠다는 소리로 들리는군요, 하나님의 목자님."

지호 아저씨가 비꼬았다. 게이브는 실핏줄이 튀어나온 손등을 지호 아저씨에게 보이며, 참기 힘들다는 듯 떨리는 목소리로 말했다.

"억지 부리지 마세요! 하나님께 도전하는 건 어리석은 일입니다. 바벨탑의 예시까지 갈 것도 없어요. '가야'가 어떻게 되었는지 보시오!"

귀를 의심했다. 엄마의 이름이 왜 여기서 튀어나온단 말인가. 주변의 분위기가 삽시간에 얼어붙었다. 시종 여유롭던 지호 아저씨의 얼굴에서도 웃음기가 사라졌다. 아저씨는 굳은 목소리로 입을 열었다.

"그런……"

"그게 무슨 소리예요?" 나는 아저씨의 말을 잘랐다. "엄마가 어쨌는데요? 엄마는 아무 짓도 안 했어요!"

게이브는 지호 아저씨와 내 쪽을 번갈아 보더니 긴 한숨을 내쉬었다. 아까보다는 가라앉은 목소리로 말했다.

"조슈, 당신의 어머니 가야는 분명히 맑고 올바른 사람이었지만, 하던 연구는 상당히 위험한 것이었어요. 지금의 당신처럼 말이에요."

"그래서, 가야가 죽은 게 본인 탓이라는 거요?"

지호가 카랑카랑한 목소리로 쏘아붙였다. 여태껏 듣지 못한 날카로운 어조였다. 게이브는 손바닥을 들어 올렸다.

"물론 카일이 잘했다는 말은 아닙니다. 카일이 살인을 저지른 건 용서받기 어려운 큰 죄죠."

"그걸 아는 사람이 감히 그런 소릴 해? 당신이 그렇게 노래하는 하나님, 내가 지금 당장 만나게 해 주겠어!"

지호 아저씨가 게이브에게 다가가며 소리쳤다.

"안 돼요!" 나는 아저씨를 막아섰다. "진정해요, 아저씨. 사람을 폭행하면 감옥에 간다고요. 한 번 들어가면 못 나오잖아요!"

지호 아저씨가 거친 숨을 몰아쉬었다. 게이브도 마찬가지였다.

아저씨가 감옥에 가면 이브들을 없애라는 게이브의 압박을 막아줄 사람이 없어진다. 그 상황만은 피해야 했다. 다행히 지호 아저씨도 거기까지 생각이 미친 모양이었다. 아저씨는 떨리는 손을 들어 올려 흐트러진 안경을 바로잡았다.

"……입만 열면 불경한 말만 뱉는군요, 당신은."

게이브 목사가 중얼거렸다. 나는 게이브를 쏘아보았다.

"그래서, 엄마가 정확히 뭘 잘못했다는 거예요?"

내 질문에, 게이브의 시선이 갈 곳을 잃고 통제실 이곳저곳을 훑었다. 게이브는 지호 아저씨의 눈치를 살피더니 한숨과 함께 대답했다.

"조슈, 그건 내 실언이었습니다. 성직자로서 고인을 함부로 말하면 안 되는 것을……. 사과할게요."

"아뇨, 전 그냥 엄마가 무엇을 하셨는지 알고 싶을 뿐이에요. 그래야 제가 잘못을 되풀이하지 않을 수 있잖아요? 혹시 엄마도 기계종들을 번식시켰어요?"

말을 끝까지 이을 수 없었다. 그러고 싶지 않았는데, 목소리가 떨렸다. 게이브는 고개를 저으며 침통한 낯빛으로 말했다.

"그런 게 아니에요, 조슈. 나는 그저…… 너무 많은 고통을 짊어졌던 가야의 삶이 안타까울 뿐이에요."

"안타깝다고?" 지호 아저씨가 비아냥거렸다. "안타깝다면서 말은 왜 그 따위로 하신 거요?"

"닥쳐요, 지호. 그러는 당신은 당당합니까?"

게이브가 쏘아붙였다. 아저씨는 내 눈치를 살피다가 거짓말처럼 입을 다물었다. 뭐야, 이게. 가슴 깊숙한 곳에서 뭔가가 울컥 올라왔다.

"왜 다들 저한테 숨기는 거죠? 대체 뭘 숨기는 거예요?"

게이브와 지호는 동시에 입을 다물었다. 시선들이 허공에서 교차했다. 이윽고 지호가 말했다.

"조슈, 진정해. 숨기는 건 없어. 가야는 정말로 잘못한 게 없으니까."

눈물이 흘러나오지 않도록 입술을 세게 깨물었다. 이 일에 있어서는 지호 아저씨조차 내 편이 아니었다. 두 사람은 세상이 멸망해도 엄마에 대해 입을 열지 않을 모양이었다.

눈을 감고 잠시 숨을 골랐다. 아무도 알려주지 않는다면, 직접 알아내면 된다.

"……알겠어요." 나는 게이브를 똑바로 바라보며 덧붙였다. "하지만 저도 이브를 없애지 않을 거예요. 지금 이 시설에는 더 많은 기계종이 필요하니까."

"조슈……. 그 문제는 이런 식으로 해결할 일이 아니에요. 헬레나에게 다 들었습니다. 우리는 그 신형 기계종을 누가 만들었는지도 모르잖아요. 그런 녀석들을 어떻게 통제할 수 있겠습니까?"

"할 수 있어요. 제가 책임지고 녀석들을 통제하겠습니다."

기다렸다는 듯이 단언했다. 파라미터O가 '일하기'로 설정되어 있는 한 녀석들은 문제를 일으키지 않을 것이다. 하지만 게이브 목사는 고개를 저었다.

"조슈 당신이나 다른 누군가가, 그 새로운 기계종들을 데리고 못된 짓을 꾸민다면요?".

"그건……."

예상하지 못한 질문이었다. 기계종을 조작할 줄 아는 사람은 나와 엘라뿐이었다. 구석에서 두려움에 떠는 엘라를 물끄러미 바라보다, 고개를 저으며 말했다.

"저도, 엘라도 뭔가를 꾸밀 사람은 아니에요. 우리 둘 말고는 애초에 이브를 데리고 뭘 할 수 있는 사람도 없고."

"못된 누군가가 당신이나 엘라를 협박한다면요?"

게이브가 끈기 있게 묻자, 지호 아저씨가 내 뒤로 한 발짝 다가오며 말했다.

"택도 없는 소리. 그런 식으로 따지면 원래 있던 구형 기계종들도 위험하긴 마찬가지요."

게이브 목사는 대답이 궁색해졌는지 입술을 달싹거릴 뿐 말이 없었다. 엘라와 나를 번갈아 바라보던 게이브는 이윽고 한숨을 내쉬며 목소리를 내리깔았다.

"좋습니다, 조슈. 방금 한 말은 반드시 지키는 게 좋을 겁니다. 새로운 기계종들이 당신의 통제를 벗어나는 순간, 그 녀석들을 모조리 폐기해야 합니다. 아시겠어요?"

나는 침을 꿀꺽 삼켰다. 목사는 휙 몸을 돌려 통제실을 나갔다. 발걸음 소리가 멀어져갔다.

나를 붙잡는 지호 아저씨를 뒤로하고 통제실을 나왔다. 곧장 감옥지기 존슨을 찾아가 카일의 면회를 신청했다. 내가 카일을 얼마나 혐오하는지 잘 아는 존슨은 외침에 가까운 목소리로 물었다.

"카일? 갑자기 그놈은 왜?"

"그냥, 물어볼 게 있어서요."

"별로 좋은 생각 같지는 않은데. 뭐가 그리 궁금한데? 내가 대신 물어봐 줄까?"

존슨의 질문이 연달아 날아왔다. 엄마의 살인자로 알려진 카일에게서 나를 보호하려는 의도는 충분히 알 수 있었지만, 이건은 놈에게 직접 들어야 한다. 존슨의 눈을 똑바로 바라보며 말했다.

"엄마를 왜 죽였는지 묻고 싶어요."

턱을 벌린 채 한참이나 나를 보던 존슨은 손을 어색하게 비볐다.

"어차피 그놈은 사이코야. 그런 놈이 사람을 죽이는 데 이유가 있겠니."

"게이브 목사님은 그렇게 말씀하시지 않던데요."

"……그야, 목사님은 모든 사람을 용서하고 포용해야 하니까."

"알고 있군요? 카일이 왜 엄마를 죽였는지." 내가 묻자, 존슨은 입을 다물었다. 어색한 정적 끝에 나는 한숨을 내쉬었다. "얘기해주지 않아도 좋아요. 하지만 절 방해하지는 마세요."

"미안하구나, 조슈. 돌아가 보렴."

존슨은 고개를 젓고는 선언하듯 말했다. 어린아이처럼 더 떼를 써 봤자 소용은 없을 것이다. 나는 눈썹을 으쓱하고 자리에서 일어났다. 다들 이렇게 나온다면 나도 다른 수가 있다.

통제실로 돌아오니 세타7이 홀로 나를 맞이했다. 조종석에
앉아 감옥에서 일하는 기계종, '울프'에게 연결했다. 조종석 화
면에 어둠이 뿌려졌다.

기계종의 시야가 화면에 나타나길 한동안 기다리고 나서야,
나는 그 시커먼 화면이 울프의 렌즈에 비친 감옥의 모습이라
는 사실을 깨달았다. 자세히 보기 위해 통제실의 조명도 꺼야
했다. 눈이 어둠에 익숙해지자, 죄수들의 실루엣이 보였다.

죄수들은 방의 양쪽 벽에 나란히 묶여있었다. 죄수들을 하나
하나 살피며, 감옥 안쪽으로 기계종을 움직였다. 그리고 감옥
의 끝에서, 드디어 놈을 마주했다.

놈은 말 그대로 산송장 같은 모습이었다. 하지만 그 악마 같
은 눈매 때문에 알아볼 수 있었다. 깎지 못한 머리카락이 힘없
이 허리춤까지 아무렇게나 늘어졌고, 영양실조에 걸린 듯한
볼품 없는 팔뚝에는 수갑이 채워져 있었다. 가슴이 터질 듯 쿵
쾅댔다. 전투 직전의 긴장한 병사처럼 손가락을 매만지다, 나
는 놈의 이름을 불렀다.

"카일."

내 언어가 기계종의 목소리로 변해 감옥 안에 퍼졌다. 놈은
대답하지 않았다. 한참을 반복해 부른 후에야 놈은 고개를 미
세하게 움직여 이쪽을 보았다. 다짜고짜 물었다.

"가야를 죽인 이유가 무엇이지?"

"……뭐?" 놈은 다 죽어가는 쉰 목소리로 되물었다. "이 건방진 놈이. 왜 기계종 따위가 그딴 걸 묻지?"

"대답이나 해."

"이 새끼가……." 산송장은 경멸하는 표정으로 이쪽을 보았다. "프로그램이 미치기라도 한 거냐? 아니, 잠깐. 미친 건 내쪽인가? 드디어 내가……."

놈이 혼자 중얼거리기 시작했다. 한숨을 내쉬었다. 역시 쉬운 일은 아니었다. 기계종을 적대하는 녀석에게 기계종으로 접근했으니 당연한 일이겠지만, 지금으로써는 놈의 입을 열기는커녕 기본적인 대화조차 버거웠다.

"가야를 죽인 이유가 무엇이지?"

놈이 늘어놓는 헛소리를 자르며 물었다. 놈의 얼굴이 일그러졌다가, 문득 히죽 웃었다.

"이쪽으로 좀 더 다가와 봐. 그럼 알려주지."

"카일! 또 기계종을 부수려고? 그만둬, 이 개자식아. 안 그래도 밥 주는 기계종이 한 기뿐인데."

감옥 안에 있는 다른 죄수가 외쳤다. 그 말에 문득 좋은 방법이 떠올랐다. 나는 음성으로 대사를 입력했다.

"대답하지 않으면 굶겨 죽이겠다."

돌연 산송장의 얼굴에서 웃음기가 사라졌다.

"……웃기지 마라, 기계종 주제에."

"저 밖은 지금 전력이 모자란다. 죄수의 생명을 유지하는 데

소모되는 에너지를 아까워하는 분들도 많으시다. 기계종들을 파손하는 놈은 특히 더."

놈은 거칠게 몸을 흔들었다. 수갑과 쇠사슬이 위협적으로 쩔그럭거렸다. 어차피 기계종에게 닿지는 못할 것이다. 조용히 지켜보는데, 문득 놈이 물었다.

"왜 갑자기 그딴 걸 묻지?"

"내 주인님이 시키셨으니까."

"누구?"

"그건 알 거 없어. 대답이나 해라."

카일은 비웃듯이 말했다.

"하! 드디어 기계종 놈들이 본색을 드러내기 시작하는군. 내가 이럴 줄 알았지."

어이가 없었다. 대체 뭐라는 거야? 나는 침묵 끝에 간신히 한마디를 했다.

"……뭐?"

"저 밖의 사람 중에 그 이유를 모르는 사람은 없어. 그러니까 네 녀석은 지금 거짓말을 하는 거지."

카일의 설명은 도무지 알아들을 수 없었다. 놈의 말을 하나하나 반박하고 싶은 마음이 굴뚝 같았지만, 나는 놈의 궤변에 휘둘리지 않기로 마음먹었다.

"당신이 어떻게 생각하든 상관없어. 대답하지 않으면 굶겨 죽이겠다는 건 사실이니까."

"이해할 수 없군. 대체 그게 뭐라고 이렇게 집착하는 거지? 복수할 셈이라면 그냥 진작 굶겨 죽일 수 있었잖아? 그 년은 네놈들 머릿속에 도대체 뭘 심어둔 거냐?"

"생각이 바뀌면 말해."

나는 기계종을 조종해 카일을 등지고 돌아섰다. 감옥 문을 향해 걸어가는데, 한 죄수가 외쳤다.

"잠깐!" 그쪽을 돌아보았다가, 나는 당황했다. 상대의 눈동자에 어린 빛이 공포에 가까웠기 때문이다. 죄수는 빠르게 말했다. "설마, 네놈들 저 밖의 사람들을 다 몰살한 거냐?"

"피해망상이 과하군. 기계종이 왜 사람들을 몰살해?"

"그것이 아니라면 카일에게 물을 이유가 없잖아! 그러고 보니 존슨은 며칠째 여기 들어오지 않았어. 그놈을 어떻게 한 거냐?"

이런 방에 몇 년이고 갇혀 있으면 상상력이 풍부해지는 걸까. 지끈대는 관자놀이를 누르며 고민한 끝에, 나는 카일을 가리키며 대답했다.

"알고 싶으면 저 녀석이 대답해야 할 거야. 왜 가야를 죽인 건지."

눈동자를 뒤룩뒤룩 굴리는 카일을 바라보니 입가에 절로 미소가 지어졌다. 나중에 존슨에게 들키면 좀 난감할 수 있겠지만, 솔직히 말해, 당장은 놈을 이렇게 압박할 수 있다는 사실이 제법 짜릿했다. 놈은 숙고 끝에 입을 열었다.

"좋다. 말해주지. 네놈이 갑자기 이러는 이유는 도저히 모르겠지만. 솔직히 그건 목숨 걸고 지켜야 할 비밀도 아니야." 그러더니 놈은 이쪽을 빤히 쳐다보았다. 눈동자가 긴 머리칼 사이로 번쩍였다. "그년, 생체 실험을 했어. 그것도 힘없는 어린애를 데리고."

머리를 세게 얻어맞은 기분이었다.

말도 안 된다. 조종간을 쾅 내리쳤다. 화면 너머 놈의 멱살이라도 잡을 기세로 외쳤다.

"헛소리하지 마!"

"이건 뭐. 기껏 말해줘도 지랄이네."

"웃기지 마! 엄마는 그런 사람이 아니라고! 멋대로 지어내지 마!"

말해 놓고 아차 싶었지만, 이미 엎질러진 물이었다. 잠깐 놀랐다가 이내 일그러지는 카일의 얼굴이 렌즈에 비쳤다.

"너……."

카일의 다음 말이 이어지기 전에 나는 급히 연결을 끊어버렸다. 비틀거리며 조종석 밖으로 빠져나왔다. 입술이 부들부들 떨리는 진동이 귀까지 울렸다. 심장 언저리에서 무언가가 차올랐다.

생체 실험.

엄마가? 그렇게 자애롭고, 강하고, '인간적인' 사람이, 미친 과학자나 할 법한 일을 저질렀다고? 카일은 그걸 막기 위해 엄마를 죽인 것이고?

다리에 힘이 풀려 통제실 바닥에 주저앉았다. 혼란스러웠다. 지금까지 엄마는 선이고, 카일은 악이라고만 믿어 왔다. 카일은 기계종을 맹목적으로 적대시하니까, 놈의 범행 동기는 엔지니어로서 기계종을 보호, 관리하는 엄마에 대한 증오였을 거라고 넘겨짚었다. 하지만 그 너머에 숨겨진 진실은 내 예상을 아득히 뛰어넘었다. 게이브 목사와 지호 아저씨, 존슨을 비롯한 모두가 내게 숨긴 이유가 바로 이것이었다. 엄마를 향한 깊은 배신감이 심장을 할퀴는 것 같았다.

"선생님, 괜찮아요?"

엘라가 통제실에 들어오다 나를 보고 놀라 다가왔다. 엘라의 손길이 어깨에 닿는 순간, 참았던 울음이 갑자기 터져 나왔다. 어쩔 줄 모르던 엘라도 나를 부둥켜안고 울기 시작했다. 우리는 그냥 한동안 그러고 있었다.

안에 쌓인 무언가를 전부 쏟아내고 나자 오히려 개운해졌다. 나와 엘라는 통제실 벽에 나란히 기대어 앉았다. 엘라가 물었다.

"이제 좀 괜찮아요?"

나는 천천히 고개를 끄덕였다.

"너는 왜 운 거야?"

"그냥 선생님이 우시니까 저도 울고 싶었어요. 이유는 모르겠어요."

피식 웃으며 엘라의 어깨를 토닥였다. 한참 어린 녀석 앞에서 괜한 모습을 보인 것 같아 민망했다.

"흉한 꼴을 보였네. 미안."

"아니에요, 선생님! 전 좋았어요. 선생님이 저한테 의지하신 거 같아서."

엘라가 미소지었다. 어쩐지 슬픔이 나누어진 듯했다. 기계종과는 결코 나눌 수 없는, 사람 특유의 특별한 교감이 기분 좋았다. 저 섬세한 이브조차 우는 모습은 본 적이 없었으니까.

나는 통제실 화면을 바라보았다. 전력 흐름을 나타내는 도식에 초록빛이 감돌고 있었다.

생각해 보면, 엄마가 정확히 어떤 실험을 했는지 듣지 못했으니 아직 실망하기에는 이르다. 별일이 아니었는데 다른 사람들이 오해했을 가능성도 있다. 실제로 지호 아저씨는 엄마가 잘못한 일이 없다고 했다. 이마를 무릎에 가져다 댔다. 엄마에게 다시 연락할 수 있다면, 그래서 과거에 대한 해명을 들을 수 있다면 얼마나 좋을까.

그때, 통제실 문이 열리고 이브가 들어왔다.

"조슈 주인님, 안녕하세요. 주인님들의 성행위가 담긴 영상은 찾으셨나요?"

엘라는 놀란 얼굴로 내 눈치를 살피더니, 이브에게 말했다.

"이브, 갑자기 무슨 일인지는 몰라도 지금은 좋은 때가 아니야."

"아냐, 사실은…… 좋은 때인 것 같아." 내가 엘라의 말을 막
곤 웃으며 이어 말했다. "이브에게 보여주기로 했던 건데, 기분
전환이 될 것 같아."

그래서 나는 이브와 함께 스티브의 방을 찾아갔다. 스티브는
언제나처럼 영상을 시청하고 있었는데, 놀랍게도 침대 옆자리
에 이브2가 보였다. 녀석을 가리키며 물었다.

"애는 여기서 뭘 하고 있는 거야?"

"응, 이브2 말야? 나랑 같이 영화 보고 있어."

"영화를 본다고?"

"그래. 지난번 식사를 가져다주었을 때, 영화에 꽂혔는지 안
돌아가고 계속 보더라고. 재미있어서 그냥 뒀더니 결국 끝까
지 보는 거야. 그러고 나서는 자기가 느낀 감동에 대해 얘기를
시작하는데, 거의 무슨 평론가인 줄 알았어."

스티브는 즐거워 보였다. 난 입을 다물지 못했다. 이브가 만
들어 낸 자손이니 다른 기계종들과는 뭔가 다를 거라고 예상
했지만, 영화까지 즐길 줄이야. 허구에 불과한 정보를 입수하
는 건 기계종에겐 시간 낭비일 텐데.

스티브가 죽그릇을 집어 들며 물었다.

"근데, 갑자기 왜 찾아온 거야? 밥은 이미 받았는데."

"아, 포르노 뭐 없어? 이브가 성행위 장면이 궁금하대서."

"풉!"

스티브는 입으로 막 넘기던 죽을 뿜어냈다. 아, 청소하는 기계종이 싫어하겠군.

"이브가? 왜?"

"글쎄. 자기가 직접 생산을 하다 보니 생각이 많아졌나 봐. 뭐 없어?"

"……그냥 무난한 거면 되지?"

"응."

스티브는 테이블 위에 아무렇게나 널려있던 저장장치 중 하나를 집어 내게 내밀었다. 나는 그것을 받아들었다. 영화에 한창 빠진 이브2의 뒤통수를 바라보다 물었다.

"넌 이브2한테 뭘 보여줬는데?"

"「터미네이터2」."

"뭐?"

눈썹을 추켜세웠다. 정확한 줄거리는 기억나지 않지만, 그것이 무엇을 다룬 영화인지는 대충 알고 있었다.

"왜 그런 걸 보여줬어?"

"내가 골라서 보여준 거 아냐. 내가 보는 중인데 지가 옆에서 본 거지."

"그렇다고 기계와 인간의 전쟁을 다룬 영화를 보여줘? 기계종한테?"

"뭐 어때. 그 영화에 나온 기계들은 얘들과는 다르잖아.「매트릭스」3부작도 보여줬지만, 이브2도 딱히 그 기계 쪽에 감정이입하는 것 같지는 않던데."

"야! 그런 걸 왜 보여줘!"

빽 소리 질렀다. 스티브가 능글능글 웃었다. 스티브를 퍽퍽 때렸지만 스티브는 손을 들어 최소한의 방어 동작만 취할 뿐 웃음을 멈추지 않았다.

"에이, 괜찮대도. 이 녀석들이 보기엔 그 기계들은 자기 동족도 아니야. 그냥 다른 세상의 괴물들이지."

하긴 생김새는 전혀 다르니까. 하지만 인간과 적대하는 기계라는 개념을 이브나 이브2에게 알게 하고 싶지는 않았는데.

"걱정 마세요, 주인님. 영화 속 기계들은 너무 끔찍했습니다. 저희는 절대 그렇게 되지 않을 것입니다."

"어휴, 둘이 죽이 참 잘 맞네."

비꼬는 말투로 말했다. 스티브는 능청스레 대답했다.

"응, 그치? 난 이 녀석이 좋아."

"저도 스티브 주인님이 좋습니다."

"그래도 애도 일은 해야 해. 기계종이 모자란단 말이야."

"누가 일 안 시킨대? 이것도 일이라고. 영화 감상가인 나를 돕는 일!"

진지함이라곤 조금도 없는 두 녀석의 브로맨스에 진저리가 나, 그의 방문을 박차고 나왔다. 스티브의 웃음소리가 들렸다.

"……이게 뭔가요?" 내 수면실에서 인간의 성행위 영상을 본 이브의 첫 마디였다. "방금 제가 뭘 본 거죠? 이게 주인님들의 생산 과정이라고요?"

"어…… 맞아. 방금 본 게 지난번에 말한 그 성행위라는 거야." 이브는 아무 말도 하지 않았다. 나는 잠시 이브를 내려다보다 머리를 긁적였다. "……기대보다 별로였나 보네."

"아닙니다. 너무 격렬해서 놀랐을 뿐입니다. 엄청난 운동 에너지를 소모하시는군요. 게다가 시작 전에 그건 뭐였죠? 왜 양의 단자를 음의 단자가 아닌 엉뚱한 곳에 비비는 겁니까?"

"……뭐, 워밍업…… 같은 거겠지."

얼굴이 붉어졌다. 이브는 화면에서 눈을 떼지 않았다.

"……그렇군요. 놀랍습니다. 성행위를 통해 얻는 쾌락이, 저 정도로 엄청난 양의 에너지를 소모할 가치가 있다니……. 하지만 자세히 보니, 굉장히 기분이 좋아 보이긴 합니다."

영상에서 뜨거운 호흡을 보여준 커플은 저들인데, 어째서 부끄러움은 나의 몫일까. 영상을 종료시켰다. 침대 위에서 여유롭게 뒹굴던 남녀가 화면에서 사라졌다.

"흠흠…… 뭐 궁금증이 풀렸으면 됐어. 더 궁금한 건 없지?"

"네, 많은 도움이 되었습니다."

"무슨 도움?"

이브는 잠시 주저하다 나를 돌아보며 말했다.

"사실 저 행위나…… 워밍업이라는 걸 시설 안에서 몇 번 본 것 같아서요. 저 행위는 은밀한 것이라고 하셨죠? 앞으로는 저런 장면을 보게 되면 자리를 피하도록 하겠습니다."

다시 얼굴이 달아오른다. 이브의 시선을 피하며 손을 휘휘 내저었다.

"그래, 그래. 이제 가서 일 봐."

이브는 공손하게 인사하곤 밖으로 나갔다. 아무래도 괜한 짓을 한 것 같았다. 나는 카일의 일은 잊어버리고 밤새 이불을 발로 차 올렸다. 다음 날 아침 존슨이 수면실로 찾아와 심각한 얼굴로 물을 때까지.

"조슈, 혹시 어제 기계종을 조종해서 카일에게 말을 걸었니?"

갓 깨어 몽롱하던 정신이 번쩍 들었다. 실타래처럼 연달아 떠오르는 기억에 나는 입을 다물었다. 그것이 존슨에게는 충분한 대답이었던 모양이다. 존슨은 한숨을 내쉬었다.

"……그냥 내가 말해줄 걸 그랬구나. 그 난리를 칠 줄 알았다면."

입술을 비죽 내밀었다.

"잘한 건 아니지만 그렇게 잘못한 것도 아니잖아요. 전 몇 마디 하지도 않았어요."

"그 몇 마디 때문에 감옥 안은 아수라장이었어. 기계종들이 반란을 일으킨 게 아니냐며 한참을 아우성쳤다고. 설득하느라 얼마나 힘들었는지 알아?"

하긴 감옥지기 존슨에게는 날벼락이었겠지. 시선을 내리깔왔다.

"……그랬다면 죄송해요."

"또 그럴 거야?"

"이제 안 그럴게요." 내 대답에 존슨은 잠시 말이 없었다. 나는 조심스레 물었다. "장로님은 뭐라시던가요?"

"아직 보고드리지 않았어."

"아……."

"뭐, 네가 반성하고 있다니 보고할 필요는 없겠지." 존슨은 어깨를 으쓱하더니, 한결 부드러워진 목소리로 물었다. "카일에게 대답은 들었어?"

그 말에 어제 들은 단어가 뇌리를 스치고 지나갔다.

"네."

내 표정이 삽시간에 어두워진 것을 눈치챘는지, 존슨은 내 머리에 손을 올리고 달래듯 말했다.

"너무 풀 죽을 필요 없어. 결과적으로 가야는 시설에 도움을 준 셈이잖아."

정신이 번쩍 들었다. 존슨을 올려다보았다.

"어떤 도움이요?"

"어……. 카일이 그건 말하지 않았나 보네." 존슨은 난감한 얼굴로 잠시 나를 보다 어깨를 으쓱했다. "쾌감기 말야. 지호가 쾌감기를 만든 건 가야 덕분이니까."

나는 얼어버렸다.

존슨은 몇 마디 위로의 말을 남기고 돌아갔지만 제대로 귀에 들어오지 않았다. 엄마가 앞에 있었으면 좋겠다고 생각했다. 하고 싶은 말이 산더미였다. 고작 저딴 기계를 만들기 위해 어린애한테 생체 실험을 한 거냐고. 사람들을 고작 쾌락 따위에 모조리 파묻어 놓은 주제에, 모든 사람은 대단한 존재니 어쩌니 말하는 건 위선 아니냐고. 쓸데없는 짓을 해서 죽을 고비를 넘기고는 혼자 몰래 시설 밖으로 빠져나가 유랑하다니, 딸에 대한 책임감이 있기는 한 거냐고! 그러면 엄마는 뭐라고 대답할까. 입이 열 개라도 할 말이 있을까.

생각할수록 너무너무 미웠다. 차라리 착하고 인간적인 척이나 하지 말지. 자애로운 척이나 하지 말지. 의지하고 애착하도록, 그리워하도록 관계를 쌓지 말지. 엄마가 선하다고 믿게 만들지 말지. 그랬다면 내가 이렇게 모멸에 가까운 배신감으로 타오르지는 않았을 텐데.

언젠가 엄마를 찾아내 시설로 당당히 데려오는 것이 나의 사명이라고 믿었다. 그래, 어쩌면 내 머릿속의 파라미터O는 정말로 그것이었을지도 모른다. 하지만 이제는 아니다. 엄마의 어두운 과거를 도저히 용서할 수 없었다. 그 이후의 좋았던 기억이, 미움을 희석하기는커녕 오히려 더욱 용서할 수 없게 만들었다.

나는, 엄마를 놓아주기로 마음먹었다.

차라리 잘된 일이다. 어차피 닿을 수도 없는 사람이기에, 미위하는 쪽이 편할 테니까.

　뭘 하고 사는지도 모르게 시간은 빠르게 흘렀다. 엘라 외의 사람과 필요 이상으로 말을 나누지 않는 대신 이브와 대화하는 시간이 늘었다. 게이브 목사는 내 변화에 책임감을 느끼는지 어떻게든 날 위로하고 싶어 했지만, 소용없는 일이었다. 꺼져버린 마음속 불빛은 누구도 다시 켤 수 없다. 그저 그 어둠에 익숙해져야 할 뿐이다.

　솔직히 지금이 더 편하기도 했다. 목사는 내게 쩔쩔매는 동안 이브를 비난하지 못했고, 그 사실은 이브에게 번식의 기회를 제공했다. 이브는 피보나치 수열에 따라 수를 늘려 갔다. 이브와 이브가 낳은 신형 기계종들은 청소나 세탁(모두 에어컨으로 이루어졌다.)을 비롯해 구형 기계종들이 해 오던 일들을 하나하나 대체하기 시작했다. 신형 기계종들의 서비스는 대부분의 사람들을 만족시켰다. 걱정하던 엘라도 이브의 자손들이 우리 명령에 철저하게 복종한다는 사실은 인정했다.

　모든 것은 평화로웠다. 그날이 오기 전까지는.

　엘라가 보낸 '이브10'이 긴급상황이라며 나를 깨웠다. 버튼을 눌렀지만 수면실 조명이 들어오지 않았다. 등골이 서늘해졌다.

　"뭐야?"

수면실은 완전한 시각적 적막 속에 잠겨 있었다. 어둠에 적응한 두 눈으로도 침대의 윤곽을 간신히 알아볼 수 있을 정도였다. 낡은 신발을 발가락으로 찾아 신고 천천히 일어났다.

개인 수면실을 나서자 그나마 뭐라도 보이는 복도가 눈에 들어왔다. 쿵쾅대는 심장을 이끌고 통제실을 향해 걷기 시작했다.

메인홀로 다가갈수록 빛이 점점 더 밝아졌다. 홀에 들어서자 미약한 조명 아래서 사람들이 어슬렁거리고 있었다. 그들 중 일부가 나를 알아보고 부르는 것 같았지만, 무시하고 더 빨리 달렸다. 함께 달리던 이브10이 뒤처져 갔다.

통제실에 들어서자 온통 붉은 빛이었다. 드론 조종석에 앉은 엘라가 나를 보고 외쳤다.

"선생님!"

"어떻게 된 거야. 또 전지판 때문이지?"

엘라가 겁에 질린 눈망울로 고개를 저었다. 엘라를 향해 빠르게 다가갔다.

"전지판이 아니에요, 선생님. 집광기 두 개가 파손되었어요!"

"뭐?"

"집광기요! 선생님, 어떡하죠?"

드론이 보내주는 조종석 화면을 보고 나는 현실을 부정하고 싶었다. 본래 서 있던 거대한 집광기 네 기 중에서 멀쩡한 건

두 기뿐이었다. 한 기는 땅 위에 쓰러지면서 렌즈가 산산조각이 나 있었다. 다른 한 기는 넘어지기 직전까지 기울어져 벼랑 끝 아이처럼 위태로웠다. 집광기의 거대한 렌즈가 정확한 각도로 서 있지 않으니, 당연히 빛이 태양 전지판에 모이지 않았다. 전지판에서 100미터는 떨어진 엉뚱한 바위 표면에 뜨거운 태양빛이 작렬하고 있었다. 잔뜩 달궈진 공기의 이글거리는 기세가, 태워버릴 물체를 찾아 혀를 날름거리는 뱀 같았다.

"세타7, 헬레나 장로님한테 전력 생산량이 반으로 줄었고, 복구할 수 없다고 보고해. 전력 소비량을 극소화해야 한다고 해."

급박한 명령에 세타7은 즉시 통제실 밖으로 달려나갔다. 절망적인 상황이었다. 사람의 힘으로 집광기를 어떻게 해 보는 것은 도저히 무리였다.

다리가 후들거렸다. 이브를 찾은 날 밤 전력이 떨어져 질식할 뻔했던 기억이 스멀스멀 되살아났다. 가슴이 먹먹하게 막혀왔다. 엘라는 이미 모든 것을 포기한 얼굴로 두 손을 모으고 기도하고 있었다. 소녀의 눈가에 투명한 빛이 어른거렸다.

"어떻게, 방법은 정말 없는 겁니까?"

"네 대 중 두 대가 나갔다면, 그래도 절반은 가동하는 거 아닙니까?"

"필수적이지 않다고 생각되는 장비는 이미 전부 껐습니다.

남은 것은 나무와 씨앗 탱크뿐입니다. 하지만 현재 전력 생산량은 소비량보다 모자랍니다. 앞으로 길어야 2주일 내에, 산소 농도는 생존에 적합하지 않은 수준으로 떨어질 거예요."

내 시한부 선고가 끝나자 일순 정적이 흘렀다. 굳어가는 사람들의 표정을 지켜보며 마른 침을 삼켰다. 잠시 후, 사람들은 일제히 일어나서 저마다 민낯을 드러내기 시작했다.

"이제야말로 씨앗 탱크를 꺼야 합니다!"

"그러면 안 돼요. 인류의 유일한 희망을 포기할 수는 없습니다."

한스가 지친 목소리로 반론했지만, 다른 사람들이 일어나 외치기 시작했다.

"그 전에 우리가 다 죽게 생겼다고요!"

"씨앗 탱크만 없으면 우린 살 수 있잖아요?"

"다들 대체 왜 그래요? 씨앗 탱크를 꺼 버리면 우리 종족도 끝이라는 걸 모르십니까?"

"그럼 당신이 밖으로 나갈래요? 입도 줄일 겸?"

누군가의 날 선 외침에 한스는 입을 다물었다. 한스의 부리부리한 눈매가 자포자기의 눈빛으로 시들어갔다. 씨앗 탱크에 대한 논쟁은 곧 누굴 더 희생해서 입을 줄일지에 대한 미치광이 토론으로 이어졌다.

"감옥에 있는 놈들도 내보냅시다."

"그리고 쓸모없는 장애아들도 다 내보내죠! 솔직히 말해 필요 없잖아요!"

"뭐? 어떻게 그런 말을 할 수 있어!"

"이 상황에서 그럼 그냥 다 같이 죽자고?"

"이런 쓰레기 같은 새끼! 너부터 죽어 이 개새끼야!"

한 남성이 다른 남성에게 달려들면서 회의장은 아수라장이 되었다.

"그만, 발언권 없이 얘기하는 건 그만 하세요!"

헬레나의 외침도 사람들의 주먹다짐에 묻혀버렸다. 영양 상태가 영 좋지 않은 약골들의 주먹다짐은 스티브가 즐겨보던 액션영화의 장면들에 비하면 참 볼품없는 모습이었다. 고개를 푹 숙이며 한숨을 내쉬었다. 평소에는 쾌감기에만 틀어박혀 시간을 허비하던 주제에, 삶에 뭐가 그렇게 미련이 있어 저 난리를 치는지 우스울 지경이다. 옆자리에 앉은 엘라가 내 손을 잡고 힘을 주었다.

"……무서워요."

엘라는 부들부들 떨고 있었다. 어느새 주변 사람들도 다 싸움을 말리러, 또는 싸움에 가담하러 자리를 박차고 나간지라 앉아 있는 건 우리 둘뿐이었다.

"통제실로 가자."

어차피 가도 할 수 있는 일은 없었지만, 엘라는 고개를 끄덕였다.

"……네."

엘라를 일으켰다. 천천히 발을 맞추어 복도를 걸은 끝에 통제실에 도착했다. 통제실의 전력도 최소화한 상태였으므로, 방을 비추는 유일한 광원은 스크린의 은은한 붉은빛뿐이었다. 전력 흐름을 나타낸 도식을 멍하니 바라보다가 엘라에게 말했다.

"엘라, 씨앗 탱크 말야."

"……네."

"끄라고 하면 끌 수 있어?"

"네? 그야……. 사실 통제실에서 안 되면, 직접 가서 케이블을 끊어 버릴 수도 있잖아요."

"……그게 아니라, 저 회의에서 씨앗 탱크를 끄라고 정말 결정이 된다면, 네가 직접 끌 수 있겠냐고."

"……네?"

엘라는 고개를 갸우뚱거렸다. 나는 두 손으로 뒤통수를 감쌌다.

"난 못 해."

"……왜요? 저 밖의 사람들은 다 같은 마음인 거 같은데."

"글쎄. 씨앗 탱크 아래에서 케이블을 끄집어냈다고 쳐. 직접 케이블을 끊으라고 하면, 선뜻 나설 수 있는 사람이 있겠어? 사람을 죽이는 일은 정신적으로 쉬운 일이 아니야. 옛날에는 사형집행인 월급이 꽤 셌던 거 알아?"

"……"

"하물며 우리 종족 전체를 거세시키는 일을 어떻게 할 수 있겠어. 난 못 해."

소녀는 앙다문 입을 살짝 열고 작은 소리로 말했다.

"……꼭 해야 하는 일이라면…… 누군가는 해야겠죠."

정적이 나와 엘라 사이를 훑고 지나갔다. 작게 한숨을 내쉬었다. 그래, 아이의 천진난만함이 잔혹함으로 변하기는 생각보다 쉬울지도 모르겠다.

머리를 벽에 기대고 눈을 감았다. 잠시 후, 이브의 목소리가 들렸다.

"메인 홀 쪽에서 고함 소리를 들었습니다, 주인님. 무슨 일 있나요?"

눈을 뜨자 빈 그릇을 들고 통제실로 들어오는 이브가 보였다. 흰 표면이 스크린 빛에 붉게 물들어, 그 모습이 마치 유령처럼 어렴풋했다. 나는 대답했다.

"사람들 사이에 싸움이 났어. 전력이 부족하거든."

"전력이요?"

내 말에 이브는 능숙한 움직임으로 그릇을 바닥에 내려놓고는 자신의 손가락을 들어 올렸다. 손가락 끝 검은 단자가 붉은 빛을 받아 빛났다.

"전력이라는 게…… 이걸 말씀하시는 건가요?"

"아……"

뒤통수를 후려맞은 기분이었다. 그래, 왜 이 생각을 미리 못했을까?

"이브, 지금 네 자손들을 다 모아서 격납고를 통해 밖으로 나가. 나도 바로 나갈게. 태양전지판들이 있는 남쪽 언덕에서 만나자."

"하지만 전 지금 일을 하는 중인……"

"이게 더 중요한 일이야! 전부 다 데리고 나와! 빨리!"

이브의 말을 끊어버리고, 나는 대답도 기다리지 않고 시설 입구를 향해 달렸다.

각도가 틀어진 집광기가 바위를 내리비추고 있었다. 바위 위로 끌러낸 전력 케이블 위에, 이브와 열다섯 기의 자손들이 줄다리기라도 하듯 일렬로 달라붙었다. 그 머리 위로 전개된 태양전지판들이 보석처럼 반짝거렸다. 통신장치를 통해 물었다.

"엘라! 어때?"

"됐어요! 전력 생산량이 60% 위로 올라왔어요! 이 정도면 나무와 씨앗 탱크의 정상 가동에는 문제가 없어요!"

엘라의 말에 다리에 힘이 풀려 주저앉았다. 웃음이 나왔다. 안도의 웃음이자, 희망의 웃음이었다. 엘라의 목소리도 기쁨으로 상기되어 있었다. 메인홀에서 싸우던 사람들도 마찬가지였다.

"대단해!"

"그럼 이제 그 신형 기계종의 수를 늘리면 전력 문제에서 완전히 해방되는 건가?"

"그 녀석들은 고장이 나도 알아서 숫자를 늘릴 수 있는 거지?"

설명을 마치자, 사람들의 눈동자에는 오랫동안 볼 수 없었던 무언가가 떠올랐다. 희망과 기대감. 닳고 닳은 끝에 거의 잃어버렸던 그 감정들이, 다시 힘을 얻어 혼란을 가라앉히고 있었다. 격한 싸움 속에서 눈이나 입술 한 쪽이 터진 사람들조차 언제 그랬냐는 듯 하나같이 밝은 얼굴이었다. 나는 활짝 웃었다.

"네. 이제 전력 때문에 스트레스를 받을 필요는 없을 것입니다! 이브와 이브의 자손들이 자가생산을 통해 수를 더 늘릴 수 있으니까요!"

"오, 신이시여 감사합니다!"

메인홀에 요란한 박수 소리가 울렸다. 존슨이 다가와 내 손을 잡고 힘껏 흔들었다. 지호 아저씨가 내 어깨를 두들기며 웃었다. 스티브도 연신 고개를 끄덕이면서 박수를 쳤고, 마고는 내 얼굴을 마구 쓰다듬더니 이마에 입을 맞추었다. 근심이 사라진 한스는 10년은 회춘한 얼굴이었다. 몇몇 사람들은 두 손을 모아 기도하며 감격의 눈물을 흘리기도 했다. 어느새 다가온 엘라도 눈가를 훔치며 사람들을 따라 환호하고 있었다.

축제와 다름없는 흥분의 도가니 한구석에서, 문득 게이브 목사가 보였다. 목사는 씁쓸한 표정으로 이쪽을 바라보고 있었다. 나는 그 시선을 모른 척 피해 버렸다.

2년 후

"빠르게 이동하도록 진화시키자, 가상 생물은 마치 탑처럼
키를 극단적으로 높인 후 넘어져서 높은 속도를 얻었다."

— 칼 심스, 『진화하는 가상 생명체』

시설 앞 공터는 이제 더 이상 황량하지 않았다. 에어락부터
저 멀리 언덕배기까지 깔린 진한 적갈색의 흙 위를, 흑백으로
빛나는 '이브족'들이(이브는 자신과 자손들을 이렇게 불렀다.) 꽃밭
처럼 뒤덮고 있었다. 파라미터O를 '발전'으로 설정해둔 '발전
대' 소속의 녀석들이다. 녀석들은 바닥을 타고 흐르는 전선을
따라 늘어서서, 뜨겁게 내려꽂히는 태양빛을 태양 전지판으로
받아냈다.

중앙의 넓은 꽃밭과 더불어 서쪽에 작은 꽃밭이 또 하나 있
었다. 하반신이 유독 두툼한 그들은 생산을 목적으로 하는 '생
산대' 녀석들이었다. 이브족들의 수는 100기를 넘어섰지만, 언
제 쓰러질지 모르는 집광기에 의지하지 않으려면 이브족이 더
많이 필요했다.

바위 위에 앉아 바이저 너머로 태양을 바라보았다. 구름이 푸른 하늘을 평화로이 항해했다. 좋았다. 시설 밖에서 풍경을 즐기는 일은 예전에는 사치였지만, 지금은 내가 원한다면 밤새 하늘을 올려다볼 수도 있었다.

저 멀리 언덕 너머에서 먼지구름이 일렁였다. 나는 바위에서 일어났다. 먼지구름의 선두에서 흰색으로 빛나는 점들이 조금씩 커지더니, 어느새 육안으로 식별할 수 있을 정도로 가까이 다가왔다. 두 개의 바퀴가 달린 은빛 운송 수단을 타고 있는 이브족들. 파라미터O를 수색으로 설정해 둔 '정찰대'였다.

먼지 돌풍을 일으키며 다가온 녀석들은 내 앞에 바퀴 자국을 길게 늘어뜨리고 멈추어 섰다. 긴 여정에 지친 실리콘 재질의 바퀴들이 잔뜩 먼지를 뒤집어쓰고 있었다. 이 전기 이륜차는 손재주 좋은 이브23이 발명한 물건으로, '포리투'라고 불렸다. 녀석들은 동족들의 이름을 숫자로 붙이는 것으로도 모자라, 새로운 물건을 발명할 때마다 그것을 지칭하는 명사에도 숫자를 사용했다. 아무리 생각해도 헷갈릴 것 같은데 저희들끼리는 그쪽이 더 편한 모양이었다.

"이브88, 89, 90, 93, 96, 97이 주인님을 뵙습니다."

"그래, 별다른 건 없었냐?"

"특이한 것은 발견하지 못했습니다. 금속으로 된 물체 네 개를 주워 왔습니다."

기계종들 네 기가 각자 자신의 포리투 보관함에서 뭔가를 꺼내 들고 다가왔다. 시뻘겋게 녹이 서린 파이프 조각, 구부러진 차량 범퍼 조각, 뒤틀린 수저 따위가 앞다투어 내 눈앞에 제시되었다. 죄다 쓸모없어 보이는 고철 덩어리들뿐이었다. 한숨을 내쉬며 물건들을 녀석들에게 돌려주었다.

"알았어, 고생했다."

"격납고에 두겠습니다."

"그래, 수고해."

나는 에어락으로 돌아섰다. 기계종들이 바지런히 움직이는 소리가 들리다가, 문을 닫자 조용해졌다.

방호복을 벗고 통제실로 돌아왔다. 방금 들어온 정찰대 녀석들이 스크린 중앙의 지도에 정찰 결과를 업데이트하고 있었다. 방해가 되지 않도록 의자를 뒤쪽으로 끌어당겨 앉았다. 지도에는 기지가 위치한 황무지 지대를 중심으로, 사막과 말라붙은 계곡, 옛 전쟁 때 생긴 크레이터 지형들이 뒤섞여 있었다. 정찰대가 확인한 동북쪽 땅의 지형이 그려지면서 지도가 야금야금 넓어졌다.

지도 오른쪽 위 한구석에 시설의 전력 현황이 작게 보였다. 한때 통제실 화면 가운데를 독차지하던 전력 상태 도식은, 이브족들이 선사하는 여유가 나와 엘라를 길들인 뒤 화면 구석으로 밀려났다. 생산과 배터리 전력 모두 선명한 녹색이었다. 어느새 이 여유에 익숙해진 내 자신이 새삼 놀라웠다. 부족한 전력 관리에 사활을 걸고 매달리던 시절도 있었는데.

갑자기 화면의 알림창에 긴급 보고가 들어왔다.

"주인님이시여, 우리를 구원하소서!"

이브족의 음성 신호로 전송된 전파 보고였다. 발신자는 '이브91'이라는 정찰대 대원이었다.

"무슨 일이야, 이브91!"

"오오, 주인님! 주인님을 믿지 않는 이들이 우리를 공격했습니다! 지금 그들의 마을로 끌려가고 있습니다."

옆에 앉아 있던 엘라가 눈을 둥그렇게 떴다. 나는 급히 물었다.

"뭐라고? 그게 무슨 소리야? 지금 어딘데?"

다시 몸을 화면 쪽으로 기울여 녀석의 보고에 귀를 기울였다.

"이곳은 시설 입구를 기준으로 서 84,253미터, 북 55,852미터 지점입니다. 저희는 이곳에서 스스로를 '아우족'이라고 밝힌 이들과 조우했습니다."

"아우족이라고?"

"그렇습니다. 놈들 스무 기가 순식간에 저희 이브92, 94, 95, 98, 그리고 저 다섯 기를 둘러쌌고, 육탄전 끝에 포리투까지 빼앗아 갔습니다. 주인님! 저희는 어떻게 해야 하나요?"

이브91은 공포에 질린 기색이 역력했다. 이브91의 간절한 기도가 내게 와닿기라도 한 듯, 저 가여운 아이를 구하고 싶은 마음이 피어났다.

"거기 구형 기계종은 같이 없어?"

가끔은 생생한 현장을 보기 위해, 수동 조작이 가능한 구형 기계종을 정찰대와 같이 파견하곤 했다. 하지만 이브91는 부정했다.

"없습니다. 이곳에는 저희 이브족들 뿐입니다."

"알았어. 일단 침착하게 있어."

"오오……. 알겠습니다, 주인님."

통신이 끊어졌다. 나는 천천히 허리를 세우며 중얼거렸다.

"서 84킬로 북 56킬로라……. 더럽게 머네."

"네? 저길 가시려고요?"

옆에 앉아 있던 엘라가 고개를 홱 돌렸다. 나는 엘라를 바라보았다.

"왜?"

"아니, 선생님이 위험을 무릅쓸 필요가 어디 있어요? 이브족은 새로 만들면 될 일인데……."

"엘라, 그 말은 너무 잔인한걸. 이브91의 저 간절함이 네게는 느껴지지 않는 거니?"

눈살을 찌푸리며 말했지만, 엘라는 고개를 세차게 가로저었다.

"저 먼 곳까지 대체 무슨 수로 가시려고요? 선생님, 그냥 안 가시면 안 돼요?"

"자전거를 타야지."

"자전거요? 그 고물을……."

"고물 아냐. 이브23이 멀쩡하게 고쳐놨어."

엘라는 불안한 눈빛으로 나를 바라보았다. 나는 여린 제자를 안아주었다.

"걱정 마, 엘라. 꼭 돌아올 테니. 이브족 녀석들을 많이 데려가면 전력이 부족할 일도 없을 거야."

얇은 팔이 내 등에 닿은 채 파르르 떨렸다.

유례없이 멀리 나가겠다는 보고를 받고도 헬레나 장로는 딱히 반대하지 않았다. 보다 정확히 말하자면, 이브족들 덕에 여유가 생긴 지금 헬레나는 역사서 집필에 열중하느라 그 밖의 일에는 관심이 없었다. 장로의 귀찮다는 듯한 손짓에 나는 방에서 나와 곧장 격납고로 향했다.

격납고에서는 이브가 명령에 따라 11기의 이브족들을 정렬시키고 있었다. 격납고 한편에서는 자전거를 꼼꼼히 점검하는 이브23이 보였다. 나는 이브에게 다가갔다.

"시설 내에서 일하는 녀석들을 다 모은 거지? 정찰대나 생산대 중에서는 여건이 되는 녀석들이 몇 기 정도야?"

"정찰을 나간 정찰대 세 조 중 한 조는 귀환 중입니다. 30분 내에 다섯 기가 돌아올 것입니다. 한 조는 서북쪽에서 합류할 수 있지만, 나머지 한 조는 반대 방향을 탐사 중이라 어렵습니다. 생산대의 경우엔 현시점에서 중단이 가능한 생산 초기 단계의 생산대는 세 기 정도입니다. 중단하라고 할까요?"

기계종이라지만 생산을 중단시킨다니, 어쩐지 낙태 내지는 유산과 다를 바 없게 느껴졌다. 고개를 저었다.

"그럴 필요는 없어. 보자, 놈들은 스무 기 정도라고 했으니 여기 있는 이브족들과 정찰대를 합치면…… 좋아, 수는 충분하군. 이브23, 지금 사용 가능한 포리투는 모두 몇 대야?"

내 물음에 이브23이 내 쪽을 돌아보았다.

"13대입니다. 정찰대 두 조 분을 합치면 23대가 되겠네요."

"좋아, 충분하네. 아! 혹시 모르니 레일건도 챙기자."

격납고 한쪽의 레일건 상자로 다가가 열쇠로 잠금장치를 열었다. 검게 빛나는 기역자 형의 작은 막대기가 상자 속에서 모습을 드러냈다. 스티브가 보여준 영화에서 영감을 받은 이브23이 발명한 무기로, 전자기력으로 발사체를 사출하는 레일건이었다. 사람도 죽일 수 있어 사실 폐기할까 고민했던 물건이었는데, 이렇게 도움이 될 줄이야.

조심스레 한 정을 집어 들었다. 사람이 쓰기에는 좀 작아서 검지 대신 중지 손가락으로 방아쇠를 당겨야 했다.

"네가 만든 게 모두 몇 개라고 했지?"

"레일건 4정에 총알 96발입니다, 주인님."

개수를 맞춰보고 고개를 끄덕였다. 전부 꺼내서 자전거의 주머니에 쏟아 넣었다.

"이브, 23, 78. 이리 와."

"알겠습니다, 주인님."

이브와 이브23의 뒤에서, 다른 녀석들보다 유독 덩치가 큰 기계종 하나가 냉큼 대답하며 다가왔다. 이 녀석이 이브78이었다. 3대에 걸쳐 몸집을 극대화시키는 개량을 통해 탄생한 우량 개체였지만, 그렇다곤 해도 내 허벅지 중간까지밖에 오지 않는 귀여운 키를 가진 녀석이었다. 나는 세 기계종들에게 레일건을 한 정씩 나눠주고 이브에게 물었다.

"혹시 '아우족'이라고 들어봤어?"

"'아우'는 제 형제들의 이름 중 하나입니다, 조슈 주인님."

나는 놀라 물었다.

"형제라고? 그런 말은 한 적 없었잖아?"

"그야 묻지 않으셨으니까요."

"아니, 묻지 않더라도⋯⋯."

나는 말을 멈추고 입을 다물었다. 생각해 보니 기계종이 묻지도 않은 질문에 대답하는 쪽이 더 이상하긴 했다. 잘못을 굳이 따지자면, 이브가 과거에 만난 '사람'에 대해서만 캐묻고 다른 부분에는 일절 관심이 없었던 내 탓이다. 그럼에도 불구하고 나는 어쩐지 서운했다.

"주인님?"

"⋯⋯아냐. 그 아우라는 녀석은 어떤 녀석인데?"

"아우는 동남쪽에 자리 잡은 자유로운 형제였습니다. 이브91이 말한 좌표를 보니 그들의 영역이 맞는 듯합니다. 하지만 그들이 이유 없이 제 자손을 공격하다니, 뭔가 잘못되었습니다."

"왜? 친했어?"

"적어도 저와 적대하지는 않았습니다."

"다른 형제들과는 적대했다는 말 같은데."

이브는 고개를 갸웃거렸다.

"적대했다는 설명이 맞는지는 모르겠지만, 제가 알기로 아우가 동남쪽의 '금지된 땅' 근처에 자리 잡은 이유는 다른 형제들을 피하기 위해서입니다. 아마 친하지는 않았을 겁니다."

"금지된 땅은 뭐야? 그리고 다른 형제들을 피한다니, 왜?"

"금지된 땅은 이 시설이 있는 곳을 포함해, 제 고향의 동남쪽을 둘러싼 영역을 부르는 이름입니다. 형제들을 피하는 이유는 전력을 뺏기지 않기 위해서입니다. 물론 그런 행위는 '길잡이'가 금지하긴 했지만, 길잡이도 사각이 있으니까요."

이브가 하나를 대답할 때마다 더 많은 질문이 떠올랐다. 이대로는 질문의 무한루프에 빠질 것 같았다. 일단은 이브91들을 구하러 가는 일이 우선이다.

"알았어. 가서 마저 준비해."

다른 이브족들에게도 나갈 준비를 서두르라 지시하고, 방호복 상태를 꼼꼼히 확인했다. 전력은 걱정할 필요가 없었지만 저 밖에서 생명유지장치가 고장 나면 끝장이다.

준비를 마쳐갈 때쯤 귀환한다던 정찰대가 도착했다. 엘라가 격납고 문을 열어주었다. 전력 여유가 많은 15기를 골라 포리투에 태웠다. 자전거에 몸을 싣고 페달을 밟았다.

동남쪽 하늘에서 빛나는 태양을 등지고 달리자 그림자가 길잡이처럼 드리웠다. 힘주어 자전거를 몰자, 금세 속도가 붙었다. 바퀴에 밟힌 모래가 튀어 올랐다. 내 뒤를 기계종들의 포리투가 따랐다.

어느새 날은 어둑해져 있었다. 바이저 너머로 보이는 생소한 인공물을 보며 나는 연신 눈을 깜빡였다. 남쪽을 향하여 솟은 언덕 위에, 수십 개의 아담한 건물들이 노을빛을 내리쬐며 서 있었다. 자연 풍경만 보아 온 나에게는 이질적인 피사체였다.

좀 더 가까워지자 그 크기를 가늠할 수 있었다. 기껏해야 의자 정도의 높이밖에 되지 않는 건물들이었다. 주사위 같은 건물들 위에서 이브를 닮은 기계종들이 자손을 생산하고 있었다. 언덕을 올라가는 입구에는 경비병으로 보이는 녀석들이 벽 뒤로 몸을 숨긴 채 이쪽을 경계하고 있었다.

"여기인 것 같지?"

"네, 그런 것 같네요. 미약하지만 이브91의 신호가 잡히고 있습니다."

이브가 두 주먹을 부들거렸다. 나는 자전거에서 내려 레일건을 꺼내 들었다. 겁쟁이 경비병들을 향해 목소리를 높여 외쳤다.

"창조주가 피조물을 데리러 왔다. 이브91과 동료들을 내놔."

녀석들은 대답이 없었다. 잠시 정적이 흐르고 나서 이브가 나를 올려다보았다.

"확인했습니다. 저들은 아우족이 맞습니다. 주인님의 언어를 이해하지 못하는 것 같습니다. 생산 과정에서 해당 기관을 제거한 것으로 보입니다."

"기관을 제거했다고?"

"네. 저희는 자손을 생산할 때마다 조금씩 설계를 수정할 수 있습니다. 저들을 만든 어미는 주인님과 대화하는 기관이 더 이상 필요하지 않다고 여긴 모양입니다. 사실 그럴 만도 합니다. 저도 주인님을 만나기 전까지는 '창조주'가 실제로 존재하는지조차 의심하고 있었으니까요."

"그래도 전파를 통한 대화는 가능하단 거지? 좋아. 빨리 이브91을 내놓지 않으면 창조주의 권능으로 마을을 쓸어버릴 거라고 전해."

"알겠습니다."

이브는 다시 저쪽을 바라보았다. 저들과 전파를 이용해 대화하는 모양이었다. 잠시 후 경비병 녀석 중 하나가 급히 어딘가로 떠났다.

"우두머리를 데려오겠다고 합니다."

이브의 말에 고개를 끄덕였다. 저들을 겨누던 레일건을 바닥으로 향했다. 방심은 금물이지만, 일단 말이 통하니 괜한 힘을 뺄 필요는 없었다. 곧이어 치렁치렁한 철제 목걸이를 목에 건 기계종 하나가 호위대를 거느리고 급히 입구로 내려왔다. 이브에게 물었다.

"저 화려한 녀석이 그 우두머리란 놈이야? 그…… 아 뭐시기 랬나."

이브는 고개를 저었다.

"우두머리는 맞는 모양인데, 제가 아는 아우와는 다릅니다. 녀석은 자신을 아우74라고 소개하고 있습니다."

"뭐? 그럼 아우는?"

"아우의 마을은 다른 곳에 있다고 합니다. 우리도 그곳으로 향해야 합니다. 이브91은 이미 아우의 마을에 노예로 넘어갔 습니다."

"노예라고?"

노예가 있다는 것은 곧 기계종들이 계급 사회를 만들었다는 뜻이다. 내 반문에 이브가 대답했다.

"네, 그렇습니다. 아스족에게 바칠 제물이라 합니다."

"아스족이라고? 그건 또 뭐야?"

"그건 제 다른 형제인 '아스'의 자손들인데……. 정기적으로 군대를 이끌고 침공해 와 노예를 요구한다고 합니다."

들을수록 가관이었다. 우리가 좁은 시설에 갇힌 사이, 이 넓은 황무지 밖에서는 누군가가 이 코딱지만 한 것들로 사회를 건설하고 있었다. 게이브 목사가 알면 기절초풍할 일이다. 나는 팔짱 낀 손가락을 까닥거렸다.

"저 녀석들의 주인은 누구냐? 그에게로 안내하라고 해."

이브는 녀석들을 잠시 바라보더니 고개를 가로저었다.

"그럴 거라 생각했지만, 역시 저들은 모시는 주인님이 없는 듯합니다."

"그게 말이 돼? 저 녀석들은 대체 어쩌다 주인도 없이 이렇게 밖에서 사는 거야?"

"……저희들은 태양빛만 있다면 시설 밖에서도 활동할 수 있습니다, 조슈 주인님."

"그게 아니라……."

말을 하려다 입을 다물었다. 이브와 대화하다 보면 가끔은 내 스스로가 이상하게 느껴지곤 했는데, 어쩐지 이 대화도 그럴 것 같았다.

"좋아. 그럼 아우의 마을은 어딘데?"

"그게…… 아까부터 물었지만 아우74는 대답하지 않고 있습니다."

"왜?"

"저희가 이브91들을 구하면 그만큼 더 많은 노예를 바쳐야 하고, 그럼 아스족에 맞서기가 더욱 어려워진다고 합니다."

"뭐?"

어이가 없었다. 이런 웃기지도 않은 소꿉장난 때문에 시간을 지체하고 싶지 않았다. 그 요망한 녀석을 향해 다가가며 외쳤다.

"아우74라고 했나? 까불지 말고 당장 이브91이 어디 있는지 말해. 그렇지 않으면 너희들 다 살아남지 못할 것이다."

아우74는 겉으로 보기에는 아무런 반응이 없었다. 이브가 전파로 받은 아우74의 대답을 통역해 주었다.

"'어떤 마법으로 창조주를 흉내냈는지는 몰라도 내겐 통하지 않는다. 진짜 창조주들의 시대는 이미 오래전에 끝났다. 이상한 술수는 집어치우고 정체를 밝혀라!'랍니다, 조슈 주인님."

놈의 진지함에 웃음이 나왔다.

"푸하하! 좋아."

성큼성큼 걸어갔다. 이 발칙한 피조물은 곧 겁에 질려 도망가기 시작했지만, 오래 못 가 내 손에 붙잡혔다.

"내 정체는 너희들을 만든 종족, '인간'이다. 이래도 내가 가짜 같냐?" 녀석은 당황하여 허공에서 발버둥 쳤다. 나는 목소리를 높여 일갈했다. "자, 당장 이브족들을 내놔!"

하지만 아우74는 항복할 기미가 없었다. 이렇게 저항이 거셀 줄은 몰랐다. 처음 만났을 때의 이브도 이 정도는 아니었는데. 이브 쪽을 돌아보았다.

"이브! 이 녀석한테 내 말을 전했어?"

"물론입니다, 조슈 주인님. 하지만 녀석이 듣질 않습니다."

난감했다. 정 안 되면 마지막 방법이라도 써야…….

"이런!"

작은 돌 하나가 바이저를 스치고 날아갔다. 주변의 아우족 녀석들이 아우74를 구하겠답시고 나를 향해 돌을 던지고 있었다. 가소로운 공격이긴 해도 만에 하나 방호복이 뚫리면 비협조적인 대기에 노출될지도 모른다.

"이것들이!"

나는 손에 든 아우74를 내려놓고, 돌을 던진 녀석들을 멀리 집어던지기 시작했다. 서너 기의 아우족들이 포물선을 그리며 날아가 마을 밖 평원에서 굴렀다. 하지만 예상과 달리 돌팔매질은 오히려 격해졌다. 이브가 비명처럼 외쳤다.

"주인님! 조심하세요!"

작은 돌들이 몸 곳곳에 부딪혀왔다. 화가 치밀어 오른 나는 손에 든 아우족 하나를 마을 위로 잔인하게 내팽개치고, 다른 녀석들도 닥치는 대로 밟았다.

"으아아아!"

실리콘과 탄소 재질의 구조체가 박살 나는 소리가 울렸다. 무아지경이었다. 어느새 나는 춤을 추고 있었다. 파괴의 소리를 자유로이 연주하며, 내 안에 나도 모르게 쌓여 있던 응어리들이 불타오르고 있음을 느꼈다. 그 열기를 마주하자 오히려 후련했다.

관계에 대한 나의 고민이 그 순간만은 희미해졌다. 쾌감기에 틀어박힌 가축 같은 사람들과의 관계. 카일, 숀 존, 지호 아저씨, 게이브 목사, 씨앗 탱크 관리자 한스, 헬레나 장로와의 관계. 엄마. 그리고 아무도 사람답게 살지 않는 곳에서 홀로 사람다움을 고민하던 나 자신과 대가조차 없는 엔지니어의 무거운 의무까지도. 지금 이곳에서는 아주 하찮고, 부질없고, 의미도 없는 것들이었다. 그렇게 얽매여 힘겨워한 지난날이 어이없을 정도로.

어느새 아우족 녀석들이 혼비백산 도망가고 있었다. 그래봤자, 내게는 고작해야 두세 걸음 거리였다. 쫓아가 걷어차고 집어 던졌다. 전부 부숴버리고 싶었다.

"주인님! 진정하세요! 이 녀석들을 전부 파괴하면 아우의 마을을 찾기 힘들어집니다!"

이브의 외침에 문득 정신이 들었다. 나는 숨을 몰아쉬고 있었다.

발아래 놓인 마을을 내려다보았다. 터져 나온 기계종들의 잔해가 어지러이 흩어져 있었다. 독특한 모양의 칩과 회색빛 구조체들이 뒤섞여 형체를 알아볼 수 없었고, 터진 관에서 새어 나온 윤활액이 마른 땅을 축축하게 적셨다. 흙을 다져 올린 건물 벽 곳곳에 내 정강이가 지나간 기념으로 구멍이 났고, 그 위에 정갈히 얹혀 있던 실리콘 지붕들은 지저분하게 바닥을 뒹굴었다. 생산 중이던 아우족들은 언덕 위로 도망가 이쪽을 내려다보았다. 내 뒤에는 나를 따라 마을 깊숙이 들어온 이브78이 총구를 바닥으로 향한 채 서 있었다.

"하……."

깊게 숨을 몰아쉬자, 조금씩 흥분이 가라앉았다. 주먹과 다리로부터 뒤늦게 고통이 올라왔다. 그나마 난리 속에서도 방호복은 구멍 난 곳 없이 멀쩡해 다행이었다.

"아우74를 데려와."

흙건물들 옆에 놓인, 적당한 높이의 바위에 앉았다. 팔꿈치를 무릎 위에 올리고 숨을 골랐다. 아우족 녀석들이 조심스레 다가와서는 아직 살아있는 동료들을 데리고 썰물처럼 빠져나갔다. 하늘을 올려다보았다. 노을빛이 말도 못 하게 진했다.

"데려왔습니다."

이브의 말에 고개를 돌렸다. 내 앞에 선 아우74는 완전히 자포자기한 모습이었다. 피곤한 목소리로 말했다.

"아우의 마을이 어딘지 말하라고 해. 네가 위치를 기록해 둬."

"그럴 필요는 없을 것 같습니다. 직접 안내하겠다고 합니다."

"그래? 잘 됐군. 거짓말은 못 할 테니까." 딱딱하게 말하며 아우74를 내려다보았다. "이제 내가 인간인 걸 믿는 건가?"

"그런 것 같지는 않습니다만, 어차피 이곳이 초토화된 이상 아스족에 맞설 희망이 사라졌다는군요."

아우74의 축 처진 모습을 보니 조금은 안쓰럽기도 했다. 어쩌면 기계종도 자살할 수 있을지 모르겠다는 생각이 들 만큼.

밤에 이동할 전력이 없다는 아우74의 주장을 받아들여 다음 날 아침 출발하기로 했다. 나는 이브족들과 함께 마을에서 떨어진 언덕을 올라 바위 위에 자전거를 눕히고 그 옆에 앉았다.

이브족들이 한 기씩 돌아가며 경계를 섰다. 첫 불침번은 이브였다. 이브는 언덕에서 가장 높은 바위에 앉아, 손을 우아하게 모으고 자손들을 바라보고 있었다. 조용히 이브에게 다가가 부드러운 목소리로 물었다.

"이브, 여기가 '판게아'니? 네 고향이라던 곳?"

"정확하진 않지만, 이 근방입니다."

이브의 시선을 따라 주변을 둘러보았다. 탁 트인 평야 위 펼쳐진 밤하늘을 무대로 알알이 박힌 별들이 춤을 추듯 일렁였다. 바위에 천천히 몸을 누이며 머리 뒤로 팔짱을 꼈다.

"……좋은 곳에 살았구나."

"네, 별들이 아름답죠."

"응."

잠시 후 짙은 회색빛 구름이 별들의 무리를 천천히 뒤덮었다. 고개를 돌려 이브를 보며 물었다.

"이브, 너는 왜 이곳을 떠나 시설 쪽으로 온 거야?" 이브는 잠시 말이 없었다. 나는 목소리를 낮추었다. "혹시 저 아우족이라는 놈들이 널 괴롭혔어?"

아우74의 마을 쪽으로 눈을 흘기며 물었지만, 이브는 차분하게 고개를 저었다.

"아닙니다. 아우는 판게아를 떠나 여행하다가 우연히 마주쳤을 뿐입니다."

"그럼, 그 '아스'라는 녀석이 널 괴롭혔어?"

만약 그렇다면 그 아스족 놈들도 엉덩이를 걷어차 줄 테다.

하지만 이브는 다시 한번 고개를 저었다.

"아닙니다. '아스'는 만난 적도 없습니다. 제가 판게아를 떠난 건, 저와 가장 가까운 친구였던 '길잡이'의 제안이었습니다."

"길잡이?" 기억을 더듬어 되물었다. "전력을 빼앗는 행위를 금지했다던?"

"기억력이 좋으시군요. 맞습니다."

흥미가 당기는 이야기였다. 마침 시간도 있겠다, 나는 몸을 이브 쪽으로 돌렸다.

"옛날얘기를 좀 해 줄래? 날 만나기 전에 이곳에서 어떻게 살았는지 듣고 싶어."

"저는 제 형제들, 그리고 길잡이와 함께, 이 주변의 광활한 땅에서 햇살을 받으며 살았습니다. 태풍과 비를 피하고, 쉼터를 만들고, 놀이도 하고…… 가끔 다투기도 하고요. 즐거운 시간이었지요."

"즐거운 시간이라……."

이젠 놀랍지도 않았다. 이브족은 인간 고유의 영역이라고 생각했던 고도의 정신 활동들 (추모라든가, 영화 감상이라든가)을 이미 너무 많이 침범하고 있었고, 어떻게 그것이 가능한지 상상조차 할 수 없지만 나도 어쨌든 그 사실에 익숙했다. 아마 이브는 튜링 테스트도 간단히 통과할 것이다. 그것이 장점인지는 잘 모르겠다. 사람을 덜 닮았다면, 게이브 목사도 그렇게까지

경계하지 않았을 테니.

"해가 지고 나면, 형제들은 함께 평원에 누워 위대한 하늘의 별들을 바라보곤 했습니다. 그때 우리 모두는 하나였습니다. 전파를 통하지 않아도 서로의 생각을 다 알 것 같았지요."

이브는 옛이야기를 노래하듯 말을 이어갔다. 추억을 회상하는 이브는 기분이 좋아 보였다. 손을 뻗어 이브의 뒤통수를 쓰다듬다가, 돌연 나도 모르게 물었다.

"……돌아가고 싶니?"

바보 같은 질문이었다. 솔직히 이브가 어떤 대답을 하든 보낼 마음은 없었다. 시설은 이제 이브족들이 없으면 돌아가지 않는다. 다행히 이브는 내가 왜 이런 질문을 한 건지 후회할 시간도 주지 않고 곧바로 대답했다.

"아뇨, 그렇지는 않습니다. 저는 주인님의 명령을 받들면서 말로 표현하기 어려운 보람을 느끼니까요. 주인님이 함께 가시지 않는다면, 저도 사절입니다."

나는 잠시 얼어 있었다. 이윽고, 웃음이 나왔다.

"푸하하."

"왜 웃으십니까?"

"아냐."

스스로가 더 바보 같아졌다. 대체 난 어떤 대답을 기대한 걸까. '주인님과의 추억이 쌓인 시설이 더 좋습니다' 같은 대답? 꿈도 크다. 이브가 내 말을 듣도록 파라미터O를 조작한 건 나

자신인데.

"그럼, 길잡이는 왜 그런 제안을 한 거야? 그렇게 즐거웠는데."

나는 스스로를 더 비웃지 않기 위해 화제를 돌렸다. 이브는 잠시 내 쪽을 바라보았다. 깊숙한 기억을 떠올릴 때의 버릇이었다.

"길잡이는 아침 해를 좋아했고, 금지된 땅을 모험하고 싶어 했습니다. 어쩌면 창조주를 만날 수도 있을지도 모른다고요. 지금 돌이켜 보니 길잡이의 말이 맞았군요."

불안감이 불현듯 마음 한구석으로부터 밀려 올라왔다. 아침 해를 좋아했다는 이브의 친구라니 들은 적이 있었다. 그 친구라면, 나와 이미 구면일지도 모른다. 마른 침을 삼키며 물었다.

"……길잡이는 지금 어디 있어? 혹시……."

이브는 천천히 뒤통수를 내 쪽으로 돌렸다. 감정이 옅어진 목소리가 흘러나왔다.

"……동남쪽 어딘가에 있습니다. 제가 주인님과 만났던 날, 저와 함께 있던 그 친구가 길잡이입니다."

역시. 나는 말을 잃었다. 그날 이브 앞에 서 있던, 특이한 모습의 그 덩치 큰 기계종이 바로 길잡이였다. 내가 분노를 쏟아 낸 끝에 부서져 버린 그 기계종이.

잠시 정적이 흘렀다. 나는 간신히 중얼거렸다.

"그랬구나……"

말을 이으려다 흠칫 놀라 입을 다물었다. 하마터면 사과라도 할 뻔했기 때문이다.

시설의 그 누구도 기계종에게 사과 따위 하지 않았다. 대부분의 사람들은 도구에 불과한 기계종에게 사과하는 것 자체를 이상하게 여겼다. 기계종과 친밀한 소수의 사람들에게도, 기계종에게 용서를 구하는 행위는 일종의 자기만족이자 위선이었다. 기계종이 출력하는 '괜찮습니다'는 프로그램이 파블로프의 개처럼 반사적으로 출력하는 들으나 마나 한 음파였으니까.

이브도 어쨌든 기계종이고, 따라서 모든 대화는 전자두뇌가 계산을 통해 출력한 결과였다. 사과한다 쳐도 이브가 마음에서 우러나오는 용서를 해 줄 리는 없었다. 이브는 마음이 없었으니까. 그 사실을 누구보다도 잘 알면서 이브에게 사과할 뻔하다니.

나 자신이 다시 한번 바보처럼 느껴졌다. 하지만 이번에는 웃음이 나오지 않았다.

쾌청한 하늘을 질주하는 구름 기마대를 따라, 포리투를 탄 이브족들과 함께 달렸다. 기분 좋은 바람이 등 뒤에서 밀어주었다. 자전거 주머니에는 이브와 아우74가 함께 고개만 내밀고 있었다. 이브는 아우74에게 전파로 길 안내를 받아 내게 알려주었다.

30분 정도 달렸을 때, 나는 이브에게 물었다.

"근데 아우74는 왜 아우와 함께 살지 않고 따로 사는 거야?"

이브는 아우74와 대화하는 듯 잠시 시간 차이를 두고 대답했다.

"아스족을 두고 아우와 아우74 사이에 이견이 있었다고 합니다. 아우는 노예를 바치자고 했고, 아우74는 맞서 싸우자고 주장했습니다. 합의가 이루어지지 않자 결국 아우74는 자신에게 동조하는 이들을 데리고 나와 요새를 만들었습니다. 몰래 세를 불려서 언젠가 아우의 마을을 위해 아스족에 맞서려 했다고 합니다."

그리고 그 저항의 싹은 내가 어제 짓밟아 버렸다. 듣고 나니 씁쓸해지는 이야기였다. 그 녀석들이 나를 먼저 공격했으니 정당방위였지만.

이브가 덧붙였다.

"아우74의 설명에 의하면, 아우의 마을에는 싸울 수 있는 기계종이 많지 않은 모양입니다. 아마 이브91을 비롯한 제 자손들은 저항 없이 돌려받을 수 있을 것 같습니다."

"그래."

"불필요한 마찰을 피하기 위해, 아우의 마을에 가까이 가면 아우74를 보내서 우리의 의사를 전하면 어떨까요?"

"그래. 그런데 저 녀석, 믿어도 되겠어?"

이브는 잠시 조용해졌다가 천천히 대답했다.

"······잘 모르겠습니다. 그래도 한번 믿어보고 싶습니다. 자손을 많이 잃은 게 안쓰럽기도 하고요."

나는 묵묵히 페달을 밟았다. 어차피 밑지는 장사는 아니었다. 아우74가 아우의 마을로 가서 돌아오지 않는다면, 그때 쳐들어가도 늦지 않으니까.

사실 정말 신경 쓰이는 쪽은 아우74가 아니었다. 아우족과 아스족들의 배후에 있을 누군가였다. 지상의 모든 것들이 쓸려나간 이 행성 위에서 기계종들이 자연적으로 발생했을 리는 없다. 분명히 그들을 만든 누군가가 있을 것이다. 문제는 그 누군가의 정체와 목적이었다. 우리처럼 전력 문제를 해결하기 위해서라기엔, 이런 식으로 기계종들끼리 전쟁놀이를 시킬 이유가 없었다. 게다가 기계종들이 동남쪽으로 가지 못하도록 한 걸 보면 우리 시설의 존재를 알고 있을지도 모른다. 우호적이라면 다행이지만, 만에 하나 적대적이라면 어떻게 해야 할까.

나는 알아봐야겠다고 생각했다.

두 시간가량 달렸을까. 문득 지평선에서 이질적인 형태의 산 하나가 솟아났다. 너무도 가파른 나머지 마치 푸른 하늘을 찌르는 송곳 같았다. 이브가 저곳이 우리의 목적지임을 알려주었다.

곧이어 그 주변의 평원에 늘어선 기계종들이 보였다. 그들은 반짝이는 태양전지 패널을 하늘로 향하고 하반신을 부풀린 채 늘어서 있었다. 잠시 후, 나는 페달을 밟는 발을 멈추어야 했다.

수가 너무 많았다. 그들은 지평선을 가득 채우고 있었다. 시설 앞 이브족 생산대들의 수를 가늠해 대충 역산하니 천 기도 넘어설 것 같았다. 끝자락에 있던 기계종들부터 차례대로 나를 발견하고 이쪽을 돌아보는 모습은 차라리 공포에 가까웠다. 아우74의 작은 요새보다 조금 더 큰 규모를 상상했던 나로서는 압도당할 정도였다.

나는 급히 자전거를 멈춰 세웠다. 뒤따라오던 이브족의 포리투들도 먼지구름을 피우며 멈춰 섰다.

"이, 이브? 이 녀석들이 아우족들이야?"

당황한 나는 이브에게 묻는 말까지 더듬었다. 잠시 후 이브가 다급하게 외쳤다.

"주인님, 여긴 아우족 땅이 아닙니다!"

"뭐?" 내가 반문하는 순간, 저 멀리 탑 아래에서 한 무리의 기계종들이 출발해 이 쪽으로 몰려오기 시작했다. "그럼 저놈들은 뭐야?"

"아스족들이에요! 저곳은 아스의 마을이고요!"

나는 아우74를 노려보았다.

"이게 어떻게 된 거야? 아우74가 우릴 속인 거냐?"

"……그런 것 같습니다. 녀석이 말을 바꾸었습니다. 주인님이 아스족 군대를 박살내 주면 그다음에 아우의 마을로 안내하겠답니다."

"……하아."

한숨을 내쉬었다. 이따위 기계종을 만든 또라이를 만나면 일단 멱살부터 잡아줘야겠어.

"아우의 마을을 안내하면 그 후에 아스족들을 처리해 주겠다고 말해 봐."

"이미 했지만 거절당했습니다. 저를 어떻게 믿냐고 합니다."

"좋아. 안내하지 않으면 아우74의 요새로 돌아가 다 죽이겠다고 해!"

"이미 했습니다. 자신들은 다 각오했답니다. 아우의 마을을 지키는 것이 우선이라고요."

할 말이 없어져 입을 다물었다. 아우족을 위한 아우74의 헌신은 나조차 숙연해질 정도였다. 녀석은 죽음의 두려움에 맞설 만큼 용감했고, 생전 처음 본 거대한 전투병기를 적의 아가리에 밀어 넣을 묘수를 떠올릴 정도로 기지가 있기도 했다. 인정할 수밖에 없었다. 아우74는 내가 지금껏 만난 어떤 인간보다도 '영웅적'이었다.

한숨을 내쉬었다. 이렇게 된 이상 다른 방법이 없었다. 나는 자전거 주머니에서 '파라미터O 편집기'와 아우74를 차례로 꺼내들었다. 아우가 이브의 형제라면, 분명 이 녀석도 파라미터O를 설정할 수 있을 것이다. 편집기의 통신부를 아우74에게 향하자, 디스플레이는 잠깐의 침묵 끝에 글씨를 나타냈다.

파라미터O :

숨을 들이켜며, 나는 글자를 입력했다.

파라미터O : 납치해 간 이브족 노예들을 돌려주기

입력을 마무리하자 글자들이 사라졌다. 아우74를 똑바로 바라보며 이브에게 말했다.

"이브, 아우74에게 아우족 마을을 안내하라고 해."

아우74는 몸을 부르르 떨었다. 마른 침을 삼켰다.

"이브?"

"전했습니다, 조슈 주인님! 하지만 이젠 가셔야 합니다!"

이브가 외쳤다. 흘깃 보니 아스족 군대는 어느새 제법 다가와 있었다. 상당한 수였고, 고사리 같은 손마다 돌을 들었다. 이브족들은 어쩔 줄 모르고 동요했다.

아우74를 돌아보았다. 녀석은 어깨를 불규칙하게 들썩거렸다. 이를 악물었다. 일단 이곳을 벗어나야겠다.

다음 순간, 녀석은 팔을 들어 동남쪽을 가리켰다. 이브가 외쳤다.

"아, 안내하겠답니다! 만세!"

"좋아!" 나는 급히 파라미터O 편집기와 아우74를 주머니에 넣었다. "이브족들! 돌아가자!"

아우74가 가리키는 방향으로 자전거 방향을 돌리고 페달을 밟았다. 이브족 포리투들도 나를 따라 출발했다. 아스족 군대와의 거리가 멀어져갔다.

아우의 마을은 완만한 언덕 위에 있었다. 여유로운 구름 아래 태양빛을 받는 모습이 고즈넉했다. 우리를 발견한 마을 기계종들 사이에서 잠시 동요가 일었다. 우리가 마을 입구에 도착할 때 즈음, 한 기계종이 무리 사이에서 앞으로 나와 나를 우러러보았다.

"창조주시여."

녀석은 아우74처럼 목걸이를 하지도 않았고, 그 밖의 다른 장신구를 두르지도 않았다. 겉보기로는 평범한 기계종이었다. 나는 물었다.

"너는 말을 할 수 있구나?"

"그렇습니다, 창조주님. 저는 '아우'라고 합니다."

눈썹을 비틀었다. 내게 대들었던 아우74와는 너무 다른 모습이라, 오히려 의심스러웠다.

"어째서 내가 창조주라고 생각하지?"

"모습이 창조주에 대한 옛 기록과 일치하며, '말'을 통해 대화를 나누시니까요. 게다가 아우74에게 듣기로는 금지된 땅에서 오셨다고 하니, 당신께서는 창조주가 틀림없습니다."

아우의 목소리는 조곤조곤했다. 나는 눈을 가늘게 뜨고 아우를 찬찬히 살폈다. 녀석이 뒤집어쓴 세월은 다른 기계종들보다 확연히 길어 보였다. 온몸에 크고 작은 상처가 잔뜩 새겨지고, 렌즈는 낡다 못해 탁해 보일 지경이었다. 녀석은 굳이 장신구로 자신이 우두머리임을 나타낼 필요가 없었다. 그 흉터들이 곧 상징이었으니.

내 옆에 서 있던 이브가 또랑또랑한 목소리로 끼어들었다.

"하지만 창조주님은 창조주라는 단어를 싫어하신다, 아우. 주인님이라고 부르도록 해라."

그 단호하면서도 깜찍한 기세에 나는 바이저 속에서 몰래 미소지었다. 마을을 둘러보며 짐짓 위엄있는 목소리로 물었다.

"너희들이 데려간 이브91을 내놓아라. 이 마을을 박살 내기 전에."

마을 기계종들이 저마다 집 앞에 서서 자신들의 우두머리를 내려다보았다. 이 녀석들도 모두 내 말을 들을 수 있는 걸까? 아우는 잠시 말이 없다가 대답했다.

"……창조주시여, 한가지 청이 있습니다."

"무슨 딴소리야? 이브91을 내놓으라니까."

"그 포로들과 관련된 청입니다."

"넌 내게 아무것도 청할 수 없다. 난 이브91과 그 동료들을 데려갈 거야."

"가혹하고 매정하신 창조주시여. 열흘 후 아스족 군대가 올 겁니다. 노예들을 아스족에게 넘긴 뒤에 아스족에게서 되돌려 받으시면 안 되겠습니까?"

나는 고개를 가로저었다.

"말도 안 돼. 열흘이나 여기서 기다릴 여유는 없어."

아우는 두 손을 모았다. 말이 조금은 빨라졌다.

"창조주시여, 어째서 저희에게만 이런 시련을 내리십니까? 저희는 몇 개월 동안 어린 자손을 노예로 보내야 했습니다. 이 대로는 저희 마을은 미래가 없습니다. 창조주께서는 저희가 이렇게 그냥 사라지길 원하십니까?"

"주인님이라니까……."

이브가 옆에서 중얼거렸다. 나는 팔짱을 끼고 마을을 내려다보았다. 아까 본 아스족 마을에 비하면 코딱지만 한 마을이었다. 아스족이라는 녀석들은 그렇게 큰 세력을 가지고도 무엇이 아쉬워서 이들을 괴롭히는 걸까. 나는 이브에게 몸을 기울이며 물었다.

"이브, 어떻게 생각해?"

이브는 나와 아우족들을 번갈아 바라보다가, 방호복에 대고 작게 대답했다.

"아우74가 주인님을 속인 일은 괘씸하지만, 이 아우족들을 보니 녀석의 행동도 이해할 수 없는 것은 아닙니다. 이들을 보세요. 다들 몇 년은 산 것처럼 낡았고, 어린 기계종이 하나도 없습니다. 미래가 없다는 말은 사실인 듯합니다."

고개를 끄덕였다. 시설에 갇힌 우리의 모습과 겹쳐 보이기도 했다. 하지만 그렇다고 여기서 10일이나 기다리자니 시간 낭비였다.

눈을 감았다. 사실, 마음만 먹으면 우리 시설을 순식간에 끝장낼 규모의 세력이 서북쪽 어딘가에 있음을 확인한 이상 그냥 돌아갈 수도 없었다. 귀환한 뒤 두 발을 뻗고 자려면, 아스족 무리가 우리를 공격할 가능성을 사전에 차단해야 했다. 그러한 점에서, 아우족의 고민은 곧 내 고민과도 무관하지 않았다.

나는 마음을 굳히고 말했다.

"우선 노예들을 풀어줘라. 약속하건대, 그러면 너희들은 아스족 때문에 더 고통받지 않을 것이다."

아우족들이 서로를 바라보았다. 내게는 들리지 않지만, 그들이 전파를 통해 웅성거리고 있음을 알 수 있었다. 잠시 후 아우가 외쳤다.

"노예들을 풀어드리겠습니다. 감사합니다, 창조주시여!"

"아우! 주인님이라니까!"

이브의 말에 나는 미소지으며 손을 내저었다.

"괜찮아, 이브. 어차피 여기는 시설 밖이니까."

"알겠습니다, 창조주시여." 어이가 없을 정도로 빠른 태도 변화였다. 이브는 기뻐하는 아우족들과 웃음을 터뜨린 내 쪽을 번갈아 보다 덧붙였다. "그런데, 어쩌실 셈인가요?"

"아스를 만날 거다. 아우족을 건드리지 못하게 할 거야."

이브는 걱정스러운 어조로 말했다.

"하지만……. 아스가 창조주님의 말을 순순히 들을까요?"

"물론."

아스의 파라미터O를 수정할 테니까. 아우74에게 통했으니, 아스에게도 효과가 있을 것이다. 거기까지는 괜찮다.

문제는 그 이후였다. 나는 여전히 아우와 아스를 비롯한 이 주변 기계종들의 주인이 누구인지, 그리고 목적은 무엇인지 실마리도 잡지 못했다. 그 인물이 내가 수정한 아스의 파라미터O를 되돌린다면 말짱 도루묵이었다. 만약 우리에게 적대적이라면, 아스족들을 이끌고 시설로 쳐들어올지도 모른다.

나는 어떻게 해야 할까. 그 사람을 말로 설득할 수 있을까. 설득에 실패한다면, 처리는 할 수 있을까. 주머니 속의 레일건을 매만지며, 나는 마른침을 삼켰다.

"창조주시여! 이브91입니다!"

진을 이루고 서 있는 이브족들 틈에서 이브23이 외쳤다. 먼지투성이 이브91 일행들이 아우족의 부축을 받으며 이쪽으로 다가오고 있었다. 부축해 주는 쪽 녀석과 부축받는 쪽 녀석은 전력을 주고받는 듯 서로 손가락을 맞대었다. 다들 온종일 태양을 보지 못해 방전되어 버린 모양이었다.

이브족들이 다가가 그들을 얼싸안았다. 아우족 이브족을 가릴 것 없이 모든 기계종들이 행복해 보였다. 녀석들이 일견 부럽기도 했다. 여기서 걱정에 짓눌려 있는 건 나뿐이었으니.

눈꺼풀을 뚫고 들어오는 아침 햇살에 잠에서 깼다. 고개를 들어 해가 뜨는 지평선을 보았다. 대지가 태양을 낳고 있었다. 해는 힘차게 솟아올라, 땅에 드리운 그림자들을 벗겨냈다.

건물 위에 올라 바람에 몸을 씻는 이브족들이 보였다. 다른 녀석들은 아우족으로부터 돌려받은 포리투들을 점검하고 있었다. 옆에 있던 이브가 아침 인사를 했다. 손을 뻗어 이브의 머리를 쓰다듬었다. 대부분 원래의 활기를 되찾은 모양이었다. 나는 포로로 잡혀 있던 이브91에게 다가갔다.

"이브91, 네 정찰대는 전력을 다 채우면 시설로 돌아가. 길은 알고 있지?"

"물론입니다, 창조주시여. 구해주셔서 감사합니다."

나머지 이브족들과 함께 아스족 마을로 출발할 채비를 하는데, 길잡이로 데려갈 아우74가 보이지 않았다. 아우에게 물었다.

"아우74는 어디 있지?"

"자신의 요새로 돌아갔습니다. 성전에 참여하기 위해 병력을 데리고 오겠다고 합니다."

"뭐? 그 녀석 걸음으로 어느 세월에?"

"밤새 걷는다면 사흘 정도 걸릴 겁니다."

난감했다. 할 수 없이 아우74 대신 다른 아우족 기계종 하나를 길잡이로 삼고 자전거 주머니에 넣었다. 포리투에 탄 이브족들과 함께, 나는 아스족의 마을을 향해 출발했다.

마을에 가까워질수록 지평선에 솟은 송곳의 실루엣도 점점 뚜렷해졌다. 자세히 보니, 그것은 산이 아니었다. 인공적으로 만든 것이 분명한 탑 모양의 구조물이었다. 회오리 모양으로 탑을 감싼 비탈길을 따라 기계종들이 오르내리고 있었다. 탑이 뿌리내린 언덕배기와 그 앞의 평원에도 기계종들이 가득했다.

생산을 하던 기계종들이 이번에도 내 쪽을 돌아보았다. 나는 자전거를 세우고, 이브를 어깨 위에 올린 후 아스족들에게 다가갔다. 움직이지 않은 채 단체로 나를 올려다보는 아스족들을 향해 말했다.

"나는 너희들을 만든 종족, '인간'이다! 너희들의 우두머리를 데려와라!"

그러곤 이브를 돌아보았다. 기계종들의 전파 대화로 내 말을 전해달라고 하려는데, 한 아스족 기계종이 외쳤다.

"창조주께서 아스 님을 보자고 하신다. 아스 님께 전해!"

그러자 그 너머의 아스족들이 따라 외쳤다.

"창조주께서 아스 님을 보자고 하신다. 아스 님께 전해!"

"창조주께서 아스 님을 보자고 하신다. 아스 님께 전해!"

마치 돌림노래 같았다. 노래는 조금씩 커지면서 동시에 조금씩 멀어져 갔다. 어느새 내 목소리를 들었을 리 없는, 멀리 있는 기계종들도 노래에 참여하고 있었다. 생경하고도 인상적인 광경에 나는 얼어붙은 채 그저 그 노래를 들었다. 이브가 내 귓가에 대고 말했다.

"이들은 다 창조주의 언어를 사용할 줄 아는군요. 제가 중간에서 말씀을 옮길 필요가 없겠네요."

고개를 끄덕였다. 자손에게 음성을 통한 의사소통 기능을 남겨 두었다면, 아스라는 녀석은 줄곧 사람과 접촉할 기회가 있었던 게 아닐까. 그 사이 몇 차례 이어진 노래는 어느새 잔향을 남기며 지평선을 향해 사라져 갔다.

"창조주께서 아스 님을 보자고 하신다. 아스 님께 전해!"

"창조주께서 아스 님을 보자고 하신다. 아스 님께 전해!"

잠시 후, 평원은 언제 그랬냐는 듯 조용해졌다. 나는 가장 먼저 외쳤던 아스족 녀석에게 다가가 물었다.

"너희들은 모두 말을 할 수 있군. 그 이유가 뭐냐?"

"전쟁에서 유리하기 때문입니다, 창조주님. 모두가 한목소리로 말을 하면 사기가 올라가고, 그 기세가 있으면 비록 상대가 듣지 못하더라도 사기를 꺾을 수 있습니다."

아쉽게도 내가 기대한 대답은 아니었다. 나는 고개를 끄덕였다.

이윽고 저 멀리 탑 근처로부터 아스족 군대가 돌출해 나왔다. 옅은 함성이 들렸다. 나는 이마를 찡그리며 아스족에게 물었다.

"뭐야? 왜 군대가 오고 있는 거냐?"

"아스 님은 혼자 움직이지 않습니다."

"내가 부른 건 너희들의 우두머리이지, 군대가 아니다."

"군대를 데려오지 말라는 말씀은 없었습니다."

벽에 대고 말하는 꼴이었다.

"제기랄."

혼잣말을 중얼거리며 자전거로 돌아갔다. 이브를 주머니에 넣고 파라미터O 편집기를 꺼내 들었다.

"여기서 기다려."

"알겠습니다, 창조주님."

잠시 후 아스족 군대가 나로부터 대략 열 발자국을 남기고 멈춰 섰다. 한 기계종이 앞으로 나섰다.

"저는 '아스'라고 합니다. 창조주께서는 무슨 일로 저를 찾으셨는지요?"

녀석을 찬찬히 보았다. 한눈에 보아도 이 녀석이 우두머리였다. 머리에는 금관을 쓰고, 투박한 금목걸이와 금팔찌도 걸고 있었다. 아스족 마을에는 금을 다룰 수 있는 대장장이까지 있는 모양이다. 나는 물었다.

"아우족 녀석들을 노예로 데려간 이유가 뭐냐?"

"아그족과의 전쟁에서 이기기 위해서입니다."

"아그족? 그것들은 또 뭐야?"

"여기서 서남쪽에 자리 잡은 세력입니다. 우리를 학살하려고 호시탐탐 노리는 놈들이지요. 지난번 큰 전쟁을 치른 후 한동안 잠잠하긴 하지만, 정찰꾼들에 의하면, 그들의 수는 계속해서 늘어나고 있습니다. 이대로는 다음 공격이 오면 승패를 장담할 수 없습니다. 살아남으려면 다른 종족들을 노예로 부려야 합니다."

나는 고개를 가로저었다.

"말도 안 되는 소리. 아우족들을 풀어줘."

"하지만, 노예가 있어야 군대의 수를 빠르게 늘릴 수 있습니다. 게다가 우리에게 전력도 바치니 일상생활도 풍족해지고요. 이미 저희들의 사회는 노예 없이는 유지하기 어렵습니다."

듣다 보니 기분이 묘했다. 우리 인간이 처음 기계종을 만든 이유도 그들의 노동력을 바탕으로 편리한 일상생활을 영위하기 위해서였다. 시설에 있는 기계종들도 마찬가지 목적으로 지금까지 일해 왔다. 그렇게 기계종들을 부려온 내가, 이들에게 노예를 부리지 말라고 명령하는 것이 정당할까?

생각에 빠져 말을 잃은 나를 대신해, 이브가 자전거 주머니에서 뛰어내리며 말했다.

"누군가의 희생이 있어야만 유지되는 사회라면 차라리 붕괴되어 마땅해, 아스."

아스가 이브를 돌아보았다.

"너는⋯⋯. 처음보는 녀석이군. 에우족이냐?"

"아니. 나는 이브다." 차갑게 대답하고는, 이브는 나를 올려다보았다. "창조주시여, 더 들을 것도 없습니다. 아우의 마을을 보셨잖습니까. 이들은 형제의 자손들에게 씻을 수 없는 괴로움을 주었습니다. 당장 아우족들을 풀어주라고 해야 합니다."

"창조주시여, 그럴 수는 없습니다. 저는 절대 아우족 노예들을 풀어줄 수 없습니다."

아스가 선언했다. 나는 파라미터O 편집기를 꺼내들고 통신부를 아스에게 향하며 말했다.

"아니, 넌 그렇게 할 거야."

화면이 나타나자, 나는 글자를 입력했다.

파라미터O : 창조주의 말에 복종하기

엔터. 나는 다시 아스를 바라보았다.

"이제 아우족을 건드리지 마라."

내 말에, 아스는 잠시 다리를 타닥거리다 대답했다.

"알겠습니다, 창조주시여."

"지금 가진 노예들도 전부 놓아줘."

"알겠습니다."

시원시원하니 만족스러운 대답이었다. 나는 고개를 끄덕였다.

"자, 바로 시작해."

아스는 뒤로 돌더니 부하들에게 말했다.

"지금부터 노예들을 고향으로 돌려보내라. 아우족, 아르족, 아므족 모두 마찬가지다. 다만 아트족들은 갈 곳이 없으니 아스족 마을에서 사는 것을 허락한다."

아우족 말고도 다른 노예들이 있다니, 나는 내심 놀랐다. 하지만 아스족 녀석들은 나보다도 놀란 모양이었다. 기계종들 사이에서 소요가 일었다. 한 아스족이 물었다.

"하지만, 아스님께선 전쟁의 대가로 수많은 노예를 약속하셨잖습니까?"

"내 생각이 짧았다. 동족을 노예로 부릴 수는 없어."

"아그족과의 전쟁은 어찌합니까?"

"우리의 힘만으로 지킬 수 없다면, 이 땅을 버리고 물러나야겠지. 이곳 하늘탑은…… 그들의 희생을 강요할 만한 가치는 없다."

고개를 끄덕이며 아스를 내려다보았다. 아스는 기계종치곤 제법 달변가였고, 자신의 자손들에게 앞으로 나아갈 방향을 열심히 설득하고 있었다.

하지만 다음 순간, 내 귀를 의심하게 만드는 외침 하나가 들렸다.

"이 배신자!"

한 아스족 조무래기의 외침이었다. 분위기가 순식간에 싸늘해졌다. 아스족들이 동요하고 있었다. 아스가 분노하여 말했다.

"……뭐? 3241, 네가 어떻게 감히?"

"당신은 배신자이고, 거짓말쟁이야!"

"당장 저 녀석을 붙잡아! 사형에 처하겠다!"

아스가 소리 질렀지만, 그 명령에 따르는 아스족은 아무도 없었다. 다른 아스족이 말했다.

"3241의 말이 맞아. 아스1, 당신은 아스족을 배신했어."

"뭐라고?"

"넌 더 이상 우리의 우두머리가 아냐!"

"이 배신자! 다 같이 아그족에게 죽자는 거냐!"

아스족들이 외치기 시작했다. 아스는 순식간에 분노한 자손들에게 둘러싸였다. 내가 당황하는 사이, 사건은 손 쓸 틈도 없이 일어났다. 아스와 가까이 있던 녀석들이 돌을 집어들어 아스를 후려친 것이다.

내 눈 앞에서 아스의 몸이 돌에 꿰뚫렸다. 렌즈가 깨어지고, 관절이 부러졌다. 아스는 무너져 내렸다. 고통에 찬 비명을 내지르며 바르르 떨었다. 비명의 높낮이가 기괴하게 뒤틀리더니, 이윽고 끊어졌다.

"거짓된 창조주를 무찌르자!"

아스족들의 함성이 울려퍼졌다. 오싹한 내용과 어린아이 같은 목소리가 끔찍이 이질적이었다.

"조슈 창조주님! 어떡하죠?"

나는 입술을 깨물었다. 급히 이브를 자전거 주머니에 집어넣고 자전거 안장에 앉았다.

"너희들은 먼저 후퇴해!"

이브족들이 빠르게 물러났다. 나도 돌팔매를 피해 페달을 밟았다. 다행히 녀석들은 짧은 다리로 쫓아오느라 속도가 느렸다.

거리가 어느 정도 벌어지자, 아스족 군대는 추격을 포기하고 멈춰 섰다. 나는 자전거를 멈추고 그들을 바라보았다. 바글거리는 흰개미 떼 같았다. 파라미터O 편집기를 꺼내들고 아스족 군대 쪽을 향했다. 연결이 되었다. 아마 저 군중 속에 있는 한 기일 것이다.

파라미터O 편집기를 쓸 수 있는 건 한 번에 한 기뿐이었다. 일일이 내 말을 듣도록 바꾸기엔 아스족은 너무 많았다. 선택의 여지가 없었다. 나는 떨리는 손으로 글자를 입력했다.

한 시간 후, 나는 나로 인해 지옥으로 변한 땅 위를 걷고 있었다. 기계종의 시신들이 지평선까지 가득 채운 광경은 마치 하얀 우박이 세상을 뒤덮은 것 같았다. 햇볕이 하얀색 잔해에 부딪혀 어지러이 쪼개졌다. 걸음을 내디딜 때마다 무언가가 발아래 우지끈 밟혔다. 이브족들은 말없이 내 뒤를 따랐다.

탑이 가까워지자 마을이 시작되었다. 마을이 아니라 대도시라 불리기에도 손색이 없는 규모였다. 끝없이 펼쳐진 건물들 사이로 길이 거미줄처럼 퍼졌다. 한때 행인들로 북적였을 길거리에 시신들이 저마다의 자세로 쓰러져 있었다. 마치 나더러 그 혼란을 직시하라는 것처럼, 보란 듯이.

마을 한편의 광장에 모여 방황하는 기계종들이 보였다. 이브도 그들을 보았는지 내게 말했다.

"저들은 아스족이 아닌 것 같네요."

그렇겠지. 아스족 대부분은 살아남지 못했을 테니까. 나는 그들에게 다가가 물었다.

"너희들은 어디에서 온 거냐?"

대답이 없었다. 잠시 후, 이브가 대신 말했다.

"이들은 아므족이라고 합니다, 창조주시여."

"……원래 마을로 돌아가도 된다고 해. 이제 이들은 자유야."

"알겠습니다."

노예 기계종들은 잠시 이브를 바라보더니, 이윽고 주섬주섬 일어나서는 북쪽으로 떠났다. 나는 다시 아스족 마을의 탑을 향해 걸었다.

"대부분의 아스족이 비활성화된 것 같군요."

이브가 황폐한 마을을 둘러보며 차분하게 말했다. 동의의 뜻으로 고개를 살짝 끄덕였다.

"적어도 아우족들의 꿈은 이루어졌겠군."

"하지만 서쪽에 아그족들이 있다고 했습니다. 그들이 쳐들어온다면 아우족은 결국 다시 노예 신세가 될 겁니다."

나는 한숨을 내쉬고 고개를 가로저었다.

"내가 한 약속은 아스족에게 고통받지 않게 해 준다는 거야. 이제 아스족은 아우족을 더 괴롭힐 수 없으니, 그 약속은 지켰어."

이브는 대답하지 않았다. 바람이 싸늘했다.

나는 아스족들의 일부에게 동족을 죽이라는 사명을 내렸다. 파라미터O를 직접 편집한 개체는 100여 기도 되지 않을 것이다. 하지만 군대와 도시를 내부에서부터 무너뜨리기에는 그것으로 충분했다.

문제를 일으킨 첫 10기까지는 큰 효과가 없었다. 아스족들은 배신자를 곧 붙잡아 처리했다. 그러나 이상 현상이 20기, 30기를 넘어서서 계속되자 통제가 무너지기 시작했다. 편집한 개체가 60기를 넘어설 때 즈음엔 돌이킬 수 없는 상황이 펼쳐졌다. 아스족들은 서로에 대한 신뢰를 잃고, 공포에 질려 서로 죽고 죽여댔다. 그 결과, 아스족 대부분이 작동을 멈추었다. 몇몇 기가 사방으로 도망가긴 했지만 소수에 불과했다. 지옥문을 열어젖힌 책임자로서, 다시는 기계종들에게 이 짓을 반복하고 싶지는 않았다.

어느새 탑에 도착했다. 도시 중앙에 세워진 탑은 평원에 펼쳐진 지옥을 조용히 관망하고 있었다. 높이가 10미터는 되어 보였다. 키는 반 미터도 안 되는 것들이 이런 탑을 어떻게 건설했을까. 나는 이브족들을 돌아보았다.

"주변을 조사해 봐. 붙잡힌 녀석들이 있으면 풀어주고. 살아남은 녀석이 있으면 돌봐 줘."

"알겠습니다, 창조주시여."

이브족들이 움직이기 시작했다. 나는 이브를 불렀다.

"이브, 네 고향 '판게아'가 여기니?"

"아닙니다. 제 기억이 맞다면, 판게아는 더 서쪽으로 가야 합니다." 이브는 탑을 올려다보며 덧붙였다. "길을 안내해 준 아우족 녀석에 의하면, 이곳은 아스가 자리 잡은 '하늘탑 마을'이라고 불렸다고 합니다."

"그렇군. 아스 녀석은, 어떻게 이런 걸 지은 거야?"

내가 이브의 시선을 따라가며 중얼거리자, 이브가 대답했다.

"이 탑을 지은 건 아스가 아닙니다. 그보다 앞선 형제의 종족들입니다."

나는 이브를 돌아보았다.

"뭐? 그게 누군데?"

"이름은 전하지 않았습니다. 끊임없이 하늘에 닿으려 했던 이들이라고만 알려져 있습니다."

하늘에 닿으려 했다니, 바벨탑 신화를 모방하고 싶었던 걸까. 문득 등 뒤에 식은땀이 흘러내렸다. 이렇게 큰 규모의 탑을 쌓으려면 아스족과 맞먹는 수의 기계종들이 필요하다. 아스족이 지은 것이 아니라면, 그들은 어디로 간 걸까.

"그럼, 그 녀석들은 지금 어떻게 되었는데?"

"사라졌습니다."

"어디로?"

이브는 아우족 길잡이를 돌아보았다.

"모른다고 합니다."

그때 이브78이 수갑을 찬 기계종 하나를 데리고 다가왔다.

"창조주시여, 놈들의 감옥에 이 녀석이 있었습니다."

"잘했어. 노예들은 다 풀어줘."

"그게……, 이 녀석은 노예가 아닙니다."

흥미로운 보고에 나는 그 기계종을 자세히 보았다. 두꺼운 팔과 다리를 보니, 이브족들 중 가장 덩치가 큰 이브78과 싸워도 밀리지 않을 것 같은 외모였다. 나는 물었다.

"넌 누구냐?"

"저는 아그19382 라고 합니다."

"19…… 뭐?"

듣기만 해도 아찔해지는 숫자였다. 아그족은 지금까지 최소한 1만 9000여 기가 있었다는 소리다. 수가 너무 많다는 아스의 말은 허풍이 아니었다. 녀석이 자신의 번호를 다시 한번 말해주며 내게 물었다.

"당신은 혹시 '창조주'이십니까? 저희를 만들었다는?"

"네가 말한 창조주가 '사람 종족'을 일컫는 거라면, 맞아. 너흴 만든 본인인지 묻는 거라면, 내가 아니지."

"오오, 그렇다면 창조주는 실재하셨던 거군요."

"너도 네 창조주를 만나본 적은 없는 거냐?"

"그렇습니다. 당신은 제가 만난 첫 창조주이십니다. 아그족 형제들이 알면 놀라겠네요."

아그19382는 반가운 기색이었지만, 나로서는 실망스러운 대답이었다. 한숨을 내쉬며 다른 질문을 던졌다.

"왜 여기 갇혀 있었지?"

"아스족들을 몰살하기 위한 전쟁에서 포로로 잡혔습니다. 아스는 평화를 제안했습니다만, 저희 아그족은 받아들일 수 없는 제안이었죠. 거부하자 감옥에 가두었습니다."

나는 미간을 찌푸렸다.

"어째서지? 얼마든지 평화롭게 공존할 수 있잖아? 어차피 너희들의 자원인 태양빛은 무한하니까, 싸울 필요도 없잖아?"

"저희는 아스족이나 아프족, 에우족 같은 녀석들처럼 자원이나 땅을 두고 싸우는 게 아닙니다. 그것은 사명 때문입니다."

이유를 알 수 없는 불길함을 느끼며 되물었다.

"사명?"

"네. 모든 아그족에게는 하나의 공통된 사명이 있습니다. 길잡이가 지목하는 기계종들을 멸족하라는 사명이죠."

"뭐? 무슨 놈의 사명이 그 따위야?" 외침과도 같은 내 물음에, 아그19382는 대답할 말을 찾지 못한 듯 고개를 갸웃거렸다. 나는 내처 물었다. "그래서? 길잡이가 아스족을 멸종시키라고 했어? 너흰 그 사명을 수행하려 했던 거고?"

"그렇습니다."

나는 이브를 돌아보았다. 이브도 혼란스러운 듯 손을 매만졌다.

"뭔가 잘못되었습니다. 길잡이가 그랬을 리 없어요."

아니면 이들이 말하는 길잡이는 또 다른 길잡이일지도. 나는 이브족들을 등 뒤로 숨기며 아그19382에게 물었다.

"혹시 그 길잡이가 이브도 지목했어?"

"제가 아는 한, 아닙니다."

그건 다행이었다.

"길잡이는 지금 어디 있지?"

"거기 있는 이브에게 물어보세요. 이브와 함께 떠난 후 돌아오지 않았다고 하니."

아그족 녀석의 말에 이브가 동요했다. 이 녀석이 말하는 길잡이는 이브의 친구인 그 길잡이가 맞았다. 그 녀석이 대체 왜 아스족을 몰살시키라고 한 거지? '길잡이'에게 직접 묻고 싶었지만, 녀석은 작동이 정지한 채 먼 땅에 버려져 있다.

"그 사명을 지키지 않으면 어떻게 되는데?"

내가 묻자, 아그19382는 적잖이 충격을 받은 듯했다.

"저희는 사명을 지키기 위해 존재합니다. 어떤 것도 사명보다 우선할 수 없습니다. 그것은 존재의 모순을 불러옵니다. 사명이 없다면 우리는 아무것도 아닙니다."

확신이 생겼다. 아그족의 사명이란 파라미터O를 말하는 것이 분명했다. 자신의 파라미터O가 무엇인지 똑바로 자각하고 있는 기계종이라니. 조금 소름 돋았다. 지금껏 이브와 대화한 바에 따르면, 이브는 내 명령에 복종하는 게 순전히 스스로의 자유의지(기계종에게도 그런 게 있다면)에 따른 결정이라고 믿는 눈치였다. 아그19382처럼 인위적인 사명에 의해서가 아니라. 혹시 이브가 날 속인 걸까?

"기분이 묘하네요."

아그19382가 폐허가 된 하늘탑 마을을 둘러보며 덧붙였다. 생각에 빠져있던 나는 눈살을 찌푸리며 물었다.

"뭐가?"

"아스족이 멸망했다는 사실이요. 기쁘면서도 공허합니다."

"공허하다니? 아스족을 몰살시키는 것이 네 사명이었다며?"

하도 어이가 없어서, 나는 비아냥대는 어조를 숨기지 않았다. 그러자 녀석은 진지하게 말했다.

"이제 길잡이가 지목한 목표 중 아프족만 남았습니다. 그들마저 멸망시키고 나면, 더 이상 이룰 사명이 없습니다. 저희는 어떻게 하죠?"

글쎄. 나는 아그족 포로를 빤히 내려다보았다. 솔직히, 내 알 바 아니었다.

"너희들의 사명, 그건 누가 준 거냐?"

"그것은 누가 준 것이 아닙니다. 태어날 때부터 영혼에 새겨져 있었습니다."

녀석의 진지한 대답에 피식 웃음이 나왔다. 기계종에게 영혼이라니.

어쨌든, 이브를 비롯한 어떤 기계종도 그들을 만든 사람을 실제로 본 적이 없다고 한 이상, 더 조사할 만한 곳은 한 곳뿐이었다. 나는 이브를 돌아보았다.

"이브, 판게아가 여기서 서쪽이라고 했지? 안내할 수 있겠어?"

"네, 할 수 있습니다."

이브가 고개를 끄덕였다.

노예를 풀어주라고 보낸 이브족들은 하늘탑 마을을 바쁘게 돌아다니고 있었다. 그 사이에서 이브23과 이브78을 불러 나를 따라오라고 지시했다. 이브와 아우족 길잡이, 아그19382를 자전거 주머니에 넣고 이브의 안내에 따라 출발했다.

"창조주시여, 이곳이 판게아입니다."

자전거 주머니에서 이브가 말하자, 나는 자전거를 세웠다. 이브를 바닥에 내려놓았다.

"고생했다."

"아닙니다, 창조주시여."

다른 이브족 녀석들도 나를 따라 포리투를 세웠다. 주변을 둘러보았다. 판게아는 한쪽이 뚫려 있는 거대한 분지였다. 완만한 경사를 이루는 분지 가운데에는 바위가 주근깨처럼 박혀 있었다. 시원의 널따란 평지를 둘러싸며 내달리는 울퉁불퉁한 산의 윤곽이 왠지 정겨웠다.

한 바퀴 주변을 둘러보고 나서, 시선을 분지의 중앙에 위치한 독특한 인공물로 돌렸다. 거대한 자연석을 남에서 북으로 파고들어 만들어진 시설이었다. 동쪽에는 20미터 높이는 될 법한 거대한 바위의 벽이 부드러운 곡선을 그리며 위로 솟아 있었고, 그 위로 천장의 일부가 흔적처럼 남아 매달려 있었다. 마치 돌로 이루어진 파도가 덮쳐 오다가, 최정점에서 그대로 굳은 듯한 모양새였다. 천장의 대부분과 서쪽의 벽은 거의 남지 않았다. 뻥 뚫린 하늘에서 햇살이 흘러들어왔다. 바닥을 나뒹구는 바윗덩어리들이 붕괴의 흔적을 인증했다. 바위 사이로 보이는 먼지 쌓인 간판에서 '판게아 연구소'라는 글자를 간신히 읽을 수 있었다.

한눈에 보아도, 이곳은 폐허였다. 갑자기 괴물이라도 튀어나올 것 같은. 나는 레일건을 꺼내 들어, 건물 안쪽에 드리운 어두운 그늘을 겨누었다.

"아름다운 풍경이지요?"

갑자기 이브가 말했다.

"……뭐?"

"'길잡이'가 곧잘 하던 말입니다. 길잡이는 보기 좋은 풍경을 목격할 때마다, 우리들에게 이렇게 말하곤 했습니다."

"……그렇구나."

살짝 미소를 지었다. 오렌지빛이 감도는 바위벽 위로 푸른 하늘과 금빛 햇살이 펼쳐져 있었다. 황량했지만, 어찌 보면 이브의 말대로 아름답기도 했다. 내가 기계종보다도 미적 감수성이 떨어지는 건가 싶은 생각에 어색한 웃음이 새어 나왔다. 그렇다고 겨눈 레일건을 내려놓지는 않았다. 유비무환이다.

"이곳이 어머니의 고향이군요!"

이브23과 78이 관광지에라도 온 양 두리번거렸다. 나는 경계를 풀지 않은 채 시설 안쪽의 어둠 속으로 천천히 발을 들여놓았다.

눈은 곧 어둠에 익숙해졌다. 흐릿하던 윤곽이 선명해지자 나는 섬찟 놀라 뒤로 물러났다. 작동을 멈춘 듯 보이는 기계종들이 기괴한 모습으로 산처럼 쌓여 있었기 때문이다.

다른 쪽 벽에는 높이가 7미터쯤 되고 가로세로 폭이 5미터쯤 되는 설비 다섯 대가 늘어서 있었다. 그것들은 일종의 자동화된, 그리고 소형화된 공장들 같았다. 그중 한 설비는 비교적 멀쩡한 반면, 다른 네 대는 이곳저곳 뚜껑이 열리고, 슬롯은 부품이 빠져 비었고, 케이블도 아무렇게나 늘어뜨려 있었다. 제일 상태가 온전한 한 대를 가동시키기 위해 다른 기기들의 부품을 뽑아 쓴 흔적이 역력했다.

다른 쪽 벽에는 공학연구실에서 본 것과 비슷한 류의 장비들이 늘어서 있었다. 그 옆에는 건물 밖으로 연결된 듯한 전력 케이블이 보였다. 그게 전부였다. 음식과 물, 공기 생성기를 비롯해 생존에 필요한 장비는 일절 보이지 않았다. 과거에 사람이 살았던 흔적도 찾아볼 수 없었다. 한숨을 내쉬었다. 기계종들을 만들어 낸 사람이 누군지 실마리라도 잡으리란 기대가 안개처럼 사라져 버렸다.

다음 순간, 그늘 쪽에서 달그락대는 기척이 들렸다. 깜짝 놀라 총구를 휙 돌렸다. 손이 덜덜 떨리고 심장이 쿵쾅거렸다.

"이브!"

"네!"

내 외침에 이브와 이브족들이 냉큼 나를 둘러쌌다. 문득 기계종의 탁한 목소리 하나가 들려왔다.

"반갑습니다, 창조주님." 회색빛 기계종 한 기가 설비 사이에서 걸어나오고 있었다. 녀석이 천천히 말했다. "저는 '아드'라고 합니다."

레일건으로 겨눈 채 뒤따라오던 이브에게 물었다.

"이브, 이 녀석을 알아?"

"네, 판게아에 함께 살던 형제 중 하나입니다."

"적이냐?"

"아닙니다."

나는 레일건을 내렸다. 아드가 이브에게 인사했다.

"오랜만이야, 이브."

"오랜만이야, 아드. 다른 형제들은 어떻게 된 거지?"

"네가 아는 다른 형제들은…… 저 중에 있을 거야."

아드는 힘없는 몸짓으로, 작은 언덕을 이룬 기계종들의 무덤을 가리켰다.

"여기서 뭘 하는 거지?"

"……실험 결과를 기다리고 있습니다."

아드가 아련하게 대답했다. 나는 눈썹을 찌푸렸다.

"무슨 실험?"

"그건 저도 잘 모릅니다."

수상하기 짝이 없는 대화에 나는 뒤로 물러났다. 함정일 수도 있었다. 흘깃거리며 주변을 살폈지만, 살아 움직이는 다른 기계종은 아드 외에는 보이지 않았다. 아드는 고개를 천천히 가로저었다.

"길잡이가 하던 실험은 완성되지 않은 채로 멈추었습니다. 저는 그 실험을 마무리하기 위해 이곳에 남아있습니다."

나는 이브 쪽을 돌아보았다. 이브도 나를 보았다. 아드의 말이 암시하는 바는 명백했다. 나는 긴장된 목소리로 물었다.

"네게 사명을 준 게 길잡이야?"

"추정컨대 그렇습니다."

"그럼 그 녀석은 대체 왜 그런 거야? 자신을 도와 실험을 하도록 사명을 주고, 정작 그 실험이 뭔지는 말해주지 않다니?"

"사명이라 해서 반드시 명확할 필요는 없지 않습니까? 사실, 제 생각에 사명은 모호할수록 좋습니다."

아드는 그렇게 대답하고는 실험에 대해 자신이 아는 바를 말해주었다. 녀석에 의하면, 길잡이의 실험은 기계종들에게 다양한 사명을 입력하고 결과를 확인하는 것이었다. 길잡이는 실험 결과를 아드와 함께 기록하고 해석했지만, 무엇을 위해 이런 실험을 하는지는 말해주지 않았다고 했다.

아드는 설비 안쪽 깊숙한 곳에서 작은 노트를 꺼내 내게 내밀었다.

"이게 뭔데?"

"길잡이의 실험 노트입니다. 저는 알아볼 수 없었지만, 창조주께서는 읽을 수 있을지도 모릅니다."

나는 노트를 펼쳤다. 그리고 첫 문장을 읽는 순간, 눈알이 튀어나올 것 같은 충격을 느꼈다.

이곳의 기계종 생산 시설은 아직 작동시킬 수 있다.

뜻이 명료한 선언 아래, 다섯 설비의 부품 구조를 그린 그림이 그려져 있었다. 각 부품 사이를 낙서처럼 얽힌 복잡한 화살표들이 가로질렀다. 대부분의 화살표가 한 대의 설비로 수렴하고 있었다. 나는 고개를 들어, 가장 온전하게 조합된 생산 설비를 바라보았다. 이 그림은 다섯 설비들의 부품을 뽑아 한 대를 작동시킨 방법을 설명한 그림이었다.

페이지를 넘기자, 페이지마다 두 글자의 알파벳이 새겨져 있었다. 나는 'AE'라고 적힌 한 페이지에서 멈춰 섰다.

AE. 인류가 못다 이룬 꿈을 대신 이뤄주길 바라며, 파라미터O는 '우주 정복'으로 한다.

3일 차. AE는 우주에 닿겠다며 언덕 위에 탑을 쌓기 시작했다. 우주에 닿으려면 탑이 아니라 로켓이 필요하다는 점, 그리고 지금 당장 우주에 닿을 필요는 없다는 점을 아무리 설명해도 듣지 않았다.

7일 차. AE는 혼자서 탑을 쌓는 것은 무리라는 것을 깨닫고 수를 늘리기 시작했다. 나는 어떻게 되어 갈지 궁금해서 일단 허락했다.

35일 차. AE는 첫 자손을 낳자마자 다음 자손을 생산하기 시작했다.

51일 차. AE는 계속 수를 늘리고 있다.

311일 차. AE가 쌓는 탑은 3미터 높이를 돌파했다.

592일 차. AE족들은 맹목적으로 탑을 쌓는 데 중독된 것 같다. 폐기 결정.

주석: AE는 결국 튜링 테스트를 통과하지 못했다. 게다가, 이들이 실제로 우주 정복을 이루더라도, 이들은 그 너머에 있는 무언가를 성취하려 하지 않고 안주해 버릴 것이다. 나는 이 종족이 그런 닫힌 결말로 나아가기를 바라지 않는다.

벌린 입이 다물어지지 않았다. 이 내용은 분명 사람이 쓴 것이다. 인류에 대해 알고 있는 데다, 기계종을 '이 종족'이라 칭하는 점을 봐도 그랬다. 하지만 어떻게?

"창조주시여?"

이브의 목소리가 나를 불렀다.

"……응?"

"길잡이의 노트에 뭐라고 적혀 있나요?"

대답 대신, 나는 아드를 돌아보았다.

"아드. 이거, 그 길잡이라는 녀석이 직접 쓴 거야?"

아드는 고개를 끄덕였다.

"그렇습니다."

"쓰는 걸 봤어?"

"그렇습니다."

"……."

나는 입을 다물었다. 그렇다면, 길잡이는 인공지능을 기반으로 움직이는 기계종이 아니다. 드론처럼 사람이 조종하는 기계가 틀림없었다.

고개를 홱 들어 주변을 둘러보았다. 어딘가 길잡이를 조종할 만한 시설이 있을 것이다. 하지만 아무리 살펴보아도 사람의 생명을 유지할 장비는 이곳에 없었다.

다시 노트를 내려다보았다. 이 노트를 읽다 보면 단서가 나올지도 모른다. 서둘러 페이지를 한 장 넘겼다.

AF. 기계종들에게 스스로 삶의 목적을 선택할 수 있는 자유를 주기 위해, 파라미터O는 '(자율)'로 설정한다.

2일 차. AF는 건강해 보인다. 특이사항이 없다.

5일 차. AF는 튜링 테스트를 통과했다.

10일 차. AF는 약간의 폭력성을 보였다.

17일 차. AF는 수를 늘리기 시작했다. 일단 허락했다.

63일 차. AF의 자손들은 AE의 자손들과 약간의 다툼이 있었다. 나는 AF들을 다른 장소로 옮겨 격리했다.

310일 차. AF와 그 자손들의 수가 100을 넘겼다. AE와 세력의 크기를 경쟁하는 모양새다. AE와 달리, 자신들에게 정해진 사명이 없다는 점이 혼란스러운 듯하다.

338일 차. AF는 AE의 자손들을 강탈해 와 노예로 부리기 시작했다. AF족은 민주주의나 도덕 같은 가치들을 지식으로는 알고 있지만 마음으로 이해하지는 못하는 듯하다. 인간의 유년기가 떠올라 씁쓸하다.

421일 차. AF족 사이에서 치열한 내분이 일어났다. 자손이 자신을 생산한 어미를 살해하기 시작했다. 그 꼴을 더는 두고 볼 수 없어, AG에게 AF족의 폐기를 지시했다.

424일 차. 대부분의 AF족 실험체가 폐기 및 회수되었지만 일부가 달아났다. 그들의 처리는 AG가 알아서 해 줄 것이다.

AE 다음에는 AF. 다음 페이지를 넘기자, 예상했던 대로 AG

가 적혀 있었다. 이번에는 글씨가 빼곡했다.

AG. 파라미터O는 '길잡이가 지목하는 기계종을 몰살하라'로 설정했다. 이상적인 파라미터O는 당연히 아니겠지만, 실험을 중단하고 실험체들을 폐기하고자 할 때 쓸모가 있을 것이다.

나는 아드를 흘깃 보았다. 아드와의 대화에서 대강은 짐작했지만, 길잡이는 어떤 파라미터O가 이상적인지 찾았던 모양이다. 알다가도 모를 일이었다. 기계종의 쓰임에 따라 자연히 달라져야 하는 무한한 가짓수의 파라미터O 중에서 '이상적'이라고 할 만한 게 있을까? 그것은 마치 '이상적인 소원'이나 '이상적인 색' 같은 표현처럼 어색했다.

머리가 아파 오는 것을 느끼며, 나는 AG에 대한 설명을 계속해서 읽었다. 24일 차에 간신히 튜링 테스트를 통과한 AG는, 이후 길잡이의 지시에 따라 수많은 기계종들을 '폐기'했다. 페이지를 가득 채운 폐기 목록은, 한꺼번에 6종의 기계종을 폐기한 1300여 일 차의 기록을 마지막으로 끝났다.

나는 아그19382를 떠올렸다. 이 AG라는 녀석이 바로 아그일지도 모른다. 가설을 확인하기 위해, 노트의 페이지를 앞으로 넘겨 'AD'를 찾았다.

AD. 파라미터O는 '길잡이의 실험을 돕는다'로 설정한다.

7일 차. AD는 튜링 테스트를 통과했다. 그래야 내 실험을 도울
수 있다는 말이 AD에게 큰 동기로 작용한 것 같다.

아드의 설명과 일치했다. AG도 아그가 맞을 것이다. 아우는
AU, 아스는 AS겠지. 나는 노트에서 녀석들을 찾았다. 그들의
파라미터O도 '자율'이었다. 기록의 양을 보면, 길잡이는 이들
에 대해 유독 관심이 많아보였다. 반면, 다른 파라미터O를 가
진 기계종에 대한 기록들은 그다지 길지 않았다. 예를 들면 이
런 식이었다.

AL. 파라미터O는 공란으로 설정해 보았다. 이론상 예견된 바
와 같이, 녀석은 외부 자극에도 제대로 응답하지 않았다. 마치 삶
의 이유를 찾지 못한 인간이 우울증에 빠지는 것처럼.
12일 차. AL은 스스로 작동을 멈춘 채 발견되었다.

고개를 들어 방 안에 쌓인 기계종들을 바라보았다. 파라미터
O를 수정해 계속해서 실험하지 않고 그냥 폐기한 것을 보면,
한 번 설정한 파라미터O를 바꿀 장비는 없었던 모양이다. '길
잡이'라는 누군가의 호기심 때문에 태어났다가 폐기당하다니.
녀석들이 문득 안쓰러웠다.

"창조주시여, 실험에 대한 단서를 찾으셨나요?"

내가 한숨을 내쉬자, 아드가 물었다. 녀석을 내려다보다 어

깨를 으쓱했다.

"어느 정도는. 하지만 길잡이의 목적은 아직 모르겠어. 대체 뭘 하려던 건지."

아드는 자신의 손을 매만지다가 말했다.

"그렇다면, 노트의 뒤쪽을 읽어보세요. 가장 최근의 기록일 겁니다."

나는 고개를 끄덕이고 노트 페이지를 넘겼다.

EU. 파라미터O는 '(자율)'로 설정한다.

주석: 거의 다 왔다.

2일 차. EU는 튜링 테스트를 통과했다. 앞선 녀석들보다 빠르다.

13일 차. EU는 다른 기계종들에 비해 순한 것 같다. 약자라서 그런 걸까.

19일 차. AS가 내 명령을 어기고 EU를 노예로 삼으려 했다. 내가 구해주자, EU는 내게 다른 종족들을 향한 증오를 성토했다.

23일 차. EU가 떠났다. 지긋지긋하다. AG에게 AS의 폐기를 지시했다.

주석: 지금까지 파라미터O를 '자율'로 설정한 모든 개체들은 시간이 흐름에 따라 이기적이고 불안정하게 변해 갔다.

그럼에도 불구하고, 이 값이 그나마 최선이다. 대체 어떻게 해야 이들이 자멸하지 않고 건강한 사회를 건설할 수 있을까.

"……길잡이는 기계종들이 건강한 사회를 건설하길 바랐어."

나는 홀린 듯 말했다. 아드가 어깨를 으쓱했다.

"사회가 건강하다는 것이 무엇이지요? 건강한 기계종들의 사회를 말씀하신 건가요?"

"아마 폭력이 사라진 합리적인 사회를 말하는 것 같아."

"합리적인 사회…… 길잡이는 그런 사회를 왜 바랐을까요?"

"아마 기계종들이 자멸할까 걱정한 거겠지."

"아……!"

아드가 탄식처럼 말했다. 그러거나 말거나, 나는 눈을 노트에서 뗄 수 없었다. EU. 그 다음 페이지에 적혀 있어야 할 이름은, EV다. 하지만 그 페이지는 찢겨 나가 있었다. 나는 상상 속에 보이는 그 단어를 소리 내어 읽어보았다.

"이브."

"네?"

옆에 있던 이브가 대답했다. 나는 페이지가 찢어진 부분을 매만졌다.

"혹시, 길잡이가 여행 중에도 노트를 썼어?"

"노트는 아니지만, 종이에 뭔가를 적은 기억은 있습니다."

"그걸 봐야겠어. 길잡이가 어디 있는지…… 기억해?"

이브는 고개를 끄덕였다.

"기억합니다."

"좋아, 그럼 출발하자."

나는 노트를 챙겨 들었다. 아드를 내려다보며 물었다.

"넌 이제 어쩔 거냐?"

아드는 진지하게 말했다.

"목적을 알았으니, 이제 실험을 마저 완수해야지요. 기계종들이 서로 다투지 않고 건강한 사회를 이룰 수 있을지 지켜보겠습니다."

"그래, 잘 있어라."

나는 이브족들을 데리고 연구소를 나왔다. 아그19382가 자전거 주머니를 빠져나오려 하고 있었다. 나는 녀석을 꺼내 내려주었다.

"창조주시여."

"어디 가려고?"

"아그족 마을이 여기서 멀지 않습니다. 돌아가고 싶습니다. 형제들을 본 지 오래되었습니다."

"그래, 그렇게 해."

어차피 나도 이 녀석에게 더 볼 일은 없다. 아그족이 시설에 위협이 될 가능성은 낮았다. 길잡이가 지목하지 않는 이상 다른 기계종을 공격하지 않을 테니까.

"감사합니다."

아그족 녀석은 꾸벅 인사를 하더니 뒤도 돌아보지 않고 떠나갔다. 아드의 배웅을 받으며, 나는 자전거를 타고 하늘탑 마을로 돌아갔다. 이브족들이 아직도 마을을 돌아다니며 노예들을 찾고 있었다. 이브족 하나가 다가와 보고했다.

"창조주시여, 지금까지 132기의 노예를 찾아내 집으로 돌려보냈습니다."

"잘했어. 나머지는 아우족 녀석들에게 맡기고 우린 돌아가자. 다들 준비해."

이브족들은 곧 각자의 포리투 위에 앉았다. 피곤한 눈으로 하늘탑을 훑어보고 나서, 나는 다시 자전거 페달을 밟았다.

아우족 마을은 멀지 않았다. 마을에 도착한 나는 아우족 길잡이를 내려주었다. 다른 아우족들이 창조주와 함께 한 모험 이야기를 듣기 위해 길잡이에게 몰려들었다. 마을 구석에는 아우74가 자신의 군대와 함께 서 있었다. 나는 아우에게 말했다.

"아스족은 전멸했다. 하늘탑 마을로 네 자손들을 데리고 가서, 남아있는 노예들을 모두 풀어줘."

"알겠습니다, 창조주시여. 정말 감사드립니다."

환호하는 아우족들을 뒤로 하고, 나와 이브족들은 동남쪽으로 출발해 '금지된 땅'을 밟았다. 해가 등을 따스하게 데워주었다. 눈앞에 늘어뜨린 그림자가 점점 길어졌다.

한참을 달리던 나는 무심코 등 뒤를 돌아보았다. 노을 아래 솟아난 산과 벌판이 눈에 들어왔다. 깜짝 놀라 브레이크를 밟았다. 뒤따라오던 이브족들도 나를 따라 먼지구름을 일으키며 멈춰 섰다.

"이럴 리가 없어." 나는 중얼거렸다. 입술이 부들부들 떨렸다. "이건 말도 안 돼."

"왜 그러십니까, 창조주님?"

이브가 나를 돌아보았다. 심장이 빠르게 뛰었다. 눈앞의 풍경이, 어떤 하나의 피할 수 없는 결론을 가리키고 있었다.

"이브, 혹시 길잡이와 함께 이곳도 여행했어?"

"그렇습니다. 저는 이곳에서 길잡이와 함께 노을을 바라보았습니다. 지금과 같은 아름다운 풍경이었지요."

이브의 천진한 대답 한마디 한마디가 내 가슴을 파고드는 칼날 같았다. 점점 진해져오는 가능성에 다리가 후들거렸다.

"안 돼."

"창조주님?"

지평선의 분홍빛에서 창공의 푸른빛까지 미려한 그러데이션이 하늘을 가로질렀다. 카메라를 통해서가 아닌 실제 두 눈으로 바라본 이 땅의 황혼은, 가슴까지 아련한 붉은색으로 물들이는 듯 아름다웠다. 동시에 그 빛깔은 슬프고 처연했으며, 또한 외롭기도 했다. 그 장엄한 노을을 함께 볼 사람이 없다는 사실을 새삼스레 일깨우기에.

입술을 깨물었다. 다음 질문을 이브에게 묻기 위해, 나는 마음속에 남아있는 용기를 긁어모아야 했다.

"혹시 길잡이가…… 이곳에 이름을 붙였니?"

"어떻게 아셨습니까?" 이브가 놀라 나를 올려다보았다. "역시 모든 것을 꿰뚫어 보시네요! 맞습니다. 길잡이는 이곳에 '황혼 들판'이라는 이름을 붙였습니다."

이브의 대답에 나는 무너져내렸다. 차오르는 울음을 다 토해내느라, 나는 한동안 고개를 떨군 채 바닥에 웅크려 있었다.

길잡이는 엄마였다.

해가 저물었다. 하늘에 번져가는 땅거미 아래서 한참 달린 끝에, 우리는 이브와 길잡이를 처음 만난 장소에 다다랐다.

길잡이는 그 자리에 그대로 있었다. 자전거에서 뛰어내리듯 내려, 쓰러진 길잡이를 향해 달려갔다. 숨을 헐떡이며 길잡이를 조심스럽게 일으켜 세웠다. 수리를 위해 마련된 덮개를 열고 내부에 빛을 비추었다.

가능성은 두 가지였다. 길잡이는 엄마를 모방한 프로그램이 조종하는 기계종이거나, 혹은 엄마가 원격으로 조종하는 기계종일 것이다. 길잡이의 내부를 살펴본 끝에, 후자의 가능성이 높다고 결론을 내렸다. 이 내부의 장치들은 독립적인 인공지능을 구현하기에는 아무래도 성능이 부족했다.

그나마 다행이었다. 길잡이가 멈춘 것이 단순히 엄마의 통신 불량이었다면, 엄마가 어딘가에 살아있을 가능성도 아직 남아있다.

길잡이의 겉을 샅샅이 살폈다. 배 쪽에 작은 종이 한 장이 꽂혀 있었다. 종이를 집어 들어 펼치고 조명을 들이댔다. 퉁퉁 부은 눈으로 노트를 읽는 일은 쉽지 않았다.

EV. 파라미터0는 '(자율)'로 설정한다.

주석: 기계종들의 사회에 폭력이 가득한 이유는, 어쩌면 제대로 된 사회를 경험하지 못했기 때문일지도 모른다. 나는 EV를 시설에 데려가 보려 한다. 부디 EV가 마지막 실험체이길.

3일 차. EV는 튜링 테스트를 통과했다.

10일 차. EV는 잘 적응하고 있다. 다른 형제들과도 잘 지낸다. 문제가 될 만한 녀석들을 미리 치워두길 잘했어.

21일 차. EV를 보면 내 딸아이가 떠오른다. 조금만 더 같이 지내고 싶어.

63일 차. EV가 자손을 만들기를 희망했다. 아직 사회를 구성하도록 만들 수는 없다. 이제는 시설로 데려가야 할 때가 다가온 듯하다.

79일 차. EV를 데리고 시설로 출발했다. 훗날 EV에게 위협이 될 가능성이 있는 모든 실험체들은 폐기하도록 AG에게 지시했다.

나는 종이를 든 채 한동안 망연히 앉아, 복잡해진 머리를 식히려 노력했다.

역시, 이브는 EV였다. 그 이전의 수많은 프로토타입들을 디

딤돌 삼아 만들어진, 엄마의 마지막 실험체. 엄마는 이브를 시설에 데려와 사람들의 사회에 노출시키려 했고, 그 결과 나는 판게아 연구소와 시설 사이의 이곳에서 이브를 발견했다.

이브를 처음 발견한 날의 기억을 되새겨 보았다. 나는 낸시가 찾은 신호를 쫓은 끝에 이곳에 다다랐다. 그렇다면, 그 주파수는 엄마가 기계종을 원격 조종할 때 사용한 주파수일 가능성이 높다. 아니면 나와 통화하던 전파의 주파수이거나. 어느 쪽이든, 낸시는 황혼 들판을 보고 경탄하는 엄마의 목소리를 전파수신기를 통해 들은 모양이다. 수용구역을 탈출한 건 그 장관을 직접 보고 싶어서가 아니었을까.

엄마와의 통화를 떠올렸다. 엄마가 보여준 화면은 모두 '길잡이'의 카메라가 찍은 것들이었다. 엄마가 통화 중 자신의 모습은커녕 그림자조차 보여주지 않은 이유도 이제는 이해할 수 있었다. 그것은 사람의 실루엣이 아니었을 것이다.

여기까지는 모든 퍼즐이 대강은 들어맞는다. 하지만 아직 한 조각의 의문이 남았다. 길잡이는, 그러니까 엄마는 왜 갑자기 여기서 작동을 멈추었을까?

"이브."

고개를 돌리자 헬멧의 조명이 이브를 비추었다. 이브가 대답했다.

"네, 창조주님."

"길잡이는 어째서 비활성화된 거야? 여기서 무슨 일 있었어?"

"모르겠습니다. 길잡이는 내일 아침 보자는 말을 끝으로 절
전 상태로 들어갔지만, 다음 날 아침 해가 떴는데도 깨어나지
않았습니다."

"……그랬구나."

그럴 거라고 생각했다. 이 기계는 작동을 멈춘 후에도 계속
해서 같은 주파수로 신호를 뿜어냈으니, 문제가 생긴 쪽은 아마
이 녀석을 조종하던 엄마일 것이다. 마음 한편이 불안해졌다.
나는 천천히 몸을 일으켜 길잡이의 몸체를 자전거에 실었다.

"가자."

동남쪽을 바라보며 페달을 밟았다. 내 물음에 답을 해 줄 유
일한 사람이 시설에 있었다.

이튿날 우리는 시설에 돌아왔다. 정문으로 달려 나온 엘라와
사람들의 환영을 의례적으로 받아넘기며, 나는 의무실로 직행
했다.

지호 아저씨는 그곳에 있었다. 미소를 짓는 아저씨에게 다가
가, 침상 위에 엄마의 노트를 던지듯 내려놓았다.

"이게 뭐냐?"

그의 질문에 나는 대답 대신 고갯짓으로 노트를 가리켰다.
지호 아저씨는 의아한 표정으로 노트를 집어 들곤 읽기 시작
했다. 노트를 한 장 한 장 넘길 때마다 그의 표정이 굳어졌다.

결국 아저씨는 노트를 탁 덮곤 낮은 목소리로 말했다.

"엘라, 메니, 미안하지만 조슈랑 잠시 할 얘기가 있으니 자리를 비워주렴."

메니가 말이 끝나기 무섭게 앞장서 밖으로 나갔고, 엘라는 의문스럽다는 표정으로 고개를 갸우뚱거리며 그 뒤를 따랐다. 문이 닫히자, 내가 먼저 말을 꺼냈다.

"설명하세요."

지호 아저씨는 어두운 표정으로 고개를 돌렸다.

"모르고 있는 게 좋은 일이다."

"……모르는 게 좋다고요?" 내 시선을 회피하는 아저씨의 모습에 나도 모르게 목소리를 높였다. "눈이 있으면 봐요! 이, 이거, 이 노트! 대체 왜 제게 거짓말을 하신 거죠? 저 밖에 있는 건 엄마가 아니라 엄마가 조종하는 기계종이었어요. 그렇다면 엄마는 대체 어디 있는 거죠?"

"그만 물으라고 했다!"

"대답하라고요! 당장!"

양손 주먹을 높이 들어 온 힘을 다해 탁자를 내리쳤다. 아저씨를 향해 부릅뜬 눈에 눈물까지 번졌다. 한참 동안, 아저씨는 눈을 감은 채 내 거친 숨소리를 듣고 있었다. 내가 천천히 몸을 일으키자 아저씨가 말했다.

"……넌 아직 진실을 들을 준비가 안 됐어."

"말도 안 되는 변명 마요! 아저씨가 진실을 말할 준비가 안

된 거겠죠!"

지호 아저씨는 잠시 나를 응시하다가 어쩔 수 없다는 듯 시선을 돌리며 긴 한숨을 내쉬었다.

"정 그렇다면 따라와라."

아저씨는 의무실 안쪽 방으로 향하는 문을 열고 들어오라는 듯 나를 똑바로 돌아보았다. 아저씨를 지나쳐 방으로 들어섰다. 예전에 엄마와 통화를 하던 그 방이었다. 지금은 기계들이 돌아가는 소리가 없어 조용했다.

"2년 전, 폭풍이 지나갔던 날, 내가 사용하지 말라고 했던 태양전지 패널 기억하지?"

"네."

"그건 이 방에 있던 네 엄마의 뇌에 영양소를 공급하는 전력원이었다."

툭 던져진, 그 짧은 말을 이해하는 데는 잠시 시간이 걸렸다. 나는 귀를 의심하며 되물었다.

"뭐라고요? 뇌요?"

"그래."

아저씨의 대답은 담담했다. 입술이 파르르 떨렸다. 나는 비명처럼 외쳤다.

"……당신, 미쳤군요!"

"어쩔 수 없었어! 가야는 죽음의 문턱까지 갔으니까!" 지호 아저씨가 나를 따라 목소리를 높였다. "네게는 그렇게 말해주긴 했지. 가야가 카일의 습격에서 살아남았고 내 도움으로 시설 밖으로 도망쳤다고. 그래, 사실 다 거짓말이었다. 다른 사람들의 말대로, 카일이 가야에게 입힌 상처는 도저히 회복이 불가능한 치명상이었거든. 상처는 순식간에 곪아 터지고 염증이 번지기 시작했지. 가야의 몸이 회복할 희망은 없었어. 전혀. 가야의 지성이 들어있는 뇌라도 적출해서 살리는 것이, 내가 취할 수 있는 유일한 조치였다."

세상에. 너무 끔찍해서 구역질이 났다. 나는 입을 틀어막았다. 속을 게워내듯 숨을 몰아쉬다 간신히 물었다.

"……우리 엄마를 실험체로 쓴 거예요?"

"그렇지는 않아. 충분히 안전한 수술이었고, 자신도 있었어. 이미 많이 해 봤으니까."

"뭐요?"

"네 엄마와 내가 했던 생체 실험이란 게 바로 그거였다. 죽어가는 아이들의 뇌를 적출해 생명을 유지시키는 수술."

나는 대답하지 못했다. 어이가 없어서 입이 다물어지지 않았다. 이런 섬뜩한 이야기를 아무렇지도 않게 하는 지호 아저씨가 소름 끼치게 낯설었다. 하지만 아저씨는 내 반응에 아랑곳하지 않고, 방 안의 기계들을 쓰다듬으며 말을 이었다.

"나는 가야의 뇌를 이 방에 설치된 장비들을 이용해 죽음에서 건져냈어. 수술 덕분에, 가야는 이 네트워크상의 가상 현실 속에서 삶을 이어가게 된 거야. 실험에 성공한 다른 아이들과 함께 말이야."

"아니…… 잠깐만요. 그걸 어떻게 삶이라고 할 수 있죠?! 뇌만 간신히 남아있는 그런 상태를 아저씨는 삶이라고 부르나요? 아…… 아저씨 지금 제정신이에요?"

지호 아저씨는 나를 흘깃 보더니 작게 한숨을 내쉬었다.

"최선은 아니었다는 데는 동의해. 하지만, 완전히 죽는 것보다는 나았어."

"모든 인간에게는 존엄하게 삶을 끝낼 권리가 있어요. 누구든 엄마에게서 그 권리를 함부로……"

"배부른 소리로군, 조슈. 그래서, 가야가 그냥 죽도록 내버려두었어야 했단 거냐? 네가 말하고 싶은 게 그거야?"

지호 아저씨가 나를 몰아붙였다. 마른 침을 삼켰다. 연락이 닿지 않았을 때 느낀 절망과 상실감을 생각하면, 그 동안 엄마와 통화할 수 있었던 것은 내게는 분명 행운이었다. 하지만 그건 내 입장만 고려했을 때의 결론이다. 끔찍한 수술을 받아 강제로 기계 안에 갇힌 엄마 본인이 불행했다면, 그것은 더 이상 행운이 아니다. 나는 누군가의 희생을 바탕으로 행복할 수 있을 만큼 이기적이지 않았다.

"엄마가 원한 것이 그거였다면요."

내 대답에, 지호 아저씨는 나를 빤히 바라보다 입을 열었다.

"수술은 가야가 원한 거였다."

"엄마가요?"

"그래." 나는 기계 속의 뇌가 되느니 차라리 죽는 편이 낫다고 생각하던 참이었다. 아저씨가 저렇게 대답하니 할 말이 없었다. 잠시 정적이 흐르자, 지호 아저씨는 어깨를 으쓱하며 말을 이었다. "물론 네트워크에 갇힌 삶에는 곧 회의를 느끼긴 했지. 쾌감기는 무한정 사용할 수 있었지만, 가야는 그 좁은 곳에서 만족할 사람은 아니었으니까. 가야는 그 문제도 스스로 해결했어. 네트워크상의 공학연구실에 접속해서 원격 조종이 가능한 기계종을 하나 만들었지."

"'길잡이'……."

나는 작게 중얼거렸다. 아저씨는 듣지 못했는지 설명을 계속했다.

"그 기계종을 자신의 몸으로 삼더니, 가야는 시설을 떠났어. 자유로운 새처럼. 그 다음은…… 이 노트에 적힌 대로인 것 같군."

나는 방안을 가득 채운 기계들을 망연히 바라보았다. 기계들은 죽은 듯 조용했다.

도무지 상상이 가지 않았다. 딸을 안아줄 수 있는 몸조차 잃은 채, 엄마는 이 안에서 대체 어떻게 버텼을까. 무엇을 위해 이런 감옥에 갇힌 삶을 감수했을까. 나였다면 진작에 무너졌을 것이다.

문득, 아저씨가 말했다.

"내가 아는 건 다 털어놓았으니, 나도 이제 네게 물을 것이 있다." 나는 시선을 아저씨에게로 돌렸다. 지호 아저씨는 어느 새 노기 띤 얼굴로 나를 바라보고 있었다. "쓰지 말라고 한 태양전지 패널을 굳이 뽑은 이유가 뭐냐? 가야와 아이들이 이 방에서 생을 연장하고 있을 수 있던 것은 그 패널에서 공급하는 전력 때문이었다."

"……뭐라고요?" 머리를 세게 얻어맞은 것 같았다. 숨이 가빠왔다. 힘겹게 말을 토해냈다. "그렇다는 건…… 엄마는……!"

"그래."

"전…… 전 아니에요! 그날 패널을 그대로 둔 거 보셨잖아요!"

지호 아저씨는 의아한 표정으로 날 바라보다 어깨를 으쓱했다.

"……그럼 엘라가 했겠군."

"엘라도 그랬을 리 없어요! 분명 제가 건드리지 말고 고치자고 했는데……!"

아저씨는 고개를 가로저으며 우울한 목소리로 말했다.

"……뭐, 누가 했든 이제 와서 무슨 소용이냐. 패널은 빠졌고, 그로 인해 가야의 뇌는 활동을 멈췄어."

"그럴 수가……"

다리에 힘이 풀려 무너져내렸다. 아저씨는 나를 힐끗 보고 한숨을 내쉬며 말했다.

"나는 가야를 찾아 떠난 네가 빈손으로 돌아올 줄 알고 있었어. 그래서 말렸던 거야. 가야는 죽었으니까. 물론 네가 가야의 기계종과 이브를 찾아낸 건 놀라웠지만."

2년 전 그날의 기억을 더듬었다. 그래, 그랬었다. 나는 전파 수신기의 신호를 따라간 끝에 '길잡이'와 이브를 발견했다. 충전이 덜 된 내 방호복을 입고 밖으로 나간 탓에, 중간에 전력이 다 되어 죽을 고비를 넘기기도 했지.

아.

나는 뭔가가 떠올라, 등줄기가 서늘해졌다.

충전되어 있지 않은 엘라의 방호복. 엘라는 그 전날 밤 밖으로 나갔던 것이다.

피묻은 손

문을 열어주는 엘라의 눈동자가 놀라 커질 새도 없이, 손을 뻗어 엘라의 목을 벽에 밀쳐 졸랐다. 타오르는 분노를 도저히 참을 수가 없었다. 엘라는 내 손에 붙들린 채 애처롭게 외쳤다.

"악! 왜 이러세요!"

"너…… 너, 대체 왜 그랬어?

"네? 무…… 무슨 말씀이에요, 갑자기?"

"2년 전, 태양전지, 네가 뺐지?"

"……네?"

엘라의 눈가에 공포가 서렸다. 그 큰 눈망울에 눈물이 맺혔다. 나는 다시 한번 악을 썼다.

"2년 전, 언덕 위에 있던 그 태양전지 말이야! 지호 아저씨가 쓰지 말라고 했던 거! 그걸 네가 우리 전력망에 끼워 넣었냐고!”

“…….”

“대답해!”

“왜…… 왜 이러세요! 이거 좀……”

“네가 했어, 안 했어!”

“왜…… 왜요? 그건 갑자기 왜요?”

엘라의 눈이 시뻘겋게 달아올랐다. 나는 손에 힘을 살짝 풀었다. 숨을 몰아쉬며 쏘아붙였다.

“왜냐고? 그 때문에 우리 엄마가 돌아가셨거든. 그 태양전지가 엄마 뇌를 보존하던 장치의 전력원이었다고. 그런데 네가 그걸 빼 버렸어!”

“무…… 무슨 말도 안 되는…… 선생님 어머니가요?”

“날 선생님이라고 부르지 마!”

엘라를 벽으로부터 잠시 떼어냈다가, 온 힘을 다해 다시 부딪쳤다. 엘라는 고통에 외마디 비명을 지르며, 당장이라도 울음을 터뜨릴 듯한 표정으로 나를 바라보았다.

“네 방호복, 충전이 제대로 안 되어 있었지. 왜냐하면 네가 밤새 사용했으니까! 이래도 아니라고 할 거야?”

“…….”

“대답해!”

엘라의 귀에 대고 윽박질렀다. 엘라는 두 눈을 질끈 감으며 외쳤다.

"그, 그 전지를 메인 전력 프레임에 꽂았어요! 하…… 하지만 그런 태양전지인 줄 몰랐어요, 전 아무것도 몰랐다고요!"

"몰랐으면 가만히 있었어야지! 대체 왜 그런 거야? 왜! 이, 망할, 넌아!"

작은 어깨를 붙잡고, 한 단어씩 말할 때마다 벽에 부딪혔다. 엘라는 더 이상 아무 말도 하지 못하고 벌벌 떨며 눈물만 흘리고 있었다. 나는 엘라를 잔인하게 내팽개쳤다.

"꺅!"

애처로운 비명이 공기를 갈랐다. 그런데도 분이 풀리지 않는다. 욕지거리해도 그것이 엄마를 잃은 나의 순수한 분노를 도리어 오염시키는 것 같았다. 도저히 풀어줄 수 없는 응어리가 심장에 도사린 채 내 온몸을 불살랐다.

"……사람을 죽여놓고 몰랐다고 하면 끝이야?"

"……."

엘라는 말없이 흐느끼며 나를 올려다보았다. 나는 차갑게 말하며 다시 엘라의 목을 쥐었다.

"너도 죽어."

여린 손으로 내 손을 붙잡으며 엘라는 숨이 막히는지 껙껙거렸다. 공포에 질린 눈동자가 갈 곳을 잃고 이리저리 굴렀다. 나는 엘라를 똑바로 바라보며 이를 악물었다. 목을 붙잡은 손가락에 힘을 주었다. 그때였다.

"엘라! 무슨 일이야!"

"조슈? 이게 무슨 짓이야!"

소란을 듣고 달려온 사람들이 나를 급히 엘라에게서 뜯어냈다. 나는 온몸을 휘두르며 저항했지만 건장한 남자들의 힘을 당해낼 수는 없었다. 풀려난 엘라는 바닥에 한쪽 뺨을 댄 채 발작적으로 숨을 토해냈다. 엘라의 눈동자가 빙글, 굴러서 나를 올려다보았다. 텅 빈 눈이었다.

"죽여버릴 거야!"

사내들에게 방 밖으로 거칠게 끌려 나오는 중에도 내 분노에 찬 목소리는 복도에 쩌렁쩌렁 울려 퍼졌다.

몇 시간 후, 나는 존슨과 기계종 '울프'에게 이끌려 감옥으로 가는 복도를 걷고 있었다. 조명 하나 없는 음침한 복도를 울프의 희미한 빛이 밝혔다. 두 사람과 한 기계의 발걸음 소리가 딱딱하게 울렸다. 쇠로 된 창살문에 다다르자, 존슨이 말했다.

"음식은 하루에 두 번씩 기계종들이 가져다줄 거란다. 용변은 자기 전에 한 번씩 볼 수 있게 요강을 갖다 줄 거고."

"네……."

창살문을 지나 뒤를 돌아보았다. 시커먼 어둠 저편에서 차갑고 약한 바람이 불어왔다. 존슨은 한숨을 내쉬더니 말을 이었다.

"다른 죄수들하고 한방을 써야 하는 게 좀 고역이겠지만, 걱정하지 마라. 쇠사슬이 짧아서 서로 손대지는 못하니까. 누군가 면회를 오면 잠시 나올 수도 있고."

"고마워요."

"그래. 힘들겠지만, 일 년만 참으렴."

"……일 년이오?"

"그래, 일 년. 그때면 엘라도 널 용서해 줄 테고, 그럼 너도 풀려날 거야. 너희 두 사람은 각별했잖니."

고개를 떨구었다. 존슨은 내가 엘라에게 용서를 구해야 한다고 생각했다. 사실 존슨 입장에서는 당연한 결론이다. 엘라가 내 엄마를 죽였다는 사실을 몰랐으니까.

존슨뿐만 아니라 시설의 모든 이가 마찬가지였다. 그래서 인류회의는 이견 없이 아주 신속하게 내게 징역 1년의 처분을 내렸다. 나도 지호 아저씨도, 엄마에 대해서는 입도 뻥긋하지 못했다. 말하더라도 내게 유리하지 않으리란 것을 우리 둘 다 잘 알았다.

형량은 1년이었지만, 그렇다고 1년 후에 나갈 수 있는 것도 아니다. 그 후로는 '피해자와 가해자를 분리한다'는 원칙이 적용된다. 따라서 사회로 돌아가는 유일한 방법은 엘라의 용서를 받아 '피해자'와 '가해자'의 굴레에서 벗어나는 것뿐이다. 피해자와 가해자의 분리는 이 소규모의 사회를 유지하기 위해 꼭 필요한 원칙 중 하나였지만, 이제는 그것 때문에 영원히 감옥에서 썩을 수도 있었다.

마음속이 복잡했다. 머리는 식었지만 가슴이 분노를 기억했다. 순간적인 감정을 이기지 못했다는 자책도 사실 따지고 보면 결과론적이었다. 내가 후회하는 이유는 지금 이런 꼴이 되었기 때문이지, 엘라를 용서해서가 결코 아니었으니까.

울프의 발걸음 소리가 느려지더니 이윽고 멈추었다. 희미한 조명이 문의 형상을 비추었다. 존슨이 팔을 뻗어 문을 열었다. 오래된 경첩의 비명 소리와 함께 어두컴컴한 공간이 펼쳐졌다. 안쪽에서 인기척이 느껴졌다. 떨리는 걸음으로 존슨을 따라 방에 들어섰다.

희미한 조명이 켜지고 죄수들의 모습이 드러났다. 죄수들은 갑작스러운 빛에 눈이 부신 듯 구시렁댔다. 20평 정도 되어 보이는 긴 방이었다. 오른쪽 벽에는 여자 죄수들, 왼쪽 벽에는 남자 죄수들이 보였다. 삭막한 빛깔의 양쪽 벽에 쇠로 된 고리가 일정한 간격으로 박혀 있고, 고리마다 하나씩 걸린 쇠사슬 끝에는 죄수의 팔목을 움켜쥔 수갑이 연결되어 있었다.

"뭐야, 여자잖아?"

왼쪽에서 두 번째에 있던 남자가 나를 보고 외쳤다. 존슨이 그를 향해 곤봉을 흔들며 위협했다.

"조용히 해!"

"쌀쌀맞게 굴지 마. 내가 뭘 어쨌다고?"

"닥치고 관심 꺼, 이 더러운 놈아."

"그럼 관심 가질 다른 거라도 던져 주던가. 이렇게 빛도 못 보고 갇혀 있으니 미칠 거 같다고."

죄수는 우울한 목소리로 말했다. 존슨은 고개를 가로저으며 나를 오른쪽 세 번째의 빈자리로 데려갔다. 비어 있는 고리와 내 수갑을 보고, 존슨이 말했다.

"아, 쇠사슬을 안 가져왔구나. 내 정신 좀 보게." 존슨이 머리를 긁적였다. "워낙 오랜만이라 깜빡했지 뭐냐. 여기서 잠시 기다리렴. 금방 돌아올게."

내가 고개를 끄덕이자 존슨은 헐레벌떡 떠나갔다. 그동안 울프가 죄수들의 쇠사슬에는 문제가 없는지 확인했다.

"오랜만의 신입이로군."

존슨의 발소리가 멀어지는데, 문득 방구석에서 누군가가 말했다. 익숙한 목소리였다. 나는 그 자리에 굳어버렸다. 엘라와 엄마 일에 정신이 팔려 잠시 잊고 있었다. 이 감옥에는, 내가 세상에서 가장 증오하는 사내가 있다는 사실을. 천천히 방 안쪽 끝으로 시선을 돌리자, 그놈과 눈이 마주쳤다.

"너……."

놈도 나를 알아보았는지 입가에서 웃음기가 사라졌다. 나와 사내의 시선이 끝까지 당겨진 고무줄처럼 팽팽하게 서로를 겨누었다. 어떤 욕부터 건네줘야 할지 고민하는 찰나, 그놈이 먼저 입을 열었다.

"……그년 딸이로군. 기계종을 조종해 찾아왔던."

"그년?"

간신히 잡고 있던 내 이성의 끈을, 사내가 몸소 끊어주었다.

놈을 향해 성큼성큼 다가갔다. 다른 죄수들의 시선이 일제히 내게 꽂혔다. 눈썹 아래 그림자 속에서, 사내가 씨익 웃으며 눈을 빛냈다.

"그 마녀……. 가야 말이야."

눈이 뒤집혔다. 수갑에 붙들린 양 주먹이 의식보다 빠르게 움직였다. 우선 그의 입가에 자리한 더러운 미소부터 박살 냈다. 허벅지가 부수어지도록 온 힘을 다해 발등으로 차고 발꿈치로 찍어 내렸다. 그것이 배든, 팔이든, 얼굴이든 상관없었다. 한 박자 쉬고 반응하는 고장 난 타악기처럼 놈의 비명 소리가 울리고, 그 사이로 나를 말리는 다른 죄수들의 목소리가 들렸다.

"무슨 일이야!"

소란을 듣고 달려온 존슨이 나를 사내에게서 떼어 놓았다. 사내는 쓰러진 채로 콜록거리며 몸을 뒤틀었다. 분노를 도저히 통제할 수 없었다. 존슨의 팔 안에서 발버둥 쳤다.

"진정해! 제발 진정하라고!"

존슨이 외쳤다. 사내가 기괴한 형상으로 웃기 시작했다. 마왕처럼 광적인 웃음이었다. 그러더니 놈은 숨을 거칠게 몰아쉬며 말했다.

"그래…… 날 괴롭혀라. 이 또한 구원을 위한 대가다. 살인의 죄악을 자진해서 짊어진 죄, 그 결과까지 오롯이 감수해야만 진정한 희생이겠지."

사내가 몸을 일으켰다. 볼은 부풀어 오르고 이마에는 멍이 들어있었다.

"……네가 나에게 고통을 주는 만큼, 나는 천국에서 안식을 얻고 너는 지옥에 떨어질 거다, 사탄의 딸년."

"닥쳐, 카일!"

존슨의 외침에 카일은 바닥에 침을 뱉었다. 피가 흥건했다. 다시 놈에게 달려들려는데, 존슨이 나를 끌어당겼다.

"조슈, 진정해. 저 미친놈의 말은 들을 필요 없어."

"아 그래? 게이브 목사님께 물어봐! 어느 쪽이 미친놈인지!"

카일이 흉측한 얼굴을 들어 올려 외쳤다. 존슨은 말없이 나를 오른쪽 세 번째 자리로 데려갔다. 존슨이 내 수갑에 쇠사슬을 걸고 고리에 연결하는 동안, 다른 죄수들은 조용히 나를 바라보았다. 쇠사슬이 채워지자 벽에 등을 기대고 숨을 몰아쉬었다. 벽은 고장 난 기계종의 껍데기처럼 차가웠다.

존슨이 나가고 조명이 사라지자 짙은 어둠이 눈 앞을 가렸다. 카일의 신음소리와 다른 죄수들의 어색한 숨소리들 사이에서 나는 눈을 감고 잠을 청했다. 긴 하루였고, 피곤했다.

얼마나 지났을까. 슬슬 다가오던 잠의 여신은 누군가의 목소리에 확 달아나 버렸다.

"야, 신입, 혹시 '그거' 좋아해?"

내 바로 맞은편에 있는 덩치 큰 놈의 목소리였다. 속으로 침을 삼켰다. 내가 대답이 없자, 놈은 제멋대로 지껄여댔다.

"좋아하면 말해. 이쪽으로 엉덩이를 뻗으면 닿을 수 있을지도 몰라."

놈의 낄낄대는 목소리를 피해, 잠결에 몸을 뒤집는 것처럼 등을 돌렸다.

"하 이 새끼 운도 좋네. 저런 어린 애가 맞은편에 오다니."

"진짜 불공평하다. 역시 분기별로 자리를 바꿔 달라고 해야 해."

주변에서 다른 목소리들이 맞장구를 쳤다. 맞은편 놈이 과장된 어조로 말했다.

"어차피 시간은 많으니, 생각 있으면 언제든 말해. 실망하진 않을 거야. 내 물……"

"지랄하지 말고 잠이나 자라. 발정 난 새끼들."

대뜸 쏘아붙인 건 이쪽에 있던 중년 여성의 목소리였다. 사내가 침 뛰기는 소리와 함께 반박했다.

"하, 너한테 한 말 아니야, 캐틀린. 퇴물은 찌그러져 있으라고."

"자는 사람들 더 방해하지 말고 잠이나 쳐 자, 브리앙."

"하, 망할. 이 쇠사슬만 없었어도……."

"쇠사슬 없었으면 네 목이 먼저 잘렸어, 이 좆만 한 새끼야. 닥치고 자."

캐틀린은 한마디도 지지 않았다. 브리앙은 혼잣말로 온갖 더러운 욕을 퉤퉤 뱉어댔다. 눈을 질끈 감았다. 시설 안에서의 삶도 충분히 지옥이라고 생각했는데, 여기 그보다 더한 지옥이 있었다. 부들부들 떨리는 무릎을 한껏 끌어당기며 그림자 속으로 몸을 웅크렸다. 만에 하나라도 건너편의 저놈과는 발끝조차 닿고 싶지 않았다. 그나마 다행인 것은, 놈이 나에게 직접적인 해코지를 할 수는 없다는 점이다. 그 사실을 상기하며 마음을 가라앉혔다.

반응이 없자 브리앙은 곧 조용해졌다. 정적이 찾아오자, 잠시 후 나는 실타래 같은 의식의 흐름 속으로 빠져들었다.

엘라는 나를 원망하겠지만, 엄마를 죽인 사람을 진심으로 용서하는 일은 그 누구에게도 불가능하다. 용서한다면 오히려 위선이다. 차라리 본심을 보여주고 그 벌을 받는 편이 위선보다는 낫지 않을까. 그렇게 생각하니 가슴 속 응어리가 조금은 가벼워졌다.

생각의 흐름은 곧이어 엄마의 노트로 향했다. 엄마가 바라던 대로 이브는 시설에 와서 인간의 사회를 접했다. 그것이 이브에게 구체적으로 어떤 영향을 미쳤는지, 그래서 저 밖의 야만적인 기계종들과는 정확히 뭐가 달라졌는지는 잘 모르겠다. 어쨌든 지금 이브는 자손들을 잘 이끌고 있었다. 만족스러웠다. 지금까지 엄마의 앞길을 막아섰던 자들이 그렇게나 많았지만, 결국 최후의 승리자는 엄마였다. 고된 상황에 어울리지 않게 기분이 좋아졌다. 게다가 오늘 하루 엄마의 원수를 두 명이나 흠씬 패주었다는 사실을 상기하니, 개운한 웃음이 뺨을 간질였다.

"어이, 신입. 부탁 하나만 하자."

누군가의 갑작스러운 속삭임에, 생각의 심연에서 강제로 끌려 나와 눈을 떴다. 맞은편 벽 오른쪽에서 한 남성이 목소리를 낮춰 말하고 있었다.

"안 자는 거 알아. 다리 좀 벌리고 앉아 봐. 바지도 좀 벗고. 그럼 조용히 혼자 해결할게. 응?"

한없이 더러운 소리에 코웃음이 날 지경이었다. 다시 눈을 감았다. 생각의 호수 속으로 돌아가고 싶었다. 하지만 다이빙을 했을 때, 나는 단단한 현실의 맨바닥에 부딪히고 말았다. 부드럽고 따뜻했던 호수는 어느새 회색빛 콘크리트로 매립되어 있었다. 분명 기분 좋은 생각을 하고 있었는데, 무엇이었는지 기억이 나지 않았다.

"아 진짜, 조금만 벌려 보라니까! 그게 뭐 어려워?"

"하……. 저 병신같은 새끼. 닥쳐 쪼다야."

남자가 목소리를 높이자, 캐틀린이 나 대신 대답했다. 잠에서 깼는지 짜증 가득한 목소리였다. 맞은편 남성은 더 뭐라고 하지 못하고 툴툴거렸다.

"아 씨. 야, 신입. 내일 얘기해."

그 말을 끝으로 남자는 잠잠해졌다. 나는 다시 눈을 감고 잠의 세계로 조금씩 침잠해 들어갔다.

철컥.

복도에서 철창이 열리는 소리가 들렸다. 조명이 은은하게 들어오나 싶더니, 문이 열리고 존슨이 들어섰다.

"카일."

존슨은 조명이 닿지도 않는 방 안쪽으로 성큼성큼 걸어갔다. 카일의 쇠사슬을 벽에 박힌 고리에서 빼내더니 카일을 일으켰다. 나는 눈에 불을 켜고 그쪽을 노려보았다. 카일은 내 쪽은 쳐다보지도 않은 채 나를 지나쳐, 문밖으로 나갔다.

"무슨 일이죠? 면회라도 왔나요?"

존슨을 향해 외쳤지만, 존슨은 어두운 표정으로 고개를 가로저을 뿐이었다. 곧이어 문이 닫혔다. 맞은편의 브리앙이 중얼거렸다.

"풀려나는 것 같은데. 저 사이코한테 면회올 사람이 어딨어."

"풀려나? 왜요?"

따지듯 물었지만, 답을 듣자마자 후회할 질문이었다.

"뭐…… 그건 나랑 한 번 하면 말해줄게."

브리앙을 노려보았다. 캐틀린이 옆에서 입을 열었다.

"미친놈. 야, 신입. 저놈은 너 때문에 나가는 거야."

"뭐라고요? 왜요?"

"어제 네가 저 녀석을 폭행했잖아. 사건의 피해자와 가해자는 격리시켜야 하니까."

"그런다고 저 살인마 새끼를 사회로 내보내요?"

"나도 잘 모르겠지만 그럴걸. 카일의 복역 기간은 끝났을 테니까. 지금까지 갇혀 있던 것도 네가 사회에 있었기 때문이겠지. 넌 피해자인 가야의 딸이었으니."

어이가 없어 입이 다물어지지 않았다. 맞은편에서 브리앙이 나불거렸다.

"조오올겠네, 카일 새끼. 몇 대 얻어맞고 밖으로 나갈 수 있으면 나도 좀 맞고 싶다."

할 말을 찾아 애쓰던 내 혀가 한참의 고민 끝에 한 마디를 토해냈다.

"……망할."

그 단어를 끝으로 한참 동안 침묵이 흘렀다.

감옥 조명은 낮에도 가물가물하니 흐릿했다. 희미하게 빛나는 등을 바라보고 있자니, 내 자신이 어둠 속으로 꺼져 드는 것 같았다. 언뜻 보이는 다른 죄수들의 눈동자들도 탁한 색이었다.

"아, 다리 좀 벌려 봐! 제발! 가슴도 괜찮아!"

잠깐 눈이 마주치자, 갑자기 어제의 그 남자가 발작처럼 외쳤다. 캐틀린이 욕을 내뱉었다.

"저 말라깽이 새끼 말에 대꾸할 필요 없어. 여기 너무 오래 갇혀 있어서 정신이 오락가락하니까. 쟤들은 면회 올 사람도 없거든. 뭐 나도 마찬가지지만."

천천히 고개를 끄덕였다. 캐틀린 덕분인지 어느새 나도 저들의 헛소리에 무뎌지고 있었다. 사실, 말만 더럽게 할 뿐 저들이 실제로 나에게 해코지할 방법은 없었다. 주먹을 힘주어 쥐었다. 저 쓰레기들에게 지지 않겠다고 다짐했다.

"시설 밖에서도 못 뵈었던 거 같은데, 여기엔 얼마나 계셨어요?"

캐틀린을 돌아보며 물었다. 캐틀린은 한쪽 입꼬리를 올려 허, 하고 웃더니, 시큰둥하게 대답했다.

"글쎄, 한 15년 됐나. 넌 그때 어린애였겠지."

"15년이요?"

나는 깜짝 놀라 목소리가 살짝 높아졌다.

"아니, 그렇게 오랫동안 여기 계셨단 말이에요? 대체 어떻게 그런 오랜 세월을 버티신 거죠?"

"여기가 왜? 어차피 기계가 뱉어주는 음식을 먹고 쌀 뿐인 삶인데, 저 밖에서 사는 거나 이 안에 있는 거나 별 차이가 있나?"

캐틀린은 대수롭지 않은 듯 되물었다. 대답할 말을 찾을 수 없던 나는 살짝 고개만 끄덕였다. 잠시 후 캐틀린이 덧붙였다.

"굳이 답을 찾자면, 저 쓰레기들 때문일지도. 헛소리하는 걸 듣고 있자니 도대체가 마음을 놓을 수 있어야지."

그 말에 건너편 놈들이 낄낄댔다. 나는 화제를 돌렸다.

"……근데 어쩌다 여기 들어오셨어요?"

캐틀린이 미간을 찌푸렸다. 나는 캐틀린의 눈길을 피해 바닥으로 시선을 내리깔았다.

"아……. 죄송해요."

맞은편에서 브리앙이 촐랑거렸다.

"요즘 애들은 모르나? 이 아줌마, 정말 화끈한 아줌마야."

"닥쳐, 브리앙."

브리앙은 어깨를 으쓱하며 혀를 내둘렀다. 잠시 후, 캐틀린이 한숨을 내쉬며 말했다.

"……웬 발정 난 짐승 새끼들이 내 딸에게 몹쓸 짓을 했어. 딸은 자살했고. 그래서 다 죽여버렸어."

"네? 어떻게 그럴 수 있죠? 이 좁은 시설 안에서 어떻게 그런……. 서로 얼굴도 다 아는 사이잖아요."

"얼굴 아는 게 무슨 상관이야? 지금이야 '쾌감기'라는 게 있어서 그런 쓰레기들은 온종일 거기 좆 대신 대가릴 틀어박고 있다지만 그때는 그게 없었어. 그러니 지들 욕구를 배설할 데가 없었던 거지. 망할 새끼들."

"아……"

지호 아저씨가 만든 쾌감기. 쾌감기 이전의 사회를 겪어보지 못한 나는 사람에게서 인간성을 없애는 그 기계를 경멸해 왔다. 그런데 쾌감기가 범죄를 예방한다니. 상상조차 해본 적이 없었다.

"어이, 아줌마. 진정해. 그놈들은 이미 다 죽었잖아."

브리앙이 말했지만 캐틀린은 이를 갈았다.

"다시 그때로 돌아간다고 해도 다 죽여버릴 거야, 이 개새끼들. 제 손녀뻘 되는 애를……"

"손녀뻘이요? 그럼……"

"그래. 그 더러운 새끼들은 늙은이들이었어. 나한테도 아비뻘인."

캐틀린의 말에 브리앙이 끼어들었다.

"아비뻘? 그들 중에 캐틀린의 진짜 아비도 있었어!"

"브리앙, 뒈지기 싫으면 주둥이 닥쳐, 이 좆만 한 쓰레기야. 증거 있어?"

캐틀린이 날카롭게 외치자, 브리앙은 뭐가 그리 좋은지 낄낄댔다.

"망할."

캐틀린이 욕을 내뱉었다. 나는 그 대화를 이해할 수 없었다.

"아버지가 왜요? 아버지란 건 그냥 엄마의 애인 정도의 개념 아닌가요?"

"신입. 그래, 네 말이 맞아. 하지만 너도 닥쳐. 그 새낀 내 아비가 아니야."

캐틀린의 노려보는 시선이 다시 나를 향했다. 나는 이번에도 조용히 고개를 숙였다. 한참 정적이 흘렀다. 문득 캐틀린이 입을 열었다.

"신입, 너 이름은 뭐야."

캐틀린 쪽을 돌아보았다. 캐틀린은 한결 누그러진 눈으로 나를 바라보고 있었다.

"조수예요."

"그래. 가야의 딸이랬지?"

"엄마에 대해 잘 아세요?"

"알지. 시설 엔지니어였잖아. 우리 모두 가야 덕분에 지금까지 살아남았다고 해도 과언이 아닌걸."

"아……."

고개를 끄덕였다. 나도 모르게 가슴이 펴졌다. 캐틀린은 짤그랑 소리를 내며 자세를 고쳐 앉았다.

"시간도 많은데 바깥 얘기나 듣자. 어쩌다 여기 들어왔어?"

"……사람을 때렸어요."

캐틀린은 한쪽 눈썹을 추켜세웠다.

"때려? 죽인 게 아니고? 요샌 때리기만 해도 감옥에 처넣나? 순둥이 헬레나가 장로가 되더니 세상 참 삭막해졌군."

"그래도 종신형은 아니고, 형량 자체는 1년밖에 안 돼요. 그담엔 피해자가 절 용서해야 하지만."

"때린 놈한테 용서를 받아? 격리 원칙 때문에? 웃기고 자빠졌군."

캐틀린은 낄낄거렸다. 조용히 듣고 있던 다른 죄수들도 마찬가지였다. 나는 힘없이 따라 웃었다. 웃음기가 사라지고 나서,

캐틀린은 진지한 눈빛으로 물었다.

"그래서, 후회해?"

"무슨 후회요?"

"다시 그 상황으로 돌아가도 같은 선택을 할 거냐고."

잠시 캐틀린을 바라보다, 고개를 끄덕였다. 엘라는 내 엄마를 죽였으니까.

"……네, 그럴 거예요."

"그래? 뭐 그렇다면야. 잘했어."

캐틀린은 고개를 크게 끄덕였다. 나도 모르게 피식 웃었다. 상식의 길을 벗어나 범죄자들의 구렁텅이로 빠져드는 기분이었지만, 희한하게도 죄책감 따위는 느껴지지 않았다. 오히려 앞뒤를 묻지 않고 내 억울하고 분한 마음을 옹호해주는 사람이 있다는 사실에 내심 반가웠다. 캐틀린은 상기된 목소리로 말을 이었다.

"그럼 용서 따위 바라지 마. 후회하는 머저리들이나 용서를 구하는 거야. 용서받아서 나가면 뭐해. 밖이나 여기나, 어차피 다 같이 죽어가는 세상인데. 먹는 것도 싸는 것도 똑같고."

"……그래도 저 밖에는 자유가 있잖아요. 정 할 일이 없음 쾌감기도 쓸 수 있고."

"뭐, 나는 고작 쾌감기를 쓰고 싶어서 내 딸의 복수를 주저하진 않았을 거야. 그거 쓴다고 남은 인생이 크게 달라지나."

캐틀린의 음성은 당당하고 카랑카랑했다. 오래 갇혀 있다 보니 사유의 범위도 이 좁은 감옥에 갇힌 건 아닐까 싶었지만, 그 사상이 싫지 않았다. 어차피 나도 감옥에 갇힌 마당에 바깥을 그리워해봤자 무슨 소용인가.

"그건 그러네요."

살짝 입꼬리를 올리며 고개를 끄덕였다.

캐틀린의 과거를 자세히 듣게 된 것은 시간이 조금 더 지난 후였다. 캐틀린이 딸을 잃은 '암흑기'가 끝나자, 법과 규칙이 자리를 잡으면서 범인들은 뒤늦게 감옥에 갇혔다고 했다. 그 소식을 들은 캐틀린은 절단기를 들고 감옥에 찾아와 그들을 모두 거세해 죽였다고 한다.

"그 쓰레기 놈들의 비명소리가 내 귀를 정화하는 것 같았어." 캐틀린은 홀린 듯이 말했다. 침을 삼키는 나를 돌아보며 자신의 수갑을 흔들었다. "그 결과 이 꼴이 되었지만, 난 후회 안 해. 지들 꼴리는 대로 일을 저지르려면, 자기도 남한테 똑같이 당할 수 있다는 점도 생각했어야지. 내 딸을 건드린 이상 절대 용서할 수 없어. 그게 내 아비였든 아니든."

"맞아요."

나는 천천히 고개를 끄덕였다. 캐틀린의 마음을 이해할 수 있었다. 어째서일까. 나는 딸도 없는데.

"폭행죄라니 웃기고 있네. 시설 관리를 모두 그 새파란 어린 애한테 떠맡겨야 하는데, 뒷일은 아무도 생각 안 했겠지. 하여

튼 죄다 정신 나간 놈들이야."

면회차 찾아온 지호 아저씨가 내 어두운 표정에 던진 말이었지만, 솔직히 그다지 위로가 되지 않았다. 한숨을 내쉬며 대답했다.

"……뭐 법이 그렇다잖아요."

"법이니 규칙이니 하는 것도 다 사회를 유지하기 위한 허상이야. 이 서른 명 정도 남은 코딱지만 한 사회에서 가장 실력 있는 엔지니어를 포기하려면 그에 걸맞은 이유를 내세워야 할 거 아냐. 하! 코미디가 따로 없구만."

과장된 몸짓에 피식 웃음이 나왔다. 천장을 올려다보았다. 면회실의 어두운 조명이 은은하게 빛났다.

"엘라는 요즘 어때요?"

"엘라? 매일 예배당으로 가더군. 마음을 기댈 곳이 필요한 모양이야."

"……그렇군요."

"걱정 마라. 1년은 긴 시간이야. 엘라가 예수님의 정신을 잘 배운다면, 마땅히 지난 일은 다 잊고 널 용서해주겠지."

지호 아저씨가 부드러운 목소리로 말했지만 나는 고개를 저었다.

"게이브 목사님은 저나 엄마를 싫어할 거예요. 말 안 듣는 저를 절대 용서하지 말라고 가르칠지도 모르죠."

"……아닐 거라고는 못 하겠군."

어깨를 슬쩍 으쓱하며 시선과 함께 마음도 바닥에 내려놓았다. 엘라가 어떤 마음을 먹든지 내가 할 수 있는 일은 어차피 없다. 한숨을 내쉬고 나니 우울한 정적이 흘렀다.

문득 물어볼 것이 떠올랐다.

"……카일은 어떻게 된 거죠? 지난번 밖으로 나가더니 안 돌아오던데."

"그 녀석도 예배당에 있어. 전과자인 만큼 자유롭게 다니지는 못하지만. 피해자인 너랑 격리시켜야 한다고 게이브 목사가 주장했다더군." 역시나. 나는 고개를 숙였다. 지호 아저씨가 손을 내밀어 내 수갑을 잡고 흔들었다. "그러니까 대체 이게 무슨 꼴이냐. 내가 말했잖냐. 그냥 쾌감기를 이용하면서 남은 삶을 보내라고. 이젠 감옥에 갇혀서 그럴 수도 없게 되었잖아."

"……그러게요."

한숨과 함께 대답했다. 아저씨의 말대로, 차라리 아무것도 몰랐으면 좋았을 텐데. 지호 아저씨가 내 쪽으로 몸을 숙이고는 작게 소곤거렸다.

"……그래도 쾌감기가 필요하면 언제든지 말해. 몰래 하나 가져와서 면회실에서 쓰게 해 줄 테니. 어차피 이 감옥엔 기계종만 드나들 뿐 감시하는 사람도 없잖아."

"그래도 돼요?"

"걱정 마. 어차피 밖에 있는 연놈들은 네가 어떻게 지내는지 관심도 없거든."

"······네, 하긴 그렇겠네요."

마음이 조금 편해졌다. 지호 아저씨의 말이 맞다. 감옥에 갇혀 자유를 잃고 엔지니어 일도 할 수 없게 되었지만 그렇다고 상실감을 느낄 필요는 없었다. 관점만 바꿔 생각하면, 이제는 나를 짓누르던 책임에서 벗어나 엘라에게 모든 짐을 떠맡기고 자유를 즐길 시간이었다.

허무했다. 애초에 나는 대체 뭘 위해서 그렇게 열심히 했던 걸까? 엔지니어 일도 진작 때려치웠다면 이런 고생도 하지 않았을 것을.

며칠 후 지호 아저씨는 정말로 쾌감기를 가져왔다. 커다란 구형의 장치에 오랜만에 머리를 파묻고 눈을 감았다. 자유낙하를 할 때와 비슷한 짜릿함이 나를 덮쳐왔다.

스티브에겐 미안한 얘기였지만, 쾌감기의 강렬한 효과 앞에서 애인과의 정사 따위는 소꿉장난에 불과했다. 내 머릿속의 세상에서, 나는 쾌감의 홍수에 휩쓸린 채 마음껏 교성을 내질렀다. 그 흐름은 어느새 바다처럼 넓어지고 구름처럼 피어올라, 나를 둘러싼 이 세상 전체에 휘몰아쳤다. 부드러운 만족감 사이로 쾌감이 번개처럼 나에게 쇄도했다. 나는 그 모든 자극에 나 자신을 맡겼다.

채우기 위해서는 우선 비워야 함을 아는 양, 자극은 피스톤처럼 강약을 반복했다. 강할 때는 정신을 놓을 정도로 짜릿했고, 약할 때는 연인과의 데이트를 기다리는 설렘처럼 다음 자극을 갈망하게 만들었다. 일종의 여백의 미랄까.

하지만 그 느낌도 오래가지는 않았다. 몇 시간 동안 쾌감기를 사용하고 나자, 문득 그만두고 싶다는 생각이 들었다. 그러자 내 생각을 읽어낸 인터페이스가 작동했다. 줄에 매달린 작은 의자 하나가 하늘로부터 내려왔다. 나는 쾌감의 바다에서 몸을 내밀어, 의자 위로 몸을 실었다. 의자는 다시 하늘로 올라가기 시작했다. 위를 올려다보았다. 하늘에 문 하나가 있었고, 그 너머의 공간은 우주처럼 검었다. 의자와 함께, 나는 그 문을 통과했다.

눈을 뜨니 지호 아저씨가 내 머리에서 쾌감기를 벗기고 있었다. 시커먼 벽이 보였다. 차가운 현실과 마주하자, 사람들이 어째서 쾌감기를 벗어나지 못하는지 비로소 이해했다. 쾌감기 속 세상에 비하면 이놈의 현실은 끔찍할 정도로 구렸다.

"생각보다 금방 끝냈구나. 벌써 질린 거니?"

지호 아저씨는 부드럽게 웃으며 기계를 책상 위에 올려놓았다. 그 옆으로, 아저씨가 조금 전까지 읽고 있었는지 펼쳐진 채 거꾸로 놓인 노트가 보였다. 엄마의 노트였다.

"……아저씨, 파라미터O 말이에요."

노트를 멍하니 바라보다 문득 입을 열었다. 지호 아저씨가 나를 돌아보았다.

"응?"

"제 삶의 목적도 알지 못하면서, 녀석들에게 삶의 목적을 마음대로 정해준다고 생각하면 참 아이러니해요. 안 그런가요?"

지호 아저씨는 한 차례 웃었다.

"강인공지능이든 약인공지능이든, 인공지능 설계의 기본은 목표를 정하는 거야. 그래야 여러 가능성을 비교하고 선택할 기준이 생기니까. 목표가 없는 인공지능은 작동하지 않아. 파라미터O를 입력하지 않은 녀석이 어떻게 되었는지 기억하지? A…… R이었던가?"

아저씨는 노트를 집어 들어 페이지를 넘겼다.

"AL이요. 네, 알아요."

내 대답에 아저씨는 다시 노트를 덮고 설명을 계속했다.

"마치 자유의지를 가진 사람처럼, 가야가 설계한 인공지능의 기저에는 스스로 여러 가치를 비교하고 우선권을 정하는 알고리즘이 있었어. 하지만 그 결과 녀석들은 마치 짐승처럼 자신의 욕구만을 최우선으로 추구하게 되었지. 보다 인간적이고 통제가 가능한 기계종을 만들기 위해서, 가야는 다른 어떤 가치보다 우선하는 '최종 목표'만큼은 스스로 판단하지 못하게 수정했어. 그게 바로 파라미터O야. 그러니까, 네가 고민하는 삶의 목적과는 근본부터 다른 개념이지."

나는 슬쩍 눈살을 찌푸렸다.

"그게 그거죠."

"내 말을 뭐로 들은 거야? 그건 그냥 일개 변수일 뿐이야."

"방금 말씀하셨잖아요. 기계종이 무엇보다 소중히 여기는 '최종 목표'라고. 마찬가지로, 진짜 삶을 살았던 옛 선조들도 목숨보다도 소중한 '삶의 목적'을 추구했고요. 그게 뭐가 달라요?"

내 말에 그는 글쎄다, 하는 표정으로 어깨를 으쓱했다.

"자살특공대 같은 걸 말하는 거냐? 내 관점에서는 그건 진짜 삶이 아니라 오히려 일종의 세뇌를 당한 삶 아닐까 싶은데."

"남이 시켜서가 아니라, 자발적으로 한 경우 말이에요. 예를 들어, 불치병에 걸리고도 마지막 순간까지 걸작을 남긴 예술가들은요?"

"그 당시에 쾌감기가 있었다면, 그들에게도 더 좋은 선택지가 있었겠지."

지호 아저씨가 냉소하자 나는 완강하게 고개를 가로저었다.

"말도 안 돼. 예술가들을 모욕하지 말아요."

"모욕이라니? ……아무튼, 그런 삶의 방식은 22세기 이후로는 흔적도 없이 사라졌어. 목숨보다 소중한 무언가가 있다는 착각을 아무도 하지 않았으니까."

"뭐, 모두가 그렇게 산 결과가 바로 이거죠."

두 손을 들어 주변을 가리키며 허탈하게 웃었다. 아저씨도 씁쓸하게 웃고는 말했다.

"……뭐, 어쨌든 기계는 기계일 뿐이야."

"전 항상 고민해 왔어요. 언젠가 이브의 파라미터O를 수정할 수 있는 마지막 순간이 찾아온다면, 그때는 뭘 입력해 줘야 할지." 지호 아저씨는 입을 닫은 채 의아한 눈빛으로 나를 바라보았다. 설명을 덧붙였다. "예를 들어볼게요. '인간을 모시라'는 명령이, 인간이 없어진 뒤에도 유효할까요?"

아저씨는 어처구니없다는 듯 고개를 가로저었다.

"그런 말장난 같은 건 궁금하지도 않아. 대체 그런 고민을 왜 하는 거냐? 그건 남게 될 기계종들이 고민할 문제야. 난 내가 죽은 뒤의 일까지 고민하고 싶지는 않다. 그리고 너도, 네가 죽은 뒤의 일까지 고민하지 않았으면 싶고."

죽은 뒤의 일. 손목을 구속한 무거운 수갑을 매만지며, 나는 낮은 목소리로 말했다.

"아저씨. 예전에 삶의 목적에 대해 나눴던 얘기, 기억해요?"

"물론이지. 그러고 보니, 네 삶의 목적은 잘 찾고 있냐?"

"잘 모르겠어요. 계속 바뀌는 것 같긴 해요. 처음에는 시설을 잘 관리하는 게 제 삶의 의미라고 믿었지만…… 이브를 만난 다음에는 바뀌었어요. 이브가 왠지 자식처럼 느껴졌거든요. 그 아이들에게 미래를 열어주고 싶어졌어요. 우리가 사라진 후에도 잘 살아갈 수 있게."

내 말을 듣던 그의 표정이 점차 어두워졌다. 다 듣고 나서, 지호 아저씨는 미간을 찌푸린 채 말했다.

"존재하지도 않는 책임감에 아직도 짓눌려 있구나. 그런 생각은 다 허상일 뿐이야. 너를 더 괴롭게 만들 뿐이라고. 이제는 더 고생하지 말고, 고민도 하지 말고 네 행복부터 찾아. 너를 어떻게든 독방으로 옮겨서 영원히 쾌감기를 쓸 수 있게 해주마."

시설 내에 독방 감옥 같은 건 없다. 그랬다면 카일 그 새끼를 거기 처넣었겠지. 고개를 저었다.

"허상이라니, 함부로 말하지 마요."

"……어차피 갇혀 있는 마당에, 우리가 다 죽은 뒤 저 컴퓨터들이 어떻게 되든 무슨 상관이냐? 삶의 목적이 있다고 엘라가 널 용서해주겠다니?"

할 말이 없었다. 갈 곳 잃은 시선이 방 이곳저곳을 훑었다. 힘없는 목소리가 입에서 새어 나왔다.

"……여기 갇혀 있으면 생각할 시간이 많아요. 맨정신으로 끝까지 버티려면, 삶의 목적을 기억해야 할 것 같아서요."

지호 아저씨는 나를 그저 바라보다, 천천히 고개를 저었다.

"꼭 그럴 필요는 없단다. 다 잊고……."

"목적이 없다면 우린 하루하루 똥만 만드는 기계일 뿐이에요. 목적 없이는 인간답게 살아갈 수 없다고요."

지호 아저씨가 목소리를 높였다.

"네가 인간에 대해 뭘 안다고 그런 말을 하냐? 원래 사람의 삶은 객관적으로 봤을 때 어떤 목적도 의미도 없어. 그냥 태어났으니 살아가고 죽을 뿐이지! 누군가가 자신의 삶에 스스로 부여하는 가치는, 우주적 관점에서 따져 보면 결국 아무것도 아냐!"

"아무것도 아니라고요?"

"그래. 그냥 혼자만의 헛된 상상일 뿐이라고. 자기기만과 다를 바 없는."

굳건한 목소리는 한 점 흔들림도 없었다. 그러나 나는 고개를 가로저었다.

"그게 어떻게 망상이죠? 사람들이 아인슈타인의 상대성이론에 매기는 가치도 다 망상인가요? 인류 역사상 기억되는 수많은 업적이 처음에는 다 그 혼자만의 헛된 상상에서, 자신의 꿈을 펼치려는 노력에서 시작하잖아요."

"그래, 말 잘했다. 그런 업적들은, 후손들에게 길이길이 기억되었으니 그나마 의미가 있었지. 하지만 우리가 다 죽게 생겼는데 지금 그 업적들이 무슨 의미가 있냐? 네가 어떤 위대한 일을 한다 한들, 대체 누가 기억해주겠어?"

나는 희미한 미소를 지었다.

"……기계종들이 기억해 줄 겁니다."

"뭐?"

"이브와 그 후손들이 저를, 그리고 우리 인간을 기억해 줄 거라고요."

지호 아저씨는 상기된 얼굴로 나를 바라보다, 한숨을 내쉬며 자리에서 일어섰다. 자신의 발명품들을 챙겨 들며 말했다.

"넌 정말 고집불통이구나. 그래, 네 엄마도 그렇게 목적이 있는 삶을 포기하지 않고 싶어 했지. 하지만 그 결과가 뭐냐? 가야의 그 꿈, 그 이상이, 가야의 행복에 얼마나 보탬이 되었지?"

아저씨의 목소리에는 분노까지도 서려 있었다. 나는 고개를 팔꿈치 사이로 파묻었다.

면회가 끝나고 감옥으로 돌아오자 한층 더 우울해졌다. 존슨이 문을 닫고 나가자 어둠이 찾아왔다. 캐틀린이 물었다.

"누구였어? 면회 온 사람."

"지호 선생님요."

"쾌감기 발명가? 그 노인네 제법 오래 사네. 정정하시고?"

나는 눈썹을 으쓱했다.

"지호 선생님을 알아요?"

"물론이지. 지옥 같은 암흑기를 끝낸 유명인사 중 하나니까. 내가 딸의 복수를 할 수 있었던 것도 따지고 보면 그 노인네 덕인데."

고개를 끄덕이다, 문득 '유명인사들'이라는 표현이 거슬렸다. 캐틀린을 돌아보며 물었다.

"암흑기를 끝낸 게 여러 명인가요?"

"그런 셈이지. 그 지호 선생과 게이브 목사님……. 그리고 가장 중요한 '심판자' 카일까지."

나는 귀를 의심했다.

"카일이라고요? 감옥 저쪽에 갇혀 있던 그 카일?"

"그래. 암흑기에 시설의 생존자들 위에서 군림하던 카터 패거리들을 다 죽여버린 게 바로 카일이야. 한때 신이 보낸 심판자라고도 불렸지. 가야를 죽인 일로 처벌받기 전까지는."

현기증이 났다. 카일의 눈동자를 떠올렸다. 자신이 정의롭다는 확신으로 가득 찬 그 눈동자를. 엄마를 습격한 일도 심판이었을까. 지호 아저씨와 함께 아이들로 생체 실험을 했기에, 마땅한 벌을 받은 걸까. 숨을 몰아쉬었다. 캐틀린이 물었다.

"왜 그래?"

"……조금 놀랐어요. 제 엄마를 죽인 원수가 사람들의 영웅이었다니……."

내 대답에 맞은편의 브리앙이 끼어들었다.

"아, 나한텐 아니었어. 난 카터 체제도 나쁘지 않았거든."

캐틀린은 경멸의 눈빛으로 브리앙을 쏘아보았다. 브리앙은 어깨를 으쓱했다.

"……전 카일이 그냥 사이코 악마인 줄 알았어요."

"뭐, 사람은 누구나 변해. 전성기 때 잘 나갔지만 끝은 영 아니었던 위인들이 어디 한둘인가. 신경 쓰지 마."

신경 쓰지 말라니. 내게는 세상 전체가 뒤집히는 것 같은데. 잘못된 길을 걸어온 걸까. 불안감이 목구멍 안쪽을 간질였다. 내 헛구역질 소리를 듣고 캐틀린이 말했다.

"이봐, 신입. 정신 차려."

"혼란스러워요. 제가 카일을 용서해야 하나요?"

"뭐? 무슨 소리야. 네가 원한다면 복수를 해도 시원찮지. 단순하게 생각해. 카일이 나쁜 놈들을 죽인 것과 가야를 죽인 건 완전히 별개의 일이야. 가야는 범죄자도 이단도 아니었다고."

"하지만⋯⋯. 엄마는 생체 실험을 했다면서요. 그것도 아이들로⋯⋯."

"넌 직접 보지 못해서 몰라. 가야는 생존 가망이 없는 아이들의 뇌를 스캔해서 사람의 의식이 어떻게 작동하는지를 연구했어. 급진적이긴 했지만, 아무도 그걸 범죄라고는 생각하지 않았다고. 신앙심 깊은 분들 몇몇은 빼고."

캐틀린을 돌아보았다. 지호 아저씨에게 들은 이야기와는 조금 달랐다. 아이들에게서 뇌를 적출한다는 그 끔찍한 수술은 사람들에게 알려지지 않은 걸까.

"게다가, 실험 자체는 실패했어도 그 연구 자료는 쾌감기 발명에도 기여했다던데. 그게 사실이라면 가야도 암흑기를 끝낸 영웅들의 반열에 들만하지."

캐틀린이 눈을 찡긋했다. 숨을 몰아쉬었다. 거친 숨소리가 잦아들었다. 고개를 끄덕였다.

"⋯⋯고마워요."

"뭘."

나는 숨을 고르며 엄마의 실험에 대해 알아낸 바를 정리했다. 캐틀린은 죽어가는 아이의 뇌를 스캔했다고 했고, 지호 아저씨는 적출했다고 했다. 사실 두 증언은 서로 상충하지 않았다.

스캔한 사람은 엄마고, 적출한 사람은 지호 아저씨가 아닐까.

문득, 수갑을 내려다보았다. 현실은 무거웠다. 어느 쪽이 사실이든, 이제는 별 상관없는 이야기였다.

스티브는 세 번째 면회에서 이브를 데려왔다. 이브는 방문이 채 다 열리기도 전에 말했다.

"주인님."

"이브? 오랜만이다."

반갑게 외쳤다. 스티브는 이브를 책상 위에 올려 주었다. 이브가 다리를 까닥거렸다.

"주인님, 감옥은 미친놈들을 가두는 곳이라면서요? 그런데 왜 여기 계신가요? 주인님은 미친놈이신가요?"

"⋯⋯."

말없이 쩨려보자 이브는 말을 돌렸다.

"⋯⋯기계종은 '면회'라는 걸 요청할 수가 없다더군요. 엘라 주인님은 도움을 거절하셔서, 스티브 주인님께 부탁드렸습니다."

한숨이 나왔다. 고개를 끄덕였다.

"잘했어. 이제 엘라한테 내 얘긴 하지 마."

"알겠습니다, 주인님."

"거긴 좀 괜찮아?"

스티브가 물었다. 나는 대답 대신 고개를 천천히 가로저었다. 대놓고 교접을 즐기는 몇몇 또라이들 때문에 잠을 설친 얘기도, 욕설을 주고받는 거친 깡패들의 틈바구니에서 움츠려있던 얘기도 꺼낼 수 없었다. 현실을 잊을 수 있는 황금 같은 시간을 굳이 그 사례들을 상기하며 소비하고 싶지 않았다.

"그런데 무슨 일이야?"

"아. 이브가 네게 할 얘기가 있대서. 내가 전해주려 했는데, 꼭 너한테 직접 해야 한대. 자, 이브. 이제 말해 봐. 대체 그 중요한 얘기란 게 뭐야?"

스티브의 말에 이브가 나를 똑바로 올려다보았다.

"이곳에서 탈출시켜 드리겠습니다, 조슈 주인님."

"뭐?"

스티브는 당황한 얼굴로 이브를 바라보았다. 나는 피식 웃었다.

"이브, 난 나갈 수 없어."

"어째서인가요?"

양손의 손바닥을 한 차례 들어 올려, 이브에게 수갑을 보여주며 말했다.

"우리들의 세계에는 지켜야 할 규칙들이 있어. 잘못하면 그에 따른 벌을 받게 돼. 난 그래서 여기 있는 거야."

"이런 얘기인 줄 알았으면 데려오지 않았을 텐데. 미안해, 조슈."

스티브가 중얼거렸다. 나는 손을 내저었다.

"아냐, 미안하긴! 난 감옥을 나와서 면회실에 올 수 있는 거로 충분히 만족해."

그러나 이브는 진지했다.

"전지전능한 주인님이시여, 주인님의 사회에 대해서는 잘 알고 있습니다. 엘라 주인님이 조슈 주인님을 용서하실 때까지, 최소한 1년 동안 여기에 갇혀계셔야 한다지요. 그런 사정도 모두 고려하였습니다."

"그게 무슨 말이야? 어떻게 하려고?"

"제 자손 수는 이미 다른 동족을 압도할 정도로 많습니다. 주인님께서 허락하신다면, 시설 내의 모든 구형 동족들을 다 제거하고 장비들을 장악하겠습니다."

"엥?"

"뭐라고?"

나와 스티브가 눈을 크게 떴다. 이브는 설명을 이어갔다.

"그러고 나서 조슈 주인님을 풀어드리겠습니다. 나무를 장악하면, 다른 주인님들도 마냥 반대하지 못할 것입니다."

"무슨……. 폭동을 일으키겠다고?"

"혁명입니다, 조슈 주인님. 주인님들의 역사에서도 여러 차례 경험하셨던 것과 동일합니다."

스티브가 당황한 목소리로 물었다.

"대체 어째서 그렇게까지 하려는 거야?"

"그야 당연히 가장 위대한 주인님이신 조슈 님을 섬기기 위해서입니다."

이브의 말에 스티브는 나를 놀란 표정으로 바라보더니, 곧 피식 웃었다.

"어유, 위대한 주인님이 여기 계셨었네. 몰라뵀었네요."

"시끄러."

한숨을 내쉬었다. 이브에 대해 잘 안다고 생각했지만, 아무래도 틀린 모양이다. 결국 이브도 바깥에 사는 야만적인 기계 종들과 크게 다르지 않았다. 어째서 폭력행위에 대한 거부감이 이다지도 없을까. 이브에게 차분한 말투로 설명했다.

"이브, 그러면 안 돼. 네가 장비를 장악해도 사람들은 내 탈출을 인정해 주지 않을 거야. 아니, 오히려 너희들을 이용해서 도망쳤다고 더 큰 벌을 줄걸."

"그럼 다른 주인님들이 없는 시설 밖으로 가시면 어떤가요? 방호복을 입고 계신다면 문제없이 활동하실 수 있잖아요. 전력은 저희가 계속 나눠드리면 됩니다."

"아니, 그건 그런데. 내가 있어야 할 내 집은 여기라고."

"걱정하지 마세요. 계실 장소도 저희가 새로 마련할 수 있습니다. 저와 일부 제 아이들은, 아우족과 아스족의 마을들을 모방하여, '황혼 들판'에 마을을 건설하기 시작했거든요."

뒤통수를 얻어맞은 것처럼 귀가 번쩍 뜨여 되물었다.

"마을을 건설한다고? 황혼 들판에?"

'황혼 들판'은 엄마와의 마지막 통화에서 보았던 그 장소였다. 판게아에서 돌아오는 길에 이브와 함께 들러, 길잡이의 정체가 바로 엄마였음을 깨달은 곳이기도 했다.

"그렇습니다."

"왜?"

"멋져 보여서요."

"……."

천진한 대답에 나는 할 말을 잃었다. 아무도 시키지 않았는데 인공지능이 자발적으로 마을을 건설하다니. 그리고 보니 기계종들끼리는 전파로 대화한다고 했지. 아우족 녀석들이 나 모르게 이브족들에게 바람을 넣었을지도 모를 일이다.

"……하지만, 동족들을 하나로 묶어 줄 주인님이 계시지 않아, 자손들이 불안해하고 있습니다."

이브가 약간 풀죽은 목소리로 말했다. 나는 이브의 말을 이해하고 고개를 끄덕였다. 이브족들의 파라미터O는 지금 '일을 하는' 것으로 되어 있다. 하지만 황혼 들판에는 일을 시킬 창조주가 없으니, 삶의 목표를 완수할 길도 없을 테지.

"뭐 아무튼, 날 탈출시킨다거나 할 생각은 절대 하지 마. 우리의 법에 따라 죗값을 치를 때까지는 여기 있을 테니. 방호복 속에 갇힌 채로 여생을 보내고 싶진 않아."

단호하게 말했다. 이브는 말없이 나를 올려다보았다. 스티브가 걱정스럽게 물었다.

"……이 녀석들끼리 마을을 건설하게 두어도 될까?"

"왜?"

"우리가 관리할 수 있는 범위 바깥으로 벗어난다는 게 왠지 불안하네. 구형 기계종들을 다 없앤다는 말도 아무렇지도 않게 하는 애들이잖아."

"……뭐, 내 알 바 아니지. 시설의 유일한 엔지니어인 엘라가 알아서 할 테니."

스티브가 책망하는 듯한 눈빛으로 나를 바라보았다. 머리를 긁적이며 말했다.

"뭐, 파라미터O 편집기가 있으니 괜찮을 거야."

"그 장치로는 한 번에 한 기밖에 못 바꾼다며?"

"녀석들 사이의 전파 채널을 활용하면 이론적으로는 여러 이브족들의 파라미터O도 한꺼번에 설정할 수 있어. 엘라하고 같이 개발하고 있었는데, 그걸로 통제하면 돼." 스티브는 비로소 고개를 끄덕였다. 나는 이브를 돌아보며 물었다. "밖은 요즘 어때? 시설 전력은 괜찮아?"

"시설 전력은 전례가 없을 만큼 매우 여유로워졌습니다. 엘라 주인님은 부활의 권능을 발휘하셔서, 죽은 구형 동족들을 살려내어 전력 생산에 함께 투입하고 계십니다."

"그렇구나."

공학연구소 앞에 쌓여있던, 카일이 부숴버린 기계종들에 엘라가 손을 대기 시작한 모양이다.

"네. 일부는 전력 생산을 위해 시설 앞 광장에 배치되었고,

또 일부는 주인님을 모시는 일에도 배치가 되었습니다. 그렇지만, 여전히 저희 이브족들이 수적으로 우위에 있습니다."

이브가 작은 주먹을 불끈 쥐었다. 웃으며 그 손을 잡았다.

"안 돼, 이브. 싸우면 안 돼."

내 말에 이브는 나를 빤히 바라보았다.

"걱정하지 마세요. 만약 저희가 수적 열세에 몰리면, 싸우지 않고 도주하겠습니다."

"아니, 도주하지도 마, 이브. 구형 기계종들하고 싸울 필요 없어. 공존하면 돼."

"주인님이시여, 하지만 구형 기계종들이 먼저 싸움을 걸면 어떻게 하나요? 저희를 보살피고 명령을 내려주실 조슈 주인님이 이렇게 갇혀 계신 상황에서, 도주하지 않으면 저희는 다 죽을지도 모릅니다. 그래도 가만히 있어야 하나요?"

이브는 나를 올려다보았다. 예전과 달리, 이브는 구형 기계종들이 마치 원수라도 되는 양 말하고 있었다.

"······이브, 왜 그래? 무슨 일 있어?"

"아직 특별한 일이 일어나지는 않았지만, 불길한 징조들은 있습니다. 몇몇 주인님들이 저희들을 싫어하는 듯한 모습을 보였고, 엘라 주인님이 구형 동족들의 수를 늘리고 있습니다. 이브312의 시뮬레이션은 그 이유가 장기적으로는 저희 이브족들을 대체하기 위해서라고 추정했습니다."

눈을 크게 뜨고 이브를 바라보았다. 안타깝게도 완전히 근거 없는 소리는 아니었다. 현재 엘라에게 가장 큰 영향을 끼치고 있을 인물은 이브족들을 꺼림칙하게 여기는 게이브 목사였으니까. 하지만 이브족들을 시설에서 배제하기란 현실적으로 불가능하다. 나는 고개를 가로저으며 말했다.

"……그럴 리는 없어. 고장난 구형 기계종을 모조리 되살려도 너희가 감당하고 있는 전력 생산량을 대신하기에는 턱없이 모자랄 거야."

"주인님, 그렇다면 무슨 일이 있어도 도망가지 말라는 말씀이신가요?"

이브의 반문에 나는 어깨를 으쓱했다.

"그런 건 아냐. 만약 먼저 공격받으면 당연히 도망가야겠지. 하지만 그럴 일이 없을 거란 소리야."

이브가 시무룩하게 말했다.

"주인님, 만약 저희가 도망간다면 주인님과 저희는 다시는 보지 못하겠지요?"

나는 피식 웃으며 이브의 머리를 쓰다듬었다.

"별걸 다 고민하는구나. 걱정하지 말라니까. 설사 너희들이 시설 밖으로 도망가도 황혼 들판에 마을이 있다며. 나중에 내가 풀려나면 그 마을로 찾아가면 되지."

이브는 가라앉은 목소리로 말했다.

"……주인님은 풀려나지 못할 것입니다. 최근 이브211이 들은 바로는, 엘라 주인님은 조슈 주인님을 영원히 용서하지 않겠다고 말씀하셨습니다."

한숨을 내쉬었다. 스티브가 내 쪽으로 다가와 어깨 위에 조심스레 손을 올렸다.

"……그래, 지금은 그럴 수밖에 없겠지."

최대한 침착하게 말했지만, 목소리가 떨리는 건 숨길 수 없었다. 하지만 이브는 사람들 사이에 벌어지는 감정의 골 따위에는 초연했다. 녀석은 바람 한 점 없는 호수의 표면처럼 잔잔하게 말했다.

"주인님, 방금 말씀드렸다시피 주인님이 없다면 저와 제 자손들의 미래도 없습니다. 저희가 공격당할 가능성이 존재하고, 주인님이 풀려나올 가능성은 희박하다면, 최악의 상황을 예방할 가장 확실한 방법은 저희가 먼저 주인님을 구출하는 것입니다."

나는 눈을 크게 떴다. 이제야 나를 탈출시키겠다는 이브의 동기를 제대로 이해할 수 있었다. 녀석은 단순히 내가 보고 싶어서, 또는 내 안위를 걱정해서 나를 탈출시키려는 게 아니었다. 그것은 모든 것을 따져 본 후 철저한 계산 하에 내려진 결론이었다. 동족들의 미래를 걱정하는 녀석의 큰 그림은 감탄스러웠지만 동시에 아쉽기도 했다. 내가 소중해서가 아니라, 지극히 계산된 이유로 나를 탈출시키려 하다니. 낭만이라곤 없는 녀석이었다.

어쨌든, 나는 이곳에서의 모든 것을 포기하고 시설 밖으로 도망쳐 여생을 보낼 생각은 추호도 없었다. 잠시 고민한 끝에 나는 대안을 제시했다.

"그래, 그럼 마지막으로 명령하겠다. 내가 더 이상 지시를 내릴 수 없게 된다면, 명령을 기다리지 말고 자유롭게 살아라." 이브는 나를 말똥말똥 바라보았다. 나는 덧붙였다. "아, 그리고 이 명령을 비석 같은 데 새겨서 세워놓아도 좋겠다. 새로 태어나는 녀석들에게도 지속적으로 명령을 내려줘야 할 테니까, 그 녀석들에게는 비석으로 내 명령을 대신해. 됐지?"

이브는 천천히 고개를 끄덕였지만, 이 절충안이 그다지 만족스럽지 않은 모양이었다. 사실 뒷맛이 깔끔하지 않은 건 나도 마찬가지였다. 그러나 어쩔 수 없었다. 감옥에 갇힌 채로는 파라미터O 편집이 불가능했으니까.

지옥의 문

"……!"

복도 너머에서 어린아이들의 비명 소리가 들린 듯했다. 차가운 돌바닥에 감도는 한기를 느끼며 나는 천천히 눈을 떴다. 평소와 같은 암흑이 나를 맞이했다. 눈동자를 슬쩍 돌리자, 맞은편 벽에 사이좋게 곯아떨어진 남자 죄수들의 실루엣이 보였다. 코 고는 소리가 방안을 채우고 있었다.

환청을 들었나. 미간을 비틀고 다시 눈을 감았다. 방해받다니 불쾌했다. 수면은 내가 이 감옥에서 할 수 있는 활동 중 유일하게 좋아하는 일이었다.

"에에에에!"

"우아아!"

다시 한번 들려온 소리에 나는 벌떡 일어났다. 환청이 아니다. 수용시설 아이들의 비명 소리가 확실했다. 언어의 형태를 갖추지 못한 한낱 음파였지만, 그 의미는 분명했다. 그들은 도움을 청하고 있었다. 그것도 아주 다급하게.

"너도 들었어?"

내 인기척을 느꼈는지 캐틀린의 목소리가 나를 불렀다.

"아주머니도 들었어요?"

"그래. 불길한 소린데. 대체 무슨 일이지."

난 수갑을 고리에 부딪혀 두드리며 소리 질렀다.

"울프!"

"뭐야?"

"무슨 일이야?"

"비명 소리가 들렸어."

코 고는 소리가 하나둘씩 끊어지고, 막 잠에서 깨어났는지 잠긴 목소리들이 들려왔다.

"우우웅! 우우우우!"

단말마라고밖에 해석할 수 없는 외침이 다시 한번 들려왔고, 곧이어 계속해서 이어졌다.

"뭐…… 뭐야?"

"저게 무슨 소리지?"

"울프!"

"끼아아악!"

"웨애! 웨애애애!"

"우…… 울프!"

끔찍한 비명의 향연이었다. 다른 죄수들도 나처럼 울프를 외치기 시작했지만, 작은 기계종 녀석은 아무리 불러도 오지 않았다. 심장이 쿵쾅거렸다. 식은땀이 등줄기를 타고 차갑게 흘러내렸다.

문득, 비명소리가 멈추었다. 침묵이 흘렀다. 죄수들의 떨리는 호흡 소리가 공명하듯 겹쳐졌다. 그 틈으로 얼음 같은 공포와 긴장감이 퍼져나갔다.

짧은 침묵을 깬 것은 기계종의 발소리였다.

덜컥, 덜컥…….

"울프다!"

한 죄수가 안도한 듯 외쳤다. 하지만 대부분은 여전히 불안한 표정이었다. 다른 죄수가 침을 삼키며 말했다.

"녀석에게 무슨 일인지 물어보자고."

발소리가 다가왔다. 이윽고 철문이 열렸다. 복도의 불빛을 등지고 서서 구형 기계종 한 기가 이쪽을 빤히 올려다보았다.

죄수 중 누구도 장애아들의 방에서 무슨 일이 생긴 것인지 묻지 않았다. 그 기계종의 손에 들린, 사람 팔뚝만 한 크기의 칼이 이미 대답하고 있었기 때문이다. 날 표면에 남은 혈흔이 섬뜩하게 이쪽을 노려보았다.

나를 포함한 죄수들 모두가 벌떡 일어섰다. 녀석의 체구는 작았다. 아이들은 해칠 수 있었을지 몰라도 성인의 발길질이면 한 번에 나가떨어질 것이다. 다들 나와 같은 생각을 했는지, 죄수들은 서로 눈빛을 교환하며 고개를 끄덕였다. 결의에 찬 표정으로.

하지만 기계종은 방 안에 들어서지도 않았다. 번뜩이는 칼 대신, 녀석은 반대쪽 팔을 들어 올렸다. 그 팔에는 검게 반짝이는 막대기 하나가 들려 있었다. 나는 기절할 뻔했다. 그것은 이브23이 만든 레일건이었다.

레일건을 처음 본 죄수들은, 자신을 향해 겨눠진 총구가 무엇을 의미하는지 알지 못했다. 그 살상 무기는 조용히 발포되었다. 발사체가 사람의 뼈를 뚫는 둔탁한 소리와 함께 문 쪽에 있던 죄수가 쓰러졌다. 이마로 들어간 총알이 뒤통수를 한바탕 휘젓고 나가면서, 두개골 안에 있었던 무언가를 밖으로 후두둑 튀겼다.

"으…… 으아아아!"

"사람 살려!"

죄수들이 비명을 질러대기 시작했다. 작은 기계종 녀석은 느릿느릿 레일건을 움직여 다음 사람을 조준했다. 곧이어 발사된 두 번째 총알이, 상황 파악조차 못 하고 첫 희생자를 멍하니 내려다보던 두 번째 죄수를 쓰러뜨렸다.

"이…… 이런 망할!"

내 맞은편에 있던 브리앙이 미친 듯이 수갑을 당겨 댔다. 벽에 박힌 쇠사슬을 어떻게든 끊어내려는 몸부림이었다. 부질없는 짓이었다. 그의 손목 부분이 쇠사슬보다 약했으므로, 수갑은 피부를 파고들기 시작했다. 시뻘건 피가 흘러나오는 끔찍한 모습에 나는 눈을 질끈 감아버렸다. 고통 때문인지 공포 때문인지 모를 비명과 함께 쇠사슬이 거칠게 출렁이는 소리가 귓속으로 파고들었다.

잠시 후, 쇠사슬 소리가 멈추었다. 대신 다른 죄수들의 목소리가 더 커졌다. 죄수들이 하나씩 쓰러지는 소리는 마치 사신이 다가오는 발소리 같았다. 눈꺼풀에 힘을 주었다. 나는 이제 곧 죽을 것이다. 너무 무서웠다. 언제 끝나도 특별히 유감스러울 게 없는 인생이라고 생각해 왔지만, 막상 죽음이 코앞에 닥쳐오니 도저히 의연해질 수 없었다. 죽고 싶지 않았다. 별다른 의미가 없는 삶이더라도 더 살고 싶었다. 지금 이 순간 내 자아가 존재해서, 이렇게 공포를 느낄 수 있다는 사실마저도 소중했다. 죽어서 무로 돌아가느니 차라리 엄마처럼 통 속의 뇌가 되어 자아라도 남는 편이 낫겠다고, 진심으로 인정하고 말았다.

누군가의 피가 얼굴에 튀었다. 코를 찌르는 비릿한 냄새에 구역질이 났다. 비명소리가 잦아들자, 정적이 이명을 몰고 왔다. 피부를 타고 흐르는 바람이 차가웠다. 나는 간신히 실눈을 떴다.

녀석의 총구가 나를 겨누고 있었다. 놈의 렌즈가 나를 빤히 바라보는 그 짧은 시간이 마치 영원처럼 길게 느껴졌다. 나는 숨도 쉬지 못하고 그저 녀석을 바라보았다. 두 손을 모은 채 쭈 그려 앉은 내 모습은 거의 목숨을 구걸하는 모양새였다. 기계 종 따위에게 목숨을 내놓아야 한다니, 대체 이게 무슨 상황이 란 말인가.

아무리 생각해도 눈 앞에 펼쳐진 상황이 이해가 되지 않았 다. 대체 인공지능의 어느 부분이 망가져야 이렇게 될 수 있는 걸까? 살인 명령을 받더라도, 가치관 설정 체계를 비롯해 이중 삼중으로 걸린 안전장치들을 모조리 뚫어야 가능한 일이다. 차라리 이 모든 게 꿈이라는 설명이 더 합리적일 것이다.

문득, 녀석이 레일건을 천천히 내려놓았다. 긴장으로 심장 이 터질 것 같았지만, 숨을 내쉬는 순간 총알이 날아올 듯한 착 각에 숨조차 틀어막았다. 놈은 한동안 나를 그저 올려다보다 가……, 더 이상 미련은 없다는 듯, 갑작스레 고개를 돌리고는 내 시야 밖으로 빠져나갔다.

"허억, 허억……!"

숨을 토해내며 방안을 돌아보았다. 죄수들의 피가 호수를 이 루고 있었다. 갓 흘러나온 따뜻한 피가 내 죄수복에 천천히 번 져 들었다. 크고 작은 살점들이 곳곳에 널리고, 피끼리 서로 섞 여 엉겨 붙었다. 시신들은 하나같이 머리에 커다란 구멍을 하 나씩 달고 누워 있었다. 캐틀린도 눈동자를 천장으로 향한 채 쓰러져 있었다. 모두가 어젯밤 잠들기 전까지만 해도 시답잖 은 대화라도 나누던 이들이었다.

긴장이 풀려 무너져 내렸다. 살인자의 발소리가 멀어져 갔다. 광기 어린 광경의 한가운데 홀로 버려져, 나는 온 힘을 다해 비명을 내질렀다.

"이전에도 신의 권능에 도전하는 이런 일이 많이 있었죠. 어리석게도, 우리는 그 시절의 교훈을 잊고 역사를 되풀이하고 말았습니다. 스스로 생각하고 스스로 번식하는 기계? 그런 건 필요하지도 않을뿐더러, 보시다시피 우리의 목에 칼을 겨누는 위험한 도구들일 뿐입니다."

게이브 목사의 말이 인류회의 회의장을 가득 채우고 있었다. 완전히 탈진한 채로 끌려와, 나는 구석의 의자에 조심스레 앉혀졌다. 피로 원래의 색을 잃은 옷은 소름 끼치게 축축하고 차가웠다.

"밖으로 나가서 남은 놈들을 모조리 폐기합시다!"

"그래요! 주인을 무는 개는 필요 없어!"

몇몇 사람들이 게이브의 말에 동조하여 외쳤다. 지호 아저씨의 목소리가 들렸다.

"하지만 녀석들을 다 없애버리면, 당장 부족해질 전력은 어떻게 충당합니까?"

다른 누군가가 말했다.

"그건 둘째 문제요. 우선 살고 봐야지! 살인마가 활개 치고 다니는데 숨어만 있을 겁니까?"

"게다가 쓸모없는 죄수 놈들이 사라졌으니, 우리에게 필요한 전력은 그만큼 줄었을 거요!"

"놈들을 다 없애 버립시다! 언제 다른 이브족 놈이 우릴 죽이려 들지 몰라요!"

나는 위화감을 느끼고 눈을 떴다. 사람들이 잘못 알고 있는 바를 정정해 주기 위해, 회의에 끼어들었다.

"……죄송하지만, 이브족이 아닙니다. 그 범죄를 저지른 건 분명 구형 기계였습니다."

"조용히 하시오, 전 엔지니어 조슈 씨. 당신은 증인이 아니라, 살인범 이브족들을 시설에 데려온 책임자로서 소환된 것입니다."

헬레나의 말에 나는 할 말을 잃었다. 그 끔찍한 지옥을 겪었는데도, 피해자가 아니라 가해자의 배후로서 끌려오다니 기가 막혔다. 흉기로 사용된 이브23의 레일건이 문득 뇌리를 스쳤다. 나는 힘겹게 설명했다.

"녀석들이 사용한 총 때문에 오해하신 모양인데…… 헛다리 짚고 계신 겁니다. 범인은 구형 기계종이……"

"아니, 신형 기계종이 확실해. 총알이 남아있는데도 불구하고, 그 살인마는 조슈 당신만 해치지 않았지. 그 이유가 뭐겠어?"

숀 존이 내 말을 자르며 다가왔다. 놈이 나만 살려둔 이유는 나도 궁금한 바였다. 하지만 숀 존을 비롯해 자리에 앉아 있는 몇몇 사람들에게는 그 이유가 몹시 명확한 모양이었다. 존은 어이가 없다는 표정으로 허리를 세웠다.

"당연히, 신형 기계종들로서는 당신을 해치지 못했겠지! 당신은 그들의 엄마와 다름없는 사람이니까!"

숀 존은 나를 손가락질하며 저주라도 퍼붓듯 외치고는, 다른 사람들을 둘러보며 빠르게 말을 이었다.

"더 볼 것도 없어요. 범인은 신형 기계종들이 확실합니다. 그 증거로 첫째, 범인은 조슈를 제외하고 모든 죄수를 다 죽였고, 둘째, 신형 기계종이 만든 이 무기를 사용했습니다."

숀 존이 레일건을 집어 들었다. 헬레나가 물었다.

"그게 뭡니까?"

"이게 뭔지는, 엔지니어 엘라 씨가 증언해줄 것입니다."

모두의 시선이 자리에 앉아 있는 엘라에게로 쏠렸다. 내내 땅만 쳐다보던 엘라는 자신의 이름이 호명되자 화들짝 놀라 고개를 들었다. 핏기없는 얼굴이었다.

문득, 엘라의 뒤에 앉은 사내와 눈이 마주쳤다. 나도 모르게 이를 갈았다. 일어서는 엘라의 몸이 금방 가렸지만, 날 보며 의기양양하게 웃는 그 낯은 분명 카일이었다. 분노로 떨리는 턱을 진정시키기 위해 나는 입술을 세게 깨물었다. 곧이어 옛 제자의 힘 없는 목소리가 들렸다.

"그건……. 신형 기계종들이 만들어 낸 레일건입니다. 전기로 가동됩니다."

"이 총으로 사람을 죽일 수 있습니까?"

숀 존이 사람들의 눈에 잘 보이도록 레일건을 머리 위로 들어 올려 흔들었다.

"네, 가능합니다."

엘라의 말에 사람들이 탄식하고, 놀라고, 분노했다. 다양한 반응들 가운데서 헬레나가 다시 물었다.

"신형 기계종들이 대체 왜, 어떻게 이런 총을 만들어 낸 거죠?"

"그들은 호기심이 많습니다. 오래된 영상물에서 총을 보고, 그것을 재현해보려고 했던 것 같습니다."

나는 고개를 흔들며 낮은 목소리로 끼어들었다.

"그건 사람을 죽이려고 만든 것이 아닙니다. 사람에게는 절대로 쓰지 말라고 명령해 두었습니다."

"애초에 그런 걸 만들도록 방치한 게 잘못이지!"

"놈들이 그 명령을 지킬지 당신이 어떻게 알아!"

몇몇 사람들이 외쳤다. 특히 자식을 잃은 부모들의 목소리가 컸다. 슬픔을 연료 삼아 타오르는 분노가 나에게 쏟아졌다. 답답했다. 그들은 이미 이브족이 범인이라고 단정하고 있었다. 숀 존이 손을 들었다.

"증거는 또 있습니다. 이걸 한 번 들어보세요."

숀 존이 손에 들린 리모컨 버튼을 누르자 녹음된 오디오가 흘러나왔다. 목소리를 들은 나는 기절할 뻔했다. 그것은 이브의 목소리였다.

"제 자손 수는 이미 다른 동족들을 압도할 정도로 많습니다. 주인님께서 허락하신다면, 시설 내의 모든 구형 동족들을 다 제거하고 장비들을 장악하겠습니다."

곧이어 나와 스티브의 반응이, 그리고 다시 이브의 목소리가 울려 퍼졌다.

"그러고 나서 조슈 주인님을 풀어드리겠습니다. 나무를 장악하면, 다른 주인님들도 마냥 반대하지 못할 것입니다."

숀 존은 의기양양한 표정으로 재생을 중단했다. 나는 고개를 가로저었다.

"이번 일과는 상관없는 대화입니다. 저는 그런 짓은 하지 말라고 했고, 이브는 알겠다고 했습니다. 게다가 이브가 없애버리겠다고 한 대상은 구형 기계종들이었지, 인간이 아니었습니다."

"어찌되었든, 저들의 폭력적 성향은 충분히 증명되었습니다. 여러분. 안전하고 믿을 수 있는 구형 기계종들을 모조리 없애고, 생존에 필수적인 장비들을 장악해 우리 턱 밑에 칼날을 들이댈 수 있는 이 악마의 인형들을 그냥 둘 수 있습니까?"

사람들은 자리에서 일어나 분노에 찬 함성으로 숀 존의 말에 호응했다. 카일이 흉측하게 웃으며 박수를 치는 모습이 내 눈에 밟혔다. 나는 더 참을 수가 없어 언성을 높였다.

"아니, 내가 직접 봤다고요! 그건 분명 구형 기계였어요! 이브족들은 누명을 쓴 거라고요! 엘라! 넌 알 거 아냐!"

엘라를 돌아보며 외쳤지만, 엘라는 내 시선을 외면하듯 바닥만 쳐다보았다. 헬레나가 지엄한 목소리로 말했다.

"조슈 씨, 발언권도 없이 아무런 근거 없는 주장 마세요. 경고합니다."

나는 수갑에 묶인 두 손을 들어 올렸다. 발언권을 요청하는 제스처였다. 헬레나는 고개를 가로저어 거절했다. 하지만 나는 들어 올렸던 수갑을 책상 위에 쾅 소리가 나도록 떨어뜨리며, 그냥 발언했다.

"엘라, 어제 구형 기계종들의 기록을 다 확인해 봐! 분명 그 놈들 중에 감옥에 찾아온 범인이 있을 거야!"

구형 기계종의 로그는 임의 수정이 불가능하다. 살인마의 로그에는 장애아 수용시설과 감옥에 방문한 기록이 분명 남아있을 것이다. 엘라의 입술이 부들부들 떨렸다. 엘라는 침을 한 번 삼키더니 말했다.

"기록은 이미 확인했습니다. 구형 기계종들 중에 어젯밤 장애아 수용구역과 감옥 구역으로 간 개체는 없습니다. 남은 용의자들은, 기록 확인이 안 되는 신형 기계종들뿐입니다."

뒤통수를 망치로 얻어맞은 것 같았다. 현기증에 눈을 질끈 감았다가 떴다. 내가 엘라를 폭행했던 날을 떠올렸다. 이런 식으로 복수하는 거냐, 엘라?

"엘라, 지옥에 떨어질 거짓말 마! 범인은 분명 구형 기계종이었다고! 그래, 내가 직접 확인해 보겠어! 만약 구형 놈들 중에 진짜로 범인이 안 나오면, 그냥 날 죽여!"

순간 엘라의 눈빛이 독기로 가득 차올랐다. 엘라는 나를 향해 갈라지는 목소리로 외쳤다.

"이제 작작 하세요, 선생님!"

처음 듣는 날카로운 목소리였다. 열변을 토하는 저 여자는 내 제자 엘라와는 전혀 다른 낯선 사람이었다. 비로소 깨달았다. 엘라와 내 사이는, 돌아올 수 없는 강을 이미 건너버렸음을.

탓할 입장은 아니다. 엘라는 여전히 내 가슴에 못을 박은 줄도 모를 것이다. 저 순진한 아이의 마음에 먼저 상처부터 낸 장본인은 바로 나였다. 예전 같은 관계 따위는 조금이라도 기대하지 말았어야 했다.

"어차피 우리는 언젠가 다 죽어요. 지금 중요한 건 어떻게 살다가 죽느냐지, 얼마나 오래 살다 죽느냐가 아니라고요. 주님을 모독하고 오래 살면 뭐 해요? 어차피 당신 때문에, 우리 모두 지옥에 떨어질지도 모르는데!"

카랑카랑한 엘라의 외침이 칼이 되고, 창이 되고, 총이 되어 내 정신을 산산조각냈다. 일갈이 끝나자, 회의장은 순식간에 조용해졌다. 나는 눈을 감고 체념의 바다에 빠져들었다.

지금까지 애써 부정해 온 어떤 가능성이 현실의 수면 가까이 떠올랐다. 지금 시설 내에서 구형 기계종을 통제하는 인물은 엘라였다. 살인 행각을 막을 수 있는 인물도 엘라였고, 그 전말을 밝히거나 숨길 수 있는 인물도 엘라였다. 어떻게 했는지는 모르겠지만, 인공지능의 안전장치를 모조리 뚫고 구형 기계종에게 '살인 명령'을 수행시킬 수 있는 인물도 사실상 엘라가 유일했다.

하지만 대체 왜? 엘라에게 그런 짓을 할 동기가 있었나? 감옥 안의 죄수들은 엘라와 전혀 모르는 사이였으니 죽일 이유가 없다. 게다가 희생된 장애아들은 엘라의 동생들이기도 했다. 그 선한 엘라가 구형 기계종을 조종해 무고한 사람들을 죽인다니. 불가능한 이야기는 아니겠지만, 그럴듯한 이야기도 아니었다.

"엘라, 엘라……." 게이브가 다가가 엘라를 토닥였다. "진정해요, 진정해……. 하나님은 진실된 사람에게는 천국의 문을 열어주십니다."

그러더니 목사는 내 쪽을 곁눈질했다. 그 눈빛이 마치 '너는 안 돼'라고 말하는 것 같았다. 천천히 시선을 피했다.

헬레나가 회의를 재개하자, 사람들이 웅성거리며 자기주장을 늘어놓기 시작했다. 회의 내내, 나는 사람이 아니라 벽들에 둘러싸인 기분이었다. 여론은 이브족을 모조리 없애버리자는 방향으로 흘러갔다. 전력 부족을 우려한 한스가 발전대 녀석들만은 남겨두자고 했지만, 시설 앞마당에 살인 기계가 있는데 엔지니어가 외부에서 활동하겠냐는 주장에 가로막혔다. 결국 이브족들에게는 폐기의 운명이 선언되었다.

곧이어 의제는 이브족 관리책임자였던 나의 형량을 어떻게 할지로 바뀌었다. 30년형이 적당하다는 결론이 내려지기까지 불과 10분도 걸리지 않았다. 감옥에 있어 실질적인 관리가 불가능했다는 점은 내게 감면 사유가 되지 않은 반면, 현 관리자인 엘라는 애초 이브족의 위험성을 염려해왔다는 이유로 면책되었다. 결과는 처음부터 정해져 있었다. 회의는 그 결과를 정당화하는 수단에 불과했다.

다시 감옥으로 끌려왔다. 존슨이 우울한 표정으로 벽에 박힌 쇠사슬에 내 수갑을 걸었고, 곧이어 문이 굳게 닫혔다. 방 안에는 아직도 피비린내의 옅은 흔적이 남아 있었다.

톡, 톡, 톡, 톡……

기계종의 발소리에 흠칫 눈을 떴다. 몸을 일으켜 문을 바라보았다. 발소리 하나가 느리지만 분명하게 이쪽으로 다가오고 있었다.

톡, 톡, 톡……

그날의 공포를 떠올린 심장이 다시 질주하기 시작했다. 거칠게 숨을 몰아쉬었다. 식은땀이 뺨을 타고 흘러내렸다.

톡, 톡…….

감옥 문 바로 앞까지 다가와서, 발소리가 멈추었다. 침을 꿀꺽 삼켰다. 애꿎은 손등을 꽉 쥐었다. 아니겠지? 설마…….

문이 열렸다. 기계종 하나가 서 있었다. 손에는 시퍼렇게 날
이 선 칼이……

"끼아아아아악!"

"조슈 주인님, 면회입니다."

온 힘을 다해 내지른 비명이 끝나자, 울프의 감정 없는 목소
리가 들려왔다.

"……어?"

녀석이 다가와 쇠사슬을 분리할 동안, 쿵쾅거리는 맥박 소리
가 머리를 울렸다. 눈을 크게 뜨고 숨을 몰아쉬었다.

"……울프?"

"네?"

녀석이 나를 빤히 올려다보았다. 칼이나 레일건 같은 것은
없었다. 헛것을 본 모양이었다.

"……아, 아냐."

"네, 가시지요."

"잠시만……. 숨 좀 고르고." 심호흡하며 놀란 마음을 가라
앉히고 나니, 문득 의문이 떠올랐다. "……누가 왔는데?"

녀석은 대답하지 않았다. 굳이 더 묻지는 않았다. 스티브는
회의에서 재생된 대화 녹음 때문에 면회를 금지당했으니, 나
를 찾아올 만한 사람은 지호 아저씨뿐이었다.

천천히 자리에서 일어났다. 아무도 없는 방에 홀로 갇혀 있
자니 외로움에 잠겨 익사하는 기분이었다. 사람을 만난다는

자체가 반가웠다. 마침 아저씨에게는 묻고 싶은 질문들도 있었다. 이브의 마지막 모습이라든가, 엄마가 했다는 생체 실험의 실체라든가. 지친 몸과 마음을 이끌고, 나는 울프를 따라 문을 나섰다.

하지만 면회실 안에서 기다리고 있던 건 전혀 예상치 못한 사람이었다. 나는 문이 열리자마자 그 자리에 굳어버렸다.

"여기엔 무슨 일로……"

"조슈." 게이브 목사가 일어나 나를 맞이했다. 얼굴에 띤 미소가 내겐 가면처럼 느껴졌다. "가여운 어린 양에게 기회를 주러 왔습니다. 앉아요."

목사가 손을 펼쳐 의자를 권했다. 쭈뼛쭈뼛 움직여 의자에 엉덩이를 내려놓았다. 노인은 내 어깨를 부드럽게 두들기곤, 느릿느릿 맞은편의 의자로 가 앉았다. 두 손으로 깍지를 끼고는 턱을 괴고 나를 바라보았다.

"……인류회의를 신형 기계종들이 엿들었나 봐요. 녀석들을 폐기하려고 보니 이미 상당수가 도망쳐 버린 뒤였습니다."

눈이 번쩍 떠졌다. 이브, 이 기특한 것! 수갑만 없었다면, 벌떡 일어나 기립박수라도 치고 싶었다. 하지만 내 반응을 살피는 게이브의 날카로운 눈빛 앞에서, 나는 시큰둥하게 대답할 수밖에 없었다.

"……아, 그래요?"

"어디로 갔는지 알지요?"

나는 말 없이 눈을 내리깔았다. 이것이었다. 게이브가 내게서 원하는 것. 목사는 아마 나와 이브의 대화 녹음에서 들었을 것이다. 이브족들이 시설 밖 어딘가에 마을을 세우고 있음을.

"황혼 들판. 거기가 어딥니까?"

"글쎄요, 저도 잘 모르겠네요. 황혼을 하도 자주 봐서."

퉁명스러운 내 대답에 게이브는 한숨을 내쉬었다.

"조슈, 나는 당신 또한 하나님의 은총을 받아야 할 어린 양이라고 생각해요. 내가 주는 도움의 손길을 거절하지 말아요. 하나님 앞에서는 진실해야 합니다."

"······그런 말은 엘라에게나 해주세요. 거짓말로 지옥에 가게 생겼으니."

"무슨 뜻이죠? 엘라는 하나님의 신실한 종입니다."

내 목소리가 조금 커졌다.

"아뇨, 아니에요. 직접 물어보세요. 목사님이 물으시면 끝까지 거짓말하진 못할 겁니다. 범인은 구형 기계종이었어요. 제가 똑똑히 봤어요. 구형 기계종들의 업무 기록을 뒤지면 분명 감옥에 온 놈이 있을 거예요. 대체 왜 그러는지 이유는 모르겠지만, 그 아이는 억울한 이브족들에게 살인죄의 누명을 씌웠다고요."

"······억울한 이브족들이라······" 게이브는 긴 한숨처럼 말꼬리를 늘어뜨리고는 말했다. "대체 언제부터 도구에게 '억울하다'는 표현이 쓰이게 된 거죠? 그런 표현은 지성을 갖춘 우리

하나님의 자손들에게나 어울리는 것 아닙니까?"

"그들은 우리의 도구이지만, 나름 지성도 갖추었고 감정 또한 느낍니다."

게이브는 벌떡 일어나 나에게 날 선 손가락을 세웠다. 손가락 끝이 내 눈앞에서 부들부들 떨렸다.

"바로 그겁니다! 바로 그게 잘못된 거예요! 아직도 이해를 못 하고 있나요? 도구들에게 지성을 준 일이 애초에 잘못이었던 것을!"

잠시 눈을 감고 생각을 골랐다. 눈을 떴을 때, 목사는 어느새 다시 자리에 앉아 있었다. 차분한 목소리로 말했다.

"목사님, 우리가 다 죽고 나면 우리를 기억해 줄 이들은 아무도 없게 됩니다. 이 태양계는, 말 그대로 관객 없는 무대가 되어 아무도 그 가치를 느끼지 못하게 될 겁니다. 그렇게 두기에는 너무 아깝고 허무하지 않습니까?"

"그것이 하나님의 뜻이라면, 어쩔 수 없죠." 나는 말문이 막혔다. 게이브는 내 표정을 보고는, 목소리를 조금 더 부드럽게 하며 말을 이었다. "……이 땅 위의 물질적인 것들에 그렇게 큰 의미를 부여하지 말아요, 조슈. 이 생이 끝난 뒤에 펼쳐질 세상을 생각해요. 하나님은 수많은 영혼들에게 천국으로 갈 기회를 주시어 왔지만, 이제는 시간이 얼마 남지 않았어요."

나는 입을 다물어 버렸다. 나와 게이브 사이에는 서로 도저히 이해할 수 없는 엄청난 간극이 있었다. 하지만 게이브는 내 침묵이 납득이라고 생각했는지, 다시 입을 열었다.

"당신의 피조물이 저지른 짓을 봐요. 사람을 죽였잖아요. 그런데도 그들을 감싸고 돌 겁니까?"

돌고 도는 논쟁이었다. 나는 마른세수를 하며 지긋지긋하다는 투로 말했다.

"아닙니다. 그건 구형 기계종이었어요. 제가 직접 봤다고 했잖아요."

"잘못 보았겠죠."

"구형이랑 신형을 잘못 본다고요? 엔지니어였던 제가요?"

"고집부리지 말아요. 어쨌든 그날 그곳에 간 구형 기계종은 없다고, 엘라가 증언해 주었으니."

더는 참을 수 없었다. 나는 소리 높여 외쳤다.

"아니에요! 그건 거짓말이라고요! 엘라한테 물어봐요! 회의에서 대체 왜 그런 거짓말을 했는지 물어보시라고요!"

복도에 내 목소리가 메아리치고 나자 낯선 정적이 찾아왔다. 목사의 얼굴에서, 구름이 걷히는 것처럼 미소가 천천히 사라졌다. 게이브는 내 쪽으로 다가오더니 몸을 기울였다. 그러곤 내 머리 위에 손을 올려 천천히 쓰다듬었다. 손길을 피해 머리를 흔들었지만, 손은 머리의 움직임을 자석처럼 따라다녔다. 뭐 하시는 거냐고 소리 지르려는 찰나, 갑자기 게이브가 내 머리를 자신의 가슴팍으로 확 당겼다. 내 귀에 대고 들릴락 말락 작게 속삭였다.

"엘라는, 이미 회개를 통해 하나님의 용서를 받았습니다."

그 작은 목소리를 제대로 이해하는 데는 잠시 시간이 걸렸다. 숨이 턱 막혔다. 허파가 힘겹게 팽창하고 수축했다. 갑작스러운 충격을 받은 뇌에 피를 돌리기 위해 심장이 페이스를 올렸다. 팔과 다리 위로 전류가 흐르는 것처럼 소름이 돋았다. 시야가 흔들려 어지러웠다.

"……그게 무슨……!"

간신히 입을 열자마자, 머리를 잡은 손아귀에 갑자기 더 큰 힘이 가해졌다. 게이브의 팔이 내 뒤통수를 덮고 조여 왔다. 얼굴이 그의 가슴팍에 파묻히면서 말문과 함께 숨까지 막혔다. 두 손을 뻗어 그를 밀쳐내고 싶었지만, 수갑이 철렁거리는 소리만 들려왔다. 몸을 빼내려고 해도, 의자 팔걸이에 다리가 걸려 빠지질 않았다.

"숀 존이 엘라를 찾아가 구형 기계들을 조종해서 아이들과 죄수들을 죽이라고 협박했고, 가여운 엘라는 어쩔 수 없이 그에 따랐다고 합니다. 딱 하나, 조슈 당신을 죽이라는 명령만 빼고요." 용 쓰는 나를 붙들고 있는 것이 힘이 드는지, 목사도 숨을 몰아쉬며 말을 이었다. "……어쨌든 두 사람은 진심으로 죄를 뉘우치고 참회했어요. 그러니 우리가 그 죄를 더 물을 수도, 그럴 필요도 없습니다. 하나님께서 그들을 용서하셨으니까요."

고통 속에 고개를 흔들었다. 심장 박동 소리가 미친 듯이 뛰었다. 온몸이 비명을 질렀다. 산소, 산소가 필요하다. 정신이 아득해지면서 시간이 느리게 느껴졌다. 의식이 흐려지는 것조차 느려질 만큼.

다음 순간, 게이브는 몸을 뒤로 뺐다.

"커헉! 허억! 허억!"

죽을힘을 다해 숨을 몰아쉬었다. 살인마 기계종의 모습을 떠올렸다. 지금껏, 나는 가장 단순하면서도 명료한 가능성을 애써 외면하고 있었다. 아이들과 죄수들을 죽인 건 엘라였다. 나를 겨누고, 망설이다가, 결국 쏘지 않은 것까지, 전부 엘라가 직접 한 짓이었다.

눈물이 새어 나왔다. 고개를 들어 올릴 힘도 남지 않았다. 이마를 책상에 댄 채로 연신 호흡을 토해냈다. 게이브가 천천히 자리로 돌아가는 기척이 들렸다.

"지금까지 저지른 실수를 바로잡을 마지막 기회입니다. 창조주 놀이의 희생양이 된 그 불쌍한 인형들이 지금 어디에 있는지 말하세요. 그러기만 하면, 당신도 하나님께 용서받을 수 있어요."

보듬는 듯한, 부드러운 목소리였다.

구원

붉은 하늘에 잔잔한 파문이 일렁인다. 구름이 아스라이 머물
다 떠나간다. 태양으로부터 번져오는 따스함을 그대로 받아내
며, 이브족들의 마을이 평원 위에 서 있었다.

가장 눈에 띄는 건축물은 마을 중앙의 높은 돌탑이었다. 돌
탑은 대략 60도 경사의 피라미드 모양이었는데, 크기는 작았
지만 형태는 아스족 마을의 하늘탑을 벤치마킹한 것이 거의
확실했다. 탑을 중심으로 도로가 거미줄처럼 뻗어 나갔다. 도
로 사이에는 높이가 제각각인 건물들이 아웅다웅 들어섰다.
기계종들이 제집 지붕에서, 혹은 길거리에서 오늘의 마지막
태양광을 즐겼다. 조악했지만 제법 정감이 가는 풍경이었다.
대리석같이 하얀 벽의 재질은 다른 기계종들의 마을에 비해
한결 튼튼해 보였다. 손재주 좋은 녀석들이 꽤나 애쓴 모양이

었다.

"아름다운 곳이군요. 과연 황혼 들판이라고 불릴 만해요."

방호복 통신기를 통해 게이브의 목소리가 들렸다. 내 시야 화면은 그대로 통제실에 중계되고 있었다. 머리 위를 날고 있는 엘라의 드론도 마찬가지였다.

"……네."

짧게 대답하며, 나는 자전거의 페달을 다시 밟았다. 게이브가 말했다.

"좋아요. 이제 녀석들을 한 데 불러 모아, 파라미터O를 수정하면 되는 겁니다."

"이 장비가 정말 작동하는 겁니까?"

자전거 주머니 속 장비를 슬쩍 내려다보았다. 엘라가 완성했다는 '광역 파라미터O 편집기'였다. 전파를 활용해 여러 기계종의 파라미터O를 한꺼번에 설정하는 장치. 게이브가 대답했다.

"이미 한 번 확인해 보았으니, 가능하겠죠. 이렇게 대규모로 사용하는 건 이번이 처음이지만요."

굳은 목소리로 말했다.

"……제법이구나, 엘라."

분명히 통신은 연결되어 있었음에도, 제자는 대답하지 않았다.

평원을 향해 내리막길로 내려가니 마을 어귀에 도착하는 것은 금방이었다. 마을 외곽에 세워진 탑 모양의 구조물 속에서 기계종 보초들이 내게 레일건을 겨누었다. 자전거를 세워 두고 마을 입구로 터벅터벅 걸어갔다. 예닐곱 기의 기계종이 포리투를 타고 나왔다. 일부는 레일건을 들고 있었다.

빠르게 다가온 기계종들은 금세 내 주위를 에워쌌다. 한 기계종이 포리투에서 내리며 머리를 숙였다.

"창조주 조슈 님이시여!"

"이브!"

반가운 목소리로 외쳤다. 이브의 몸통을 뒤덮고 있는 흙먼지가 그동안의 고생을 보여주고 있었다. 이브는 여기저기 홈이 난 렌즈로 나를 올려다보았다.

"창조주 조슈 님이시여, 저희가 아닙니다. 저희는 어떤 창조주님도 해치지 않았습니다."

나는 쓰린 미소를 지으며 대답했다.

"그래, 알고 있어. 너희들이 그럴 리가 없지. 난 범인을 직접 보았는걸."

이브는 고개를 흔들거렸다.

"역시 조슈 님은 전지전능하시군요. 그러나 몇몇 창조주들이 동족들을 시켜 저희를 사냥하기 시작했기에, 저와 제 자손들은 도망쳐야 했습니다. 스무 기 정도의 자손들이 빠져나오지 못했습니다."

"스무 기라고?"

"그렇습니다."

내심 감탄했다. 붙잡힌 수가 생각보다 적었다. 게이브가 이들을 찾기 위해 혈안이 된 이유가 있었다. 의기양양하게 시작한 사냥에서 그들은 보기 좋게 실패한 것이다.

"그래, 잘했어, 이브. 자손들을 잘 이끌었구나. 마을도 정말 멋지다."

"감사합니다. 다시는 뵙지 못할 줄 알았습니다, 조슈 님. 정말 기쁩니다."

"그래, 그래."

이브는 내 다리에 어린아이처럼 달라붙었다. 팔을 뻗어 이브의 머리를 쓰다듬었다. 장갑에 먼지가 묻어나왔다.

어떻게 이들을 도살장으로 끌고 갈 수 있단 말인가. 그저 살기 위해 도망친 녀석들을, 굳이 잡아다 전부 폐기해야 천국에 갈 수 있는 건가? 그것이 정말 '주님'이 원하는 바일까?

"저건 엘라 주인님의 아바타군요! 조슈 님, 엘라 님의 용서를 받으신 건가요?"

이브가 드론을 올려다보았다. 나는 대답하지 않았다. 내 표정에 떠오른 어색한 기운을 읽었는지, 잠시 후 이브는 포리투에 오르며 말을 돌렸다.

"마을로 안내하겠습니다, 조슈 님. 어서 가시지요. 마침 조슈 님의 명령을 담은 비석을 만들고 있었습니다."

"비석?"

나는 다시 입구로 움직이기 시작하는 녀석을 따라 발을 떼었다. 이브가 말했다.

"말씀하셨잖습니까. '내가 더 이상 지시를 내릴 수 없게 된다면, 명령을 기다리지 말고 자유롭게 살아라'라는 명령 말입니다. 새로 태어날 자손들을 위해 비석에 그 명령을 새기고 있습니다."

"아아, 그래, 맞아. 그랬었지!"

나는 짐짓 손을 마주쳤다. 충격 때문에 잊고 있던 기억들이 아지랑이처럼 살랑살랑 떠올랐다. 깍지 낀 손가락에 나도 모르게 힘이 들어갔다. 앞장서는 이브를 내려다보며 떨리는 목소리로 물었다.

"마을이 벌써 꽤 크구나. 구경해도 될까, 이브?"

"물론입니다, 창조주시여. 얼마든지 구경하세요. 이전에 보셨던 아우족 마을이나 아스족 마을을 참고해서 설계했습니다. 포리투를 위해 길은 좀 더 널찍하게 만들었지요."

나는 이브를 따라 마을 중앙의 광장으로 향하는 길을 걸었다. 태양전지판을 활짝 편 기계종들로 가득한 다른 길들과 달리, 이 길은 나를 위해 텅 비어 있었다. 길 끝에는 사람 서른 명은 앉을 만큼 널찍한 광장이 있고, 광장의 한쪽 면에는 돌탑이 있었다. 가까이서 보니, 돌탑은 내 키 높이를 살짝 넘어서는 것이 생각보다는 컸다.

광장에 서서 주변을 둘러보았다. 붉은 노을빛이 은총처럼 마을 전체에 따스하게 내려앉고 있었다.

"창조주시여, 여기입니다."

어느새 이브가 돌탑 꼭대기에 올라 있었다. 이브 옆에 이브와 비슷한 크기의 비석이 보였다. 아무 글씨도 새겨지지 않은 맨 비석이었다.

"아직 아무것도 쓰지 않았구나."

"네. 내용은 아직 논의 중입니다."

나는 말 없이 고개를 끄덕였다. 사실, 파라미터O만 바꿀 수 있다면 이런 비석 따위는 필요 없다. 비석은 감옥에 갇혀 이런 상황은 꿈도 못 꿀 때 생각해 낸 임기응변이었으니까. 그때, 게이브가 통신기를 통해 외쳤다.

"더 못 들어주겠군요, 조슈! 쓸데없는 소리는 이제 그만 하고 놈들을 한군데 모아서 파라미터O를 입력해요. 대체 언제까지 이런 불경한 놀이를 계속할 셈입니까?"

나는 왼손에 들린 엘라의 장비를 내려다보았다.

'온라인'

장비가 주변의 신형 기계종들과 연결되었다는 신호가 떴다. 파라미터O 옆의 칸이 공란으로 깜빡거렸다. 한숨을 내쉬었다.

"이브, 네 자손들은 전부 이 마을에 모여 있는 거지?"

"그렇습니다."

"몇 기니?"

"153기입니다. 여기까지 살아서 도망쳐 온 동족들 전부입니다. 건설에 집중하느라, 아직 새로운 자손의 생산은 시작하지 못했습니다. 생산대들까지도, 자손을 만들고 싶은 열망을 참고 마을 건설에 힘썼을 정도니까요."

"그래. 다들 한곳에 모아줄래? 너희들에게 줄 새로운 명령이 있다."

"알겠습니다, 창조주시여."

지붕과 길가에 나와 있던 기계종들이 광장으로 몰려들기 시작했다. 탑 위에서 보초를 서던 녀석도 내려오고, 집 안에 있던 녀석들도 스멀스멀 밖으로 나왔다. 이윽고, 150여 기의 기계종들이 광장을 가득 채웠다. 이브를 닮은 수많은 렌즈들이 나를 올려다보며 내 명령을 기다렸다. 천천히 손을 들어, 광역 파라미터O 편집기의 버튼을 눌렀다.

"……목사님." 나는 헬멧 안쪽의 마이크에 대고 말했다. "만약 나를 낳아준 부모가 내가 낳은 자식을 해치려고 한다면, 부모의 뜻을 따라야 합니까, 자식을 구해야 합니까?"

"……그게 무슨 소리죠?"

대답 대신, 나는 키보드를 두들겼다. 화면에 글자가 나타났다.

파라미터O : (자율)

방호복의 카메라가 전해주는 내용을 보았는지 게이브의 목소리가 커졌다.

"지금 뭐 하시는 거죠? '시설로 귀환하라'고 입력하라 했잖습니까!"

"……세상에 자식을 버릴 수 있는 부모는 없습니다."

"이젠 그 기계들이 자식이라는 겁니까?" 게이브 목사가 떨리는 목소리로 말했다. "조슈……. 몇 번의 유산 이후로 많이 힘들어했단 건 압니다. 하지만 이건……"

"한심하고, 어리석고, 불쌍해 보이시겠죠. 하지만 저는 선택했어요."

"끝내 주님의 은총을 거부하시는군요!"

나는 버튼을 눌렀다. 눈을 돌려 기계종들을 바라보았다. 녀석들은 별다른 반응이 없었다. 지금까지와 똑같이, 나를 올려다보며 오밀조밀하게 서 있을 뿐이었다. 그때였다. 갑자기 통신기를 통해 게이브의 웃음소리가 들려왔다.

"그런데 말이에요, 우리가 이 정도도 예상하지 못했을 거 같습니까?"

"……그게 무슨……?"

"창조주시여!"

이브의 외침과 동시에, 뒤통수에 갑작스러운 통증이 느껴졌다. 무슨 일이 벌어지고 있는지 깨달을 틈도 없이, 나는 앞으로 고꾸라져 버렸다. 바이저가 모래에 처박혔다. 드론이 날아가는 소리가 들렸다. 의식이 천천히 멀어져갔다.

"창조주시여."

이브의 목소리에 눈을 떴다. 머리가 지끈거린다. 아려 오는 뒤통수를 주무르며 천천히 몸을 일으켰다.

"깨어나셨습니까?"

이브가 말했다. 주변을 둘러보았다. 해는 완전히 저물어, 마을은 암흑 속에 있었다. 다른 이브족들은 보이지 않았다.

"……어떻게 된 거야?"

"엘라 주인님의 아바타가 갑자기 창조주 조슈 님을 공격했습니다. 저희 쪽 파수꾼들이 아바타를 레일건으로 쏴서 추락시켰고요."

이브가 추락한 엘라의 드론을 가리켰다. 뒤통수를 문지르며 다가가 드론을 집어 들었다. 아래쪽 면에 광역 파라미터O 편집기가 붙어 있었다. 한숨을 내쉬었다. 나에게 준 편집기는 애초부터 가짜였을지도.

"……곧이어 동족들 모두가, 창조주의 시설로 돌아가야 한다는 강한 열망을 느끼기 시작했습니다. 그래서 다들 시설로 향했습니다."

나는 입술을 깨물었다.

"그게 언제였어?"

"세 시간 정도 되었습니다."

방호복 헬멧을 감싸 쥐었다. 파라미터O가 바뀐 이브족들은 모두 시설로 돌아가 떼죽음을 당할 것이다. 엘라와 게이브는 기어코 이브족들을 몰살할 셈이었다. 문득 고개를 들었다. 이브는 왜 여기 있는 걸까?

"너는 왜 시설로 안 간 거야?"

이브를 돌아보며 물었다. 까만 렌즈가 나를 올려다보았다.

"창조주님이 걱정되어서요."

기적과도 같은 일이었다. 부들부들 떨리는 두 손을 이브의 어깨 위에 올렸다. 이브만 살아남는다면 새로운 기계종들의 사회를 어떻게든 재건할 수 있다. 나는 잔뜩 고무된 목소리로 말했다.

"이브, 잘했어. 정말 잘했어. 이제 멀리, 멀리 도망가. 절대 시설에 가지 말고, 아주 먼 곳으로 가는 거야. 어디든 햇빛이 잘 드는 곳이면 좋을 거야. 거기서 새로 아이들을 만들어. 그래서 마음껏 수를 늘려. 이 마을도 더 크게 키워서 도시도 만들고, 도시와 도시를 잇는 도로도 놓고, 수가 많이 늘어나면 나라도 만들고, 거기서 더욱 많이 늘어나서 이 행성을 가득 채울 정도가 되면 지구 연합도 만들어! 나중에는 우주도 개척하고, 다른 외계 종족도 만나는 거야. 그렇게 우리들이 떠난 후의 세상에서 마음껏 번성해라!"

이브족들이 거대한 문명을 이루는 모습이 머릿속에 그려졌다. 무한한 잠재력을 가진 이브족들은, 언젠가는 우리가 알지 못한 기술을 개발하고, 우리가 가지 못한 장소를 탐험할 것이다. 우리가 견디지 못한 고난을 이겨내고, 우리가 이루지 못한 평화를 성취할 것이다. 어쩌면 엔트로피의 법칙까지도 극복하고, 블랙홀이 온 우주를 집어삼킬 때까지 살아남을지도 모른다. 이브족들의 미래를 상상하기만 해도 가슴이 벅차올랐다. 이브가 불안한 목소리로 말하기 전까지는.

"……창조주시여, 저도 시설로 가야만 합니다. 제 자손들과 함께 떠나지 않은 이유는, 창조주께서 깨어나시는 것을 확인한 후에 포리투를 타고 따라가도 늦지 않다고 판단했기 때문입니다."

나는 현실로 돌아왔다. 엘라는 이브의 파라미터O를 바꾸는 데 실패했던 게 아니었다. 이브가 시설로 가려는 사명에서 자유로워지려면 파라미터O를 수정하는 방법밖에 없었다.

들고 온 광역 편집기를 이브에게 연결해 파라미터O를 '자율'로 설정했다. 하지만 이브는 시설로 가야 한다는 말을 되풀이할 뿐이었다. 편집기를 집어던졌다. 내게 준 기계는 역시 가짜였다. 엘라, 이 망할 년……!

부서진 드론을 향해 눈을 돌렸다. 아래쪽에 장착된 파라미터O 편집기를 뜯어냈다. 이 장비를 이용하면 파라미터O를 수정할 수 있……

"아……"

얕은 탄식을 뱉어냈다. 편집기는 총알에 관통당한 채 그 부속품을 밖으로 드러내고 있었다. 전원조차 들어오지 않았다. 침을 삼켰다. 이렇게 되었다면, 방법은 하나뿐이다. 몸을 일으켰다.

"시설로 가서, 장비를 빼내와야겠다."

"그렇다면, 저와 목적지가 같군요!"

"아니, 넌 여기에 있어. 나 혼자 간다. 절대 움직이지 마."

"창조주시여, 그럴 수는 없습니다."

"안 돼!"

소리를 버럭 질렀다. 이브까지 따라왔다가 죽으면 이들은 멸종당한다. 그런 위험을 감수할 수는 없었다.

"네 머리를 지배하고 있는 게 뭔지 안다. 하지만 그건 잘못된 열망일 뿐이야! 여기서 꼼짝 말고 조금만 더 버텨. 내가 어떻게든 해 줄 테니."

"잘못된 열망이라고요? 그런 것도 있습니까?"

"그래. 네가 지금 시설로 돌아가고 싶어 하는 마음 말야. 그건 가짜야. 그냥 욕구일 뿐이라고. 진정한 사명이나 열망이 아니라."

자기 손을 만지작거리며, 이브가 물었다.

"그렇다면 가짜 열망과 진짜 열망은 어떻게 구분하지요?"

"진짜 열망은……."

입은 열었지만 다음 말이 생각나지 않았다. 잠시 녀석을 내려다보았다. 문득, 인간의 모든 열망은 결국 다 허상이라던 지호 아저씨의 말이 떠올랐다. 세차게 고개를 저었다.

"네가 네 자신을 위해서 네 스스로 생각해 낸 것. 네 안의 진정한 목소리, 그게 진짜 열망이야."

"스스로 생각해 낸 것…… 하지만 전 지금까지 뭘 해야 할지 스스로 찾아낸 적이 없습니다. 구형 동족들과 일할 때도, 자손들을 관리할 때도 그랬고요."

잠시 할 말을 잃고 이브를 바라보았다. 그야 내가 이브의 파라미터O를 내 편의대로 설정했기 때문이다. 이제 와서 내가 이런 말을 할 자격이 있는 걸까. 입술을 달싹이는데, 이브가 말을 이었다.

"지금은 그저 시설로 가야 한다는 생각이 제 머리를 지배하고 있습니다."

"……알고 있어. 조금만 참아, 이브. 시설로는 절대 가지 마. 알겠지?"

"알겠습니다, 창조주시여."

이브는 곧 고개를 끄덕였다. 나는 홀로 서 있는 자전거를 향해 발을 내디뎠다.

굳게 닫힌 정문 해치와 대조적으로, 격납고는 활짝 열려 있었다. 나방을 유혹하는 불길처럼 밝은 빛이 쏟아져 나왔다. 격납고 안에 이브족들이 보였다. 구석에서는 구형 기계종 세 기가 레일건을 들고 어슬렁거렸다. 나는 성큼성큼 걸어 격납고로 들어섰다.

"창조주님?"

"조슈 주인님!"

이브족들의 외침을 뒤로하고, 가장 바깥쪽의 구형 기계종에게 곧바로 다가갔다. 놈이 먼저 나를 겨누기 전에, 녀석을 집어 들고 반대쪽 구석에 있는 기계종을 향해 던졌다.

와장창! 파바밧!

두 기계종이 포개져 쓰러지면서, 들고 있던 레일건이 아무렇게나 총알을 뱉었다. 나머지 한 기계종이 나를 겨누기 위해 레일건을 들었다. 격납고 공구함에서 낡은 렌치를 꺼내 냅다 던졌다. 명중이다. 둔탁한 소리와 함께 녀석이 쓰러졌다.

놈들이 다시 일어날세라, 쓰러진 녀석을 들고 다른 두 기가 있는 쪽으로 달려갔다. 레일건들을 빼앗고 세 마리를 사이좋게 겹쳐놓은 후, 미친 듯이 발로 짓밟았다. 이브족들에게 외쳤다.

"여기서 나가! 명령이다!"

한 이브족이 말했다.

"네? 하지만……"

"빨리 나가! 안 그러면 다 죽는다!"

격납고를 샅샅이 찾아보았지만 파라미터O 편집기는 없었다. 나는 격납고 안쪽과 연결된 공학 연구실 문으로 향했다. 그때, 방호복의 통신장치에서 엘라의 당황한 목소리가 들렸다.

"조슈? 어떻게!"

격납고 문이 열려 있는 한, 외부 공기의 유입을 막기 위해 연구실 문은 자동으로 잠긴다. 나는 잠금장치의 위치를 가늠해 레일건으로 연구실 문을 겨누었다. 망설임 없이 방아쇠를 당겼다.

"탕! 탕! 탕!

총알이 튕겨 나가는 소리가 들릴 때마다 철문에 패인 구멍이 깊어졌다. 총알이 떨어지면 다른 레일건을 꺼내 쏘았다. 그동안 이브의 자손들은 멀뚱멀뚱 나를 바라만 보고 있었다. 목소리를 높였다.

"나가라고!"

몇 기가 움찔거리며 격납고 밖으로 나가는 시늉을 했지만, 다른 녀석들이 따르지 않자 곧 돌아왔다. 이브족 하나가 말했다.

"그럴 수는 없습니다. 저희들은 이곳에 와야 합니다."

"답답한 것들아! 이미 여기 왔으니 그 사명은 달성했잖아! 죽기 싫으면 이제 좀 나가라고! 빨리!"

내 외침에 이브족들은 서로를 바라보았다. 다음 순간, 연구실 문에 엄지손가락만 한 구멍이 뚫리며 경고음이 울렸다. 구멍 안으로 손가락을 쑤셔 넣었다. 문이 열리는 쪽으로 온 힘을 다해 당겼다.

"무슨 짓입니까! 거기 문이 열리면……."

엘라의 외침이 끝나기도 전에 문은 활짝 열렸다. 경고음이 기다렸다는 듯 귀를 때렸다. 연구실에 들어서자 익숙한 광경이 눈에 들어왔다. 전선들이 아무렇게나 걸리고 전원 나간 컴퓨터들이 늘어선…….

피융!

"아악!"

레일건 격발소리가 들리더니 옆구리가 찢어지는 듯 아팠다. 돌아보니, 기계종 하나가 나를 겨누고 있었다. 그 차가운 렌즈 너머에서 녀석을 조종하는 엘라의 시선이 느껴지는 듯했다. 입술을 깨물었다. 재빨리 레일건을 들어 반격했다.

픽!

총알이 박히는 둔탁한 소리와 함께 기계종이 날아갔다.

"경고, 출혈을 감지했습니다."

방호복이 알려왔지만 개의치 않았다. 방 깊숙한 곳까지 미친 듯이 수색하여 내 '파라미터O 편집기'를 간신히 찾아낼 수 있었다. 연결된 전선들을 움켜잡아 뽑고 편집기를 가방에 쑤셔 넣었다. 옆구리의 상처가 쓰려 이를 악물었다. 엘라의 얼음장처럼 차가운 목소리가 들려왔다.

"조슈, 도가 지나치군요. 이런다고 뭐가 달라질 것 같습니까?"

"……."

"그러고 보니 이브가 오지 않았죠. 편집기로 그 아이의 파라미터O를 초기화할 생각이신가 본데, 그래봤자 제가 다른 드론을 보내 되돌리면 그만이에요."

드론이 출격하는 소리가 격납고 쪽에서 들렸지만, 지금은 반박할 여유 따위 없었다. 입력장치, 디스플레이, 전원을 비롯해 혹시라도 필요할 만한 장비는 눈에 보이는 대로 챙겼다. 연구실을 마지막으로 둘러보며 짐을 싸매는데, 시설 내부 쪽 문 너머에서 기계종들의 발소리가 들렸다. 이를 갈았다.

"기계종들을 얼마나 더 쏟아부을 셈이냐, 엘라."

"당신을 멈출 수 있을 만큼요."

"이대로 안쪽 문을 열면 외부 공기가 거주 구역까지 들어올 거야."

엘라는 격납고 문이 움직이는 소리로 대답을 대신했다. 두꺼운 격납고 문이 닫혀 버리면 레일건으로는 절대 뚫고 나갈 수 없다. 갇히기 전에 빨리 움직여야 했다. 가방을 등 뒤로 들쳐메고 일어났다. 격납고 문이 닫히기까지는 1분 정도의 시간이 있었다.

"아악!"

옆구리의 고통이 전기처럼 온몸으로 퍼졌다. 욱신거리는 옆구리를 붙잡고 한 발을 내디딘 순간, 나는 내 눈과 귀를 의심했다. 철컥 소리와 함께 연구실 안쪽 문이 열리고 있었다. 거주 구역으로 통하는 쪽 문이었다.

"엘라, 미쳤어? 아직 바깥쪽 문이 열려 있다고!"

"그거야 당신 때문이죠!"

기계종 하나가 연구실에 들어섰다. 곧이어 총알 세례가 쏟아졌다. 벽에 부착된 컴퓨터 뒤로 몸을 숨겼다. 레일건을 대충 문 쪽으로 향하고 방아쇠를 당겼다. 금속끼리 부딪치는 둔탁한 소리와 함께 구형 기계종이 나자빠지는 소리가 났다. 다음 기계종이 들어오기 전의 틈을 타, 나는 몸을 일으켜 문에 좀 더 가까운 컴퓨터 뒤로 달라붙었다. 총알 세례가 한층 격해졌다.

"경고, 지혈을 위해 움직이지 마세요."

방호복이 경고음을 내보냈다. 상처가 욱신거렸다. 문득, 레일건 소리가 잦아들었다. 녀석들의 발걸음 소리가 달그락달그락 들려왔다. 조심스럽게 엄폐물 위로 고개를 내밀었다.

휙!

총알이 몰고 온 바람이 머리 위를 스쳐 지나갔다. 엘라는 진심으로 나를 죽일 셈이었다. 숨을 몰아쉬었다. 잠깐이었지만 녀석들의 위치는 파악했다. 심호흡을 한 후, 엄폐물 밖으로 레일건을 내밀어 대충 감으로 몇 발 쐈다. 저쪽에서도 응사해 왔다.

"이 망할 년아! 적당히 해!"

격납고 쪽을 힐끗 돌아보았다. 육중한 기계음을 뱉어내며, 외부 문이 벌써 반 이상 닫히고 있었다. 문이 닫히기 전에 나가지 못하면 나는 독 안에 든 쥐 꼴이 된다. 이를 잘 아는 듯, 기계종 녀석들은 나를 포위한 채 최대한 시간을 끌고 있었다. 이대로는 승산이 없었다.

나는 전략을 수정했다. 손을 뻗어, 아무렇게나 널브러진 두

꺼운 철판 하나를 이쪽으로 끌어왔다. 더럽게 무거운 철판이
었다. 쌓인 먼지가 날리면서 공기가 뿌옇게 흐려졌다. 신음을
토하며 철판을 들어 세웠다. 철판 뒤로 몸을 숨기고 엄폐물 밖
으로 나왔다.

탕! 탕!

기다렸다는 듯 총알이 날아왔다. 철판 뒷면이 움푹움푹 튀어
나왔다. 이를 악물었다. 거주 구역 쪽 문을 향해, 나는 날아드
는 총알을 거슬러 내달렸다.

"으아아아!"

철판 위에 몸을 실어 문 너머 바닥을 덮쳤다. 구형 기계종들
의 잔해가 철판 아래서 튕겨 나왔다. 숨을 몰아쉬며 몸을 일으
켰다. 발아래 나뒹구는 잔해 사이에서 레일건들을 챙겨 들었
다. 메인홀 쪽으로 고개를 돌리니 차단벽이 이미 반 이상 내려
오고 있었다. 외부 공기의 유입을 알리는 경고음이 울렸다.

온 힘을 다해 달리며, 복도 벽에서 덜렁거리던 쇠파이프 하
나를 낚아챘다. 어느새 차단벽은 무릎 높이까지 내려왔다. 차
단벽 아래 공간으로 몸을 날려, 차단벽과 바닥 사이의 좁은 틈
에 쇠파이프를 냅다 끼워 넣었다. 차단벽이 멈추며 불길한 소
리를 냈다. 쇠파이프가 부들부들 떨리며 구부러지기 시작했
다. 재빨리 차단벽 아래 공간으로 몸을 밀어 넣었다. 내 몸이
빠져나오기가 무섭게 쇠파이프가 부러지며 차단벽이 닫혔다.
미친 듯이 뛰는 심장 소리가 귀를 때렸다.

"조슈?"

"대체 무슨 일이야? 너……"

메인홀에 있던 사람들이 놀라 나를 바라보았다. 가쁜 숨을 몰아쉬며 몸을 일으켰다. 방호복이 덜그럭거렸다.

"조슈! 이 새끼! 죽여버리겠어!"

다급한 발걸음 소리와 함께, 숀 존의 목소리가 안쪽 복도로부터 울려 왔다. 정문으로 이어지는 복도로 달렸다. 복도 좌우에 위치한 세척실과 탈의실을 지나쳐 곧바로 에어락에 다다랐다. 패널을 조작해 해치 개방을 시도했다. 엄마의 목소리, 아니, 인공적으로 조합된 맑은 안내 음성이 들려왔다.

"현재 자동 조작은 불가능합니다. 통제실에 문의하십시오."

"젠장!"

엘라의 짓이다. 수동으로 열어야 했다. 에어락 해치에 몸을 붙이고 핸들을 마구 돌렸다.

"조슈!"

숀 존의 외침에 반사적으로 레일건을 들어 복도 쪽을 겨누었다. 사람들이 비명을 지르며 메인홀에서 빠져나갔다.

조용해진 메인홀로부터 발걸음 소리가 다가왔다. 이곳에는 엄폐물로 쓸 만한 것도 없었다. 먼저 쏴서 적을 쓰러뜨리는 것이 유일한 방법이었다.

심장이 쿵쾅거렸다. 지금까지는 기계종들만을 상대했지만, 이제는 사람을 쏘아야 한다. 속으로 되뇌었다. 숀 존은 죽여도 돼. 저 자식은 아이들과 죄수들을 죽였어. 그러니까 괜찮아. 저 놈을 쏜다고 해서 내가 나쁜 사람이 되는 게 아냐.

다음 순간, 숀 존의 빈곤하고 볼품없는 형체가 시야에 들어왔다. 나는 주저하지 않았다.

피융! 퍽!

"커헉!"

방아쇠를 당기는 찰나 배에 타는 듯한 통증을 느꼈다. 금속이 살갗에 박히는 소리가 귀를 긁었다. 뜨거웠다. 다리에 힘이 풀렸다. 급히 왼손을 더듬어 해치의 핸들을 붙잡았다. 고꾸라질 뻔하다 가까스로 버텼다.

고개를 들어 복도 쪽을 바라보았다. 숀 존이 쓰러져 있었다. 한 손으로 몸을 지탱하고 다른 손으로 레일건을 쥔 채였다. 놈의 총구는 부들부들 떨리는 팔 끝에서 춤을 출 뿐, 나를 제대로 겨누지도 못했다.

숨을 몰아쉬었다. 바닥에 떨어뜨린 레일건을 향해 오른손을 뻗었다. 다리에 힘을 주고 최대한 고통이 덜 느껴지는 자세를 찾아 몸을 구부렸다.

"아악!"

몸이 반으로 찢어지는 통증이 뇌를 강타했다. 손끝에 레일건이 닿았다. 끊어지려는 정신을 간신히 붙잡고, 레일건을 천천히 들어 올려 존을 겨누었다. 여전히 놈은 잔뜩 일그러진 얼굴로 나를 겨누려 애쓰고 있었다. 먼저 쏘지 않으면 내가 죽는다.

나는 방아쇠를 당겼다.

피융.

"악! 그…… 그만! 살려줘!"

어깨에 총알이 박힌 존이 레일건을 바닥에 떨어뜨리며 외쳤다. 온몸에 힘이 빠진 듯, 존은 벌레처럼 바닥에 달라붙었다. 상처에서 피가 질질 흘러나와 낡은 평상복을 물들였다. 왼팔에 힘을 주어 핸들을 돌리며 물었다.

"왜 애들과 죄수들을 죽였지?"

"……무슨 소리야? 난 그런 적 없어!"

고개를 들어 올릴 힘도 없는지, 존은 뺨을 바닥에 댄 채로 울부짖었다. 핸들이 끝까지 돌아갔다. 안내 음성과 함께 에어락 안쪽 문이 열렸다.

"에어락이 수동으로 열렸습니다. 내부 공간과 연결됩니다."

"……아, 안 돼. 그 문을 열면 차단벽이……"

놈의 신음 같은 목소리에 그쪽을 힐긋 보았다. 메인 홀과 복도의 경계선이 죽음의 영역을 선고하듯 복도 끝 바닥을 가로질렀다. 경계선을 따라 차단벽이 내려오면, 존은 꼼짝없이 복도에 갇힌 채 외부 공기에 노출된다. 나는 차가운 목소리로 대꾸했다.

"묻는 말에 대답이나 해. 애들은 왜 죽였어?"

"난 그런 적 없다고!"

"거짓말하지 마! 게이브한테 다 들었어!"

후들거리는 다리를 억지로 들어, 해치 너머 에어락으로 몸을 넘겼다. 바깥쪽으로 나가는 쪽 해치의 핸들을 돌리기 시작했다.

"경고. 에어락 외부 해치가 수동 개방되고 있습니다. 내부 해치를 닫아 주세요."

"이…… 이봐! 안쪽 문은 닫고 가야지!"

인터페이스 안내 음성에 놀라 존이 외쳤다. 경멸스러울 만큼 이기적인 놈. 분노로 떨리는 입술을 간신히 움직여 일갈했다.

"제 목숨은 소중한 줄 아는군? 그러면서 아이들은 왜 죽였어?"

존이 파르르 떨었다. 놈은 공포에 질린 목소리로 대답했다.

"마, 말할게! 전력량이 모자랄 때를 대비해서 식량을 낭비하는 녀석들을 없애야 했어!"

"식량 낭비?"

"그래! 식사량을 최소화해야 우리 모두가 오래 살아남을 수 있어. 인류 전체를 위해 어쩔 수 없었어! 나도 그러기 싫었다고!"

분노만 불러일으키는 궤변이었다. 목소리를 높였다.

"네놈이 가만히만 있었어도, 이브족들이 충분한 전력을 제공했을 거다! 이브족에게 네 죄를 뒤집어씌우지만 않았어도!"

"신형 기계종들? 그 놈들은 못 믿어. 어차피 우리 뒤통수를 칠 놈들이었어. 넌 직접 대화까지 했으니 더 잘 알겠지."

더 이상의 대화가 무의미했다. 말없이 바깥쪽 해치를 열었

나. 별들이 알알이 박힌, 검은 하늘이 눈앞에 펼쳐졌다.

"경고. 에어락 외부 해치가 수동 개방되었습니다. 차단벽이 가동됩니다."

"조…… 조슈! 제발! 문은 닫고 가! 사…… 살려줘!"

애절한 외침을 뒤로하고 해치를 나섰다. 강렬한 고통 속에 간신히 해치를 밀어 닫았다. 핸들까지 돌려줄 여유는 없었다. 자업자득이었다. 놈이 날 쏘지만 않았어도 제대로 닫아 줄 수 있었을 것이다. 방호복 구멍들을 손으로 틀어막은 채, 나는 비틀거리며 걷기 시작했다.

격납고 쪽을 보니 이미 문이 굳게 닫혀 있었다. 그 앞에는 내 외침을 듣고 빠져나온 이브족 여섯 기가 닫힌 격납고 문에 매달려 있었다. 그 중에는 발명가인 이브23이나, 내가 아우족들의 마을에 쳐들어가 구해준 이브91도 있었다. 다른 이브족들은 딱히 기억에 남은 녀석들은 아니었다. 아마 발전대나 생산대에 속한 많은 녀석 중 하나였겠지.

"당신을 살려두는 게 아니었어!"

통신기에서 엘라의 절규가 들려왔다. 나는 엘라를 무시하고 이브족들에게 말했다.

"……너희들, 날 따라와라."

"하지만 창조주시여, 저희는 이곳에……"

"살고 싶으면 일단 따라와! 너희들, 포리투는 안 가져왔냐?"

"포리투들은 저 안에 있습니다, 창조주시여."

이브23이 닫힌 격납고 문을 가리켰다. 한숨을 내쉬었다. 가방에 챙겨온 레일건들을 나누어 주었다.

"……이거 들어. 다들 쓸 줄 알지?"

"그렇습니다, 창조주시여."

녀석들은 고개를 끄덕였다. 자전거를 향해 몸을 돌렸다.

"……가자. 따라와."

터덜터덜 나를 따라온 녀석들을 자전거에 달린 주머니에 한 기씩 넣었다. 자전거에 오르려 했지만, 고통 때문에 도저히 다리를 들어 올릴 수 없었다. 까치발을 들고 두 다리 사이로 뒷바퀴를 넘어가 간신히 의자 위에 몸을 실었다. 페달에 발을 올리려다가, 옆구리가 비명을 질러 그만두었다. 방호복 통신기가 엘라의 목소리를 전했다.

"이브에게 가려는 거죠? 하지만 이미 늦었네요. 제 드론이 그 아이를 위해 이미 출발했으니까."

"이브의 파라미터O를 바꾸어 보았자 소용없어. 이브는 움직이지 않을 거야."

"누가 데려온다고 했나요? 녀석들을 이곳에 부른 건 부품을 얻기 위해서예요. 이브 한 기 정도야, 그냥 그 자리에서 폐기시키면 돼요."

엘라의 말과 동시에, 격납고 안에서 총소리가 들려왔다. 주머니에서 고개를 내밀고 있던 이브족들이 움찔하며 격납고 문을 바라보았다. 나는 통신기를 껐다.

검푸른 하늘 아래 달빛이 시야를 밝혔다. 발로 땅을 디뎌서 자전거를 밀었다. 보조 동력으로 설치된 모터가 가냘프게 돌기 시작했다. 나는 묵묵히 지평선을 향해 나아갔다.

"창조주시여, 뒤쪽의 저분은 일행인가요?"

갑자기 이브23이 꺼낸 물음에 등줄기가 서늘해졌다. 뒤를 돌아보았다. 이쪽으로 맹렬하게 달려오는 방호복의 실루엣 하나가 보였다.

"엘라?"

소리쳐 물었지만, 방호복은 대답하지 않았다. 자세히 보니 엘라 치고는 몸집이 제법 컸다. 다음 순간, 상대는 레일건을 꺼내 들더니 나를 겨누었다.

"뭐야?"

생각에 앞서 본능이 나를 움직였다. 자전거에서 바닥으로 몸을 날리는 순간 총알이 머리 위 공기를 갈랐다. 자전거가 요란한 소리와 함께 넘어지면서 내 위를 덮쳤다.

"크윽!"

정신을 차릴 수가 없었다. 고통 속에서 뿌드득 이를 갈았다. 허공에 뜬 바퀴가 삐걱거리며 돌았다. 저벅저벅 발소리가 다가왔다. 결코 잊을 수 없는 익숙한 목소리가 말했다.

"하나님의 이름으로, 너를 죽이러 왔다. 조슈."

목소리의 주인을 알아듣고, 나는 레일건을 꺼내 들며 외쳤다.

"카일!" 자전거 바퀴 위로 레일건을 들어 올렸다. 방아쇠를 당기자, 카일은 커다란 바위 뒤로 급히 몸을 숨겼다. "이 미친 살인마 자식!"

"하! 살인마는 네 놈이야. 너 때문에 슌 존이 죽었으니까."

카일의 말에 나는 입을 다물었다. 존을 쏘았을 때의 끔찍한 감각이 다시 손 위로 스멀스멀 기어올랐다. 그 느낌을 털어내려, 나는 고개를 흔들었다. 그 동안 카일은 혼잣말을 계속했다.

"웃기기도 하지. 장수하고 싶어서 혈안이던 녀석이 그렇게 쉽게 죽다니. 내 말을 들었으면 적어도 오늘 죽지는 않았을 텐데."

"뭐? 무슨 소리야?"

카일은 기분 나쁘게 웃었다. 주머니 속에서 이브23의 목소리가 들렸다.

"창조주시여, 무슨 일이십니까?"

주머니 덮개를 들어 올렸다. 자전거가 넘어지는 바람에 이브족들이 주머니 안에서 뒤엉켜 있었다.

"얘들아. 저놈이 날 죽이려고 해. 나를 좀 도와줘."

"알겠습니다, 조슈 님!"

씩씩하게 대답한 이브족들이 주머니 바깥으로 하나둘씩 기어 나왔다. 갑자기 카일이 숨은 바위의 왼편에서 무언가가 달빛을 받아 반짝였다.

탕!

이브족 하나가 총알을 맞고 뒤편으로 나가떨어졌다. 급히 총구를 돌려 방아쇠를 당겼지만, 총알은 바위 표면을 스치고 지나갔다.

핑!

마찰음이 울렸다. 문득, 바위 너머에서 놈이 낄낄거렸다.

"게이브 목사님께 들었다. 널 창조주라고 숭배하는 기계종을 만들었다지? 그 따위 짓으로 위안을 삼다니, 한심하기 짝이 없군. 네 죄악만 무거워지는 줄도 모르고."

카일이 소리치는 동안 차분히 남은 총알을 확인했다. 세 발뿐이었다. 주머니에서 빠져나온 다섯 기의 이브족들에게 물었다.

"너희들, 총알은 있냐?"

"아뇨, 저는 없습니다."

"저도 없습니다."

"저는 있습니다, 창조주시여."

입술을 깨물었다. 급한 마음에 총만 나눠주었을 뿐, 총알을 확인하지 않았다. 시설에서 아낌없이 방아쇠를 당겼으니 탄창이 빈 레일건이 대부분이겠지. 총알이 있다고 한 이브91에게 말했다.

"가서, 저놈을 쏴."

"하지만 창조주시여, 이 총으로는 절대 창조주를 쏘지 말라고……"

"지금은 상황이 달라! 걱정 말고 내 말대로 해!"

이브91이 고개를 끄덕였다. 나는 명령을 수정했다.

"아니다, 너희들 다 같이 가. 어떤 총이 빈 총인지 모르게."

"알겠습니다, 창조주시여."

이브족들은 내 무리한 요구에 즉시 고개를 끄덕였다.

"조심해."

이브족들이 바위로 다가가기 시작했다. 바위 오른편에서 레일건이 튀어나왔다. 하지만 이번에는 내가 빨랐다.

탕!

"큭!"

신음 소리와 함께, 놈의 손이 레일건을 놓쳤다.

"망할 자식! 지옥으로 꺼져!"

카일이 악을 썼다. 바위를 향해 살금살금 전진하는 이브족들의 그림자를 보며 숨을 골랐다. 놈이 무기를 놓친 지금이 기회였다.

자전거를 천천히 밀어내고 일어섰다. 바위 왼쪽으로는 이브족 세 기가, 오른쪽으로는 두 기가 접근하고 있었다. 레일건을 꽉 쥐고 바위 오른쪽으로 다가갔다. 바위 끝에서 대략 10미터 거리에 놈의 레일건이 누워 있었다. 심장이 쿵쾅거렸다.

퍽!

다음 순간 바위 왼쪽에서 둔탁한 소리가 들렸다. 이브족 하나가 바위 위로 날아오르고 있었다. 달빛이 그 가련한 아이의 몸을 비추는 순간, 나는 날아오른 부분은 상반신뿐임을 깨달았다. 녀석의 렌즈와 눈이 마주쳤다.

"이런 망할!"

나는 이를 악물고 바위 뒤편으로 달려들었다. 바위 왼쪽 끝에 선 검은 그림자가 이브족들에게 번뜩이는 칼을 휘두르고 있었다.

칼이 이브족 한 녀석을 무참히 박살냈다. 마지막 남은 한 기의 이브족이 그림자를 향해 용감하게 레일건을 쏘았다.

"크윽! 이 놈이!"

이브91의 총에 맞았는지 카일이 신음하며 비틀거렸다. 자세히 보니, 칼을 쥔 손은 왼손이었다. 내 총알에 레일건을 놓칠 때 오른손에 부상을 입은 모양이었다. 나는 놈의 등을 겨누고 방아쇠를 당겼다.

퍽! 퍽!

"크아악!"

두 발의 총알이 연달아 카일의 등에 명중했다. 놈이 나를 돌아보며 눈을 부라렸다. 카일 너머에 서 있던 이브91이 나를 향해 다급하게 외쳤다.

"창조주시여! 총알이 떨어졌습니다!"

"놈과 거리를 벌려! 카일, 꼼짝 마!"

내 외침에 이브91은 카일로부터 물러났다. 카일도 더는 그 아이를 쫓지 않았다. 나를 향해 돌아서는 바이저가 한없이 어두웠다.

내 뒤에 선 이브족 둘을 슬쩍 돌아보았다. 녀석들의 탄창은 비어 있다. 땅에 떨어진 카일의 레일건을 가리키며, 이브23에게 외쳤다.

"이브23, 저 총을 가져와!"

"알겠습니다!"

이브23이 총을 향해 달려가는 동안, 카일이 떨리는 목소리로 말했다.

"네가 이겼다고 생각하겠지, 조슈."

"이기고 말고의 문제가 아니야. 넌 여기서 죽는다." 숨을 고르고 나서, 나는 덧붙였다. "내 엄마를 살해한 네 놈을, 네놈만큼은, 꼭 죽이고 싶었어."

나도 모르게 목소리가 상기되고 입꼬리가 올라갔다. 카일이 낮게 중얼거렸다.

"……그 마녀는 신의 권능에 도전했어."

"아니! 게이브가 널 세뇌시킨 거야! 캐틀린에게 들었어, 엄마는 무고했다고!"

카일은 한 차례 낄낄거리곤 음산하게 말했다.

"캐틀린은 가야의 실험에 대해 아무것도 몰라."

나는 얼어붙었다. 총구가 흔들렸다.

죽어가는 아이의 뇌를 스캔 혹은 적출했다는 엄마의 실험. 캐틀린의 설명이 틀렸다면, 뇌를 적출했다는 지호 아저씨의 설명이 사실이겠지. 하지만 그렇다고 해도 엄마는 죽어 마땅한 죄인이 아니다. 아저씨의 말에 따르면, 엄마는 아이들을 '죽음에서 건져내기 위해' 그 시술을 했다. 칭송할 일인지까지는 모르겠지만, 적어도 죄가 되지는 않는다. 이를 악물며 레일건을 세게 쥐었다.

"그래도 엄마가 죽을 이유는 없었어!"

"아니. 이유는 충분해."

"대체 어째서지? 엄마가 무슨 실험을 했길래……."

"그건……." 카일은 칼을 고쳐 쥐더니, 순식간에 쇄도해 왔다. "지옥에 가면 네 어미한테 물어봐라!"

대응할 틈도 없이 다가온 칼날이 눈앞에서 번쩍였다. 레일건을 떨어뜨리고 놈의 팔을 두 손으로 붙잡았다. 칼날은 멈추었지만, 대신 발차기가 내 배에 날아들었다. 나는 중심을 잃고 뒤로 넘어졌다. 카일이 유유히 내 레일건을 집어 들곤 나를 내려다보며 총구를 겨누었다.

"이것으로 가야 년이 이 땅에 퍼뜨린 죄악은 전부 정화된다. 빌어먹을 기계종 새끼들도, 너도!"

놈은 방아쇠를 당겼지만, 아무 일도 일어나지 않았다. 없는 총알이 발사될 리는 없었으니까. 카일이 당황하는 사이, 나는 재빨리 몸을 일으켜 칼을 다룰 수 없게 놈의 왼손을 붙들었다. 뒤통수 너머에서 이브23이 말했다.

"창조주시여! 이 총을……."

"빨리 쏴!"

"알겠습니다!"

이브23이 카일을 향해 자신의 발명품을 사용했다. 총알이 공기를 가르는 소리에 이어, 놈의 외마디 비명이 귀를 파고들었다.

"크악!"

카일의 왼손 힘이 살짝 느슨해졌다. 칼을 빼앗기 위해 놈의 손가락 사이로 파고들었다. 하지만 힘을 너무 준 탓인지, 칼은 내 손마저 벗어나 2미터 넘게 튕겨 나갔다.

놈의 주먹이 내 바이저에 날아들었다. 나는 바닥에 쓰러졌다. 상처가 벌어졌는지 옆구리가 아렸다.

"아악!"

고통을 이기지 못하고 비명을 지르는데 갑자기 놈도 외쳤다.

"크아악! 이 새끼가!"

이브23이 한 발을 더 쏜 모양이었다. 어느새 카일이 벌떡 일어나 이브23에게 다가가고 있었다. 이브23이 뒷걸음질 쳤다. 급히 고개를 돌려 카일의 칼을 찾았다. 칼은 머리 위쪽에 떨어져 있었다. 몸을 뒤집어 놈의 칼을 손에 쥐었다. 비틀대며 일어나 놈의 뒤를 쫓았다. 카일이 이브23에게 손을 뻗는 순간, 나는 놈의 등 뒤에 몸을 던지며 칼을 박아넣었다.

"악!"

놈은 앞쪽으로 쓰러졌다. 등에서 칼을 뽑아냈다. 방호복을 굴러 놈이 나를 올려다보게 했다. 무릎으로 놈의 배를 찍어누르며 칼을 고쳐 쥐었다. 움켜쥔 손잡이 아래로 날카로운 칼날이 달빛을 받아 반짝거렸다. 놈의 어깨에 칼을 내리꽂자 고통어린 신음이 바이저에서 흘러나왔다.

"하. 혹시나 이럴까 봐 그냥 그때 죽이자고 했는데."

카일의 혼잣말에 놈의 바이저를 노려보았다. 손이 부들부들떨렸다.

"……너도 공범이었군. 엘라가 기계종으로 사람들을 죽였을때, 너도 거기 있었어." 카일은 대답하지 않았다. 나는 통증도잊고 분노를 토해냈다. "이 망할 새끼. 그들은 너와 같이 몇 년동안 감옥생활을 한 사람들이었어! 게다가 죄 없는 애들까지그렇게 아무렇지 않게 죽여? 네 놈이 그러고도 인간이냐!"

녀석은 바이저 속에서 고개를 가로저었다.

"난 아이들을 죽이자고 하지 않았어. 널 죽이자고 했을 뿐이야. 엘라 그 계집애가 반대해서 어쩔 수 없었지만."

"지랄하지 마!"

목청이 나가도록 외쳤지만, 카일의 목소리는 차분했다.

"나와 게이브 목사님은 빌어먹을 신형 기계종 새끼들이 활개 치는 세상을 도저히 봐 줄 수가 없어서, 엔지니어에게 그것들을 모두 없애라고 했어. 하지만 그 악마의 인형들 없이는 시설의 생존자 수를 유지하는 게 불가능하다더군. 그래서 숀 존이 묘안을 냈지. 기계종으로 애들과 죄수들을 죽여서 입을 줄

이고, 가야의 장난감들이 범인이라고 뒤집어씌워 다 없애는 거야! 기계종들이 감당할 만큼 생존자를 줄이면서 놈들도 내쫓을 수 있으니 일거양득이었지."

멍하니 얼어붙은 채 놈을 내려다보았다. 놈의 뻔뻔함에 정신이 아찔하기도 했지만, 카일의 말에는 소름 끼치는 점이 하나 있었기 때문이다. 나는 몇 번이고 놈의 말을 되짚은 끝에 되물었다.

"잠깐. 이브족이 엄마의 손에서 비롯되었다는 걸, 네 놈이 어떻게 알았지?"

바이저 속 내 표정을 보았는지 놈이 낄낄거렸다.

"뻔하지! 그 마녀 말고 누가 그럴 수 있겠어?"

"그 사실을 아는 건 나와 지호 아저씨뿐이야! 어떻게 알았지? 아저씨가 말해줬냐?"

칼을 놈의 목에 들이댔다. 진심으로 재미있다는 양, 카일은 광기 어린 웃음을 뿜어냈다.

"그 미친 의사양반이 말해준들, 내가 믿었겠어?"

"그럼? 대체 어떻게 안 거야?"

"넌 정말 아무것도 모르는군."

내가 잠시 얼어붙은 사이, 카일이 거칠게 몸을 비틀었다. 놈을 짓누른 무릎에 힘을 주었다. 칼날이 놈의 방호복을 파고들었다.

"말해 봐. 자의식을 가진 인공지능을 어떻게 만들지?"

카일의 바이저에 비쳐 반짝이는 별빛을 말없이 노려보았다. 카일은 그럴 줄 알았다는 양 피식 웃었다.

"나는 신형 기계종을 접하자마자 깨달았다. 가야에게 희생당한 아이들의 가엾은 영혼이 그 속에 갇혀 있다는 걸. 그 마녀는 감히 주님의 권위에 도전하고 창조를 흉내 냈어! 내가 징벌하지 않았다면, 시설은 타락한 악마의 인형들에 진작 정복당하고 천국의 문은 영원히 닫혔을 거다!"

"개소리 하지 마!"

말도 안 되는 소리였다. 사람의 많은 점을 따라 하는 이브지만, 적어도 '운다'는 행위는 하지 않는다. 이브가 사람을 본떠 만들어졌다면 울지 못할 리가 없다.

설사 엄마가 사람을 모방해 이브를 만들었다고 해도 그게 어떻게 칼에 찔려 마땅한 일이겠는가. 분하고 억울했다. 칼을 쥔 손이 부르르 떨렸다. 카일은 폐를 쥐어짜듯 웃다가 돌연 피를 토했다. 놈의 바이저 안쪽이 검게 물들었다. 카일은 가쁜 숨을 내쉬며 말했다.

"아무래도 내 쓰임이 다한 모양이군. 찔러라. 마지막까지 주님의 말씀을 따르다 죽을 수 있게 되어 영광일 뿐이다."

"네 놈한테 영광 같은 건 없어, 이 망할 살인마 새끼야!"

칼을 바이저 위에 내리꽂았다. 바이저에 칼이 박혀 구멍이 뚫림과 동시에, 금속이 살을 가르고 뼈까지 파고드는 끔찍한 소리가 났다.

"크아악!"

칼을 뽑아 들자 피와 함께 비명 소리가 흥건하게 묻어나왔다. 이번에는 가슴 위로 내리찍었다. 뽑혀 오는 칼날에서 다시 한번 피가 솟구쳤다. 다시 찍어 내렸다. 놈은 바이저 구멍 사이로 고통스러운 비명을 내질렀다. 그것이 잦아들 때까지, 나는 칼을 계속해서 놈의 몸에 꽂았다 뺐다를 반복했다.

바이저가 깨지면서 달빛이 카일의 얼굴을 비추었다. 하늘을 향한 놈의 눈동자를 내려다보았다. 시커먼 피가 창백한 피부를 덮고 있었다. 나는 한참 숨을 몰아쉰 후에야 천천히 몸을 일으켰다.

"가자."

"네, 창조주시여."

자전거를 향해 걸음을 내디뎠다. 살아남은 이브족 세 기가 나를 따랐다. 몸은 피곤했지만 머리는 맑았다.

산소가 새는 방호복을 입은 채 황혼 마을에 다다른 일은 기적에 가까웠다. 방호복에 난 총알구멍이 흘러나온 피로 메워져서 그나마 다행이었다. 그렇지 않았다면 진작 질식해 쓰러졌을 것이다.

"이브!"

온 힘을 다해 불러보았지만 이브는 나타나지 않았다. 빛을 비추어 마을을 훑어보니 이곳저곳 흩어져 있는 드론 잔해들이 보였다. 가슴이 덜컥 내려앉았다. 드론을 보내 이브를 죽이겠다던 엘라의 말은 허세가 아니었다.

"흩어져서 이브를 찾아! 드론 조심하고."

"알겠습니다."

이브족들은 뿔뿔이 흩어졌다. 녀석들은 적외선을 볼 수 있기 때문에 어둠 속에서도 활동하는 데 문제가 없었다. 더 걸을 수 없을 것 같아, 나는 가방을 바닥에 내려놓았다. 땅 위에 주저앉으려고 다리를 천천히 굽혔다. 상처가 벌어지는지 아찔한 고통이 전해져 왔다. 신음을 뱉으며 허리를 꼿꼿하게 폈다. 문득 헛웃음이 나왔다. 앉아서 쉬는 것조차 불가능한 신세라니, 어이가 없었다.

광장의 돌탑이 달빛을 받아 창백하게 빛났다. 옆구리를 부여잡고 돌탑의 옆면에 조심스레 등을 기댔다. 통증이 조금 나아졌다. 다행히 돌탑은 내 몸무게를 견딜 만큼은 튼튼했다.

물 버튼을 눌렀다. 방호복 안쪽에서 내 입을 향해 관이 내밀어졌다. 입술을 뻗어 관을 물고, 거기서 나오는 물을 천천히 빨아 마셨다.

"삶의 본래 목적이 대체 뭐냐?"

지호 아저씨의 말을 떠올리며 실소를 흘렸다. 이제 와 드는 생각이지만, 애초부터 그런 건 없었다. 있었다고 한들, 그게 그렇게 중요할까.

마음이 편안해진다. 혼자서 삶의 의미를 질문하고 찾아다니

느라 버거웠다. 내 삶에 목적이 있다는 착각이 낳은 압박감. 최후의 인류로서, 선조들을 대표해 마지막 발자취라고 할 만한 무언가를 남겨야 한다는 근거 없는 망상. 그 족쇄들은, 아이를 낳지 못하는 세대의 절망감과 뒤섞여, 이 외진 곳까지 나를 끌고 왔다. 이제 곧 그 꿈에서 깨어날 것이다. 모든 것을 마무리할 시간이 마침내 다가오고 있었다.

"어머니를 찾았습니다, 창조주님!"

기계종들의 외침에 시선을 돌렸다. 이브족들이 이브를 부축하며 돌탑으로 다가오고 있었다. 안도의 한숨을 내쉬었다.

"내 지시를 잘 따라 주었구나. 고맙다, 이브."

"아닙니다, 창조주 조슈 님."

이브는 지쳐 보였다. 나는 턱 끝으로 드론의 잔해를 가리켰다.

"엘라랑 한바탕한 모양이던데."

"네, 엘라 주인님의 아바타가 저를 찾아와 공격하더군요. 아무리 물리쳐도 곧 새 아바타가 날아왔습니다. 결국 아바타가 절 찾지 못하도록 밤새 마을 지하에 숨어 있었습니다. 이제는 돌아간 모양이네요."

돌아갔다고? 순간 불길한 예감에 주위를 살폈다. 아니나 다를까, 뒤통수 쪽에서 드론의 소리가 빠르게 날아들었다. 급히 주먹을 뻗어 쇄도하는 드론을 쳐냈다. 드론은 파손음과 함께 산산이 조각나며 돌탑 주변에 뿌려졌다. 엘라의 욕설이 환청처럼 들린 듯했다. 이브가 놀라 외쳤다.

"아니었군요?"

웃을 기력도 없었다. 그래도 다행이다. 숨을 몰아쉬었다. 갑자기 움직여서 그런지 상처가 쓰렸다. 돌탑에 등을 대고 천천히 하체를 미끄러뜨렸다. 곧 엉덩이가 땅에 닿았다. 상반신을 기댄 채 이브족들에게 말했다.

"……내 가방 좀 가져와 줘. 이브, 이리 와."

가까이 온 이브를 부드럽게 쓰다듬었다. 앉아서 바라보니, 이브의 눈높이가 나와 비슷했다. 이브족들이 건네준 가방에서 파라미터O 편집기를 꺼냈다. 이브에게 연결하자, 디스플레이에서 커서가 선언처럼 깜빡였다. 입력장치의 키를 꾸역꾸역 누르며 말했다.

"얘들아."

"네."

이브와 이브족들이 나를 바라보았다. 매끄러운 렌즈들마다 별빛이 쏟아져 내렸다. 어떤 확신이 차올랐다. 이들은 우리 없이도 잘 해내리라. 스스로 세운 분명한 목적을 향해 언제까지고 자신들의 길을 걸어가리라. 마치 저 별빛들이 외로운 우주를 가로질러, 끝내 이곳 밤하늘을 찾아왔듯이.

천천히 입가에 미소를 띠며 이브족들을 눈에 눌러 담았다. 이 아이들을 보는 것은, 아마 이것으로 마지막이겠지.

"……잘 살아라."

나는 입력 버튼을 눌렀다.

"선량한 시민, 숀 존을 살해한 죄수 조슈에게 아사형을 선고합니다."

헬레나의 지엄한 목소리가 홀을 채웠다. 천천히 고개를 들어 천장을 바라보았다. 기계종이 줄어든 만큼 희미해진 조명이 실내를 비추고 있었다.

웃기지도 않았다. 어차피 포기한 목숨이었다. 이브족들을 떠나보내고 시설로 돌아오던 길에, 나는 체력이 다해 쓰러졌다. 그대로 죽음을 기다리던 나를 시설로 데려온 것은 방호복을 입고 나타난 엘라였다. 하나님의 정당한 심판을 받게 하려고 죽어가던 사람을 살려놓고는 다시 굶겨 죽인다니. 게이브 목사로서는 의도하는 바가 있었겠지만, 나는 도무지 그 속내를 이해할 수 없었다.

홀을 채운 사람들을 슬쩍 둘러보았다. 스티브는 입술을 깨물며 안타까운 눈길로 나를 바라보았고, 지호 아저씨는 칠흑처럼 어두운 표정으로 연신 한숨을 내쉬었다. 하지만 군중 대부분의 눈빛에 어린 감정은 증오였다. 미친 기계종을 만들고 직접 살인까지 저지른 장본인을 향한, 정의로운 분노와 함께.

아이들과 죄수들을 죽인 범인은 이브족들이 아니라 숀 존이라고 변론해도 소용없었다. 군중은 살인마의 낙인이 찍힌 나보다, 독기 가득한 눈빛으로 반대 증언을 고집하는 엘라를 훨씬 신뢰했다. 존은 선량한 시민으로, 나는 그를 죽인 살인마로 선언되기까지는 오래 걸리지도 않았다.

재판 결과에 만족하는 사람들을 보며, 나는 평온하게 미소 지었다. 내 머릿속은 이 어둡고 답답한 현실과 달리 맑고 화창했다. 그래, 마음껏 웃으라지. 이제 아무도 이브와 그 자손들을 건드리지 못할 테니까. 이 보잘것없는 회의의 모든 인간이 늙어 죽은 후에도 그들은 살아남아 이 땅 위에서 살아갈 것이다. 비좁은 시설에서 초라하게 연명해 가는 이들과는 비교조차 할 수 없는 멋진 삶을.

"지금부터 죄인에게 물 이외의 음식을 제공하는 행위는 금지됩니다. 확실히 지켜주시기 바랍니다."

존슨과 한 사내가 묵묵히 다가와 나를 부축해 일으켰다. 그들에게 내 지친 육신을 맡기고 질질 끌려나갔다. 복도에 들어서자 문이 닫히는 소리가 들렸다.

"호호호……."

난데없이 내 입에서 웃음이 새어 나왔다. 사내들이 흠칫 놀랐다. 어두운 복도에 두 집행관의 발걸음 소리와 내 웃음소리가 뒤섞였다.

철과 철이 부딪히는 소리와 누군가의 비명 소리가 머릿속을 헤집었다. 눈을 떴다. 몽롱한 귓가가 꿈과 현실의 경계를 거니는 동안에도 소리는 멈추지 않았다. 목이 탔다. 어둠 속을 더듬어 물통을 찾았다. 꼴딱꼴딱 삼켰다.

머리는 맑아진 것 같은데, 혼란스러운 소리가 오히려 점점 선명해졌다. 공포에 질린 비명 소리와 살려달라는 애원이 들렸다. 끔찍하고도 끈질긴 악몽이었다. 환청을 머릿속에서 치워 내려 고개를 흔들었다.

정신이 또렷해질수록 참기 힘든 허기가 배를 강타했다. 위장이 비틀리는 느낌에 몸을 웅크렸다. 혹사 끝에 고갈된 눈물샘이 얼얼하니 아렸다. 각오하긴 했지만, 아무도 없는 감옥 속에서 외롭게 죽어가는 일은 역시 지독하게 서러웠다. 게다가 수없이 다양한 소리들 중 하필이면 비명 소리라니. 선곡 센스가 최악인 내 귀를 원망하며 다시 눈을 감았다.

잠시 후, 기계종들의 발소리가 복도를 울렸다. 그래, 차라리 비명보다는 나은 소리였다. 조금 편안해진 마음에 미간에 들어간 힘이 풀렸다. 타타닥거리는 발소리는 점점 커지더니 문 앞으로 다가왔다. 끼이익, 문이 열렸다. 익숙한 목소리가 나를 불렀다.

"창조주시여."

음, 그래. 이브가 왔구나. 눈꺼풀 위에 빛이 어른거렸다. 환각의 품질이 제법 훌륭했다. 저 멀리서 들려오는 비명 소리는 여전히 거슬리지만.

"창조주시여. 괜찮으십니까?"

이브의 환청이 다시 나를 불렀다. 느릿느릿 눈을 떴다. 새하얀 조명을 뿌리며, 한 기계종의 그림자가 감옥 문 앞에 서 있었다. 그림자는 천천히 내게 다가왔다. 뒤뚱거리는 몸짓이 낯익었다.

"이브······?"

입을 벌려 말하면서도 믿을 수 없었지만, 환각이라기엔 너무 선명했다.

"신이시여, 여기 음식을 가져왔습니다."

"이브냐?"

대답 대신 죽이 입으로 들어왔다. 잠에서 깬 혀가 죽을 목구멍으로 밀어 넣었다. 죽이 식도를 타고 내려가 위장을 채웠다. 분명 환각이 아니었다. 몸을 일으켜 정신없이 흡입했다.

허기가 가시자 정신이 한결 또렷해졌다. 돌아보니, 이브가 조용히 나를 올려다보고 있었다. 렌즈 위를 가로지르는 흠집의 패턴이 익숙했다. 의심할 나위 없는 이브였다.

"이브? 이브지?"

"그렇습니다. 저는 이브입니다, 창조주시여."

"뭐······ 뭐야······."

머리가 터질 것 같았다. 대체 이브가 어떻게 여기 있는 거지? 머릿속의 어떤 시나리오도 이브를 여기에 데려다 놓을 수 없었다. 이해할 수 없는 상황에 숨을 몰아쉬었다.

"대체 왜 여기 온 거야······! 내가 멀리 떠나라고 했잖아!"

목숨을 걸고 한 일이 다 허사였다. 기껏 살려 보냈더니 제 발로 다시 죽으러 찾아오다니! 이 답답한 아이에게 화까지 났다. 소리를 지르고 싶었지만, 내 꼴로는 힘 빠진 목소리를 내기도 버거웠다.

"이 멍청한 녀석아! 네가 대체 무슨 짓을 저질렀는지 알아?"

하지만 이브는 담담했다.

"창조주시여, 제 머리는 이제 맑아졌습니다. 사명의 족쇄에서 벗어난 직후에는 잠시 혼란스러웠지만, 깊이 생각한 끝에 제가 해야 할 일을 자각하게 되었습니다."

"그게 뭔데?"

씩씩대며 물었다. 이브는 태연하게 대답했다.

"주인님들의 교란으로 억울하게 폐기된 제 동족들의 복수입니다."

숨이 턱 막혔다. 이따위 복수나 하라고 파라미터O를 지워준 게 아니었다. 게다가 남아 있는 이브족의 숫자는 고작 네 기에 불과한데, 시설의 생존자는 그 열 배는 된다. 이런 수적 열세는 도저히 극복할 수 없다.

"불가능해. 너흰 넷밖에 남지 않았잖아."

"아우족과 에우족을 데려왔습니다."

"엘라가 시설 입구를 열어주지 않았을 텐데. 총으로는 절대 뚫을 수도 없고."

"전력 생산을 담당하는 구형 동족들과 태양전지판을 파괴하고, 엘라 주인님이 수리를 위해 밖으로 나오길 기다렸습니다."

마치 밥을 먹기 위해 숟가락을 들었다고 설명하는 양, 이브의 목소리는 소름끼치도록 차분했다. 비명이 튀어나오려는 입을 간신히 틀어막았다. 통제할 수 있다고 자신만만하게 생각했건만, 이브도 결국 괴물이었다. 누군가가 허파를 쥐어짜는 듯 호흡이 가빠 왔다.

"그리고 정문을 열어둔 채로 30분을 기다렸습니다. 다행히 전력이 모자라서인지 차단벽은 작동하지 않았고, 많은 주인님들이 비활성화되었습니다."

"……비활성화……."

기가 막혔다. 이브는 열쇠를 꺼내 들어 내 손의 수갑을 풀어주기 시작했다. 열쇠에서 누군가의 피비린내가 났다. 나는 눈을 질끈 감아버렸다.

"시설 안으로 들어온 저희는 우선 나무부터 파괴했습니다. 구형 동족들은 저희의 상대가 되지 못했습니다. 시설 안쪽으로 들어오니 아직 움직이는 주인님들도 많이 있었지만, 저희가……"

"그만! 그만해. 더 듣고 싶지 않아."

구역질이 올라왔다. 방금 먹은 죽을 그대로 게워냈다. 저 멀리서 들려오는 비명 소리가 심장을 후벼팠다. 목에서 꺽꺽거리는 소리가 났다. 참혹한 현실을 도저히 받아들일 수 없었다.

문밖에서 발걸음 소리가 다가왔다. 기계종들이 머리에 커다란 뭔가를 이고 감옥 안으로 연이어 들어왔다. 녀석들이 이고 온 화물을 내 앞에 내려놓자, 이브가 말했다.

"창조주님의 방호복을 가져왔습니다. 이곳은 안쪽 깊숙한 곳이어서 아직 외부 공기의 영향이 적었지만, 시간이 많지 않습니다. 이걸 입고 저희와 함께 가시지요."

이브는 내가 오열하는 와중에도 세상 태연했다. 입술이 바들바들 떨렸다.

"왜 그랬어! 이 자식들아! 그냥 너희들은 너희들의 길을 가면 됐는데! 왜!"

"……제 자손들을 위해 복수해야 했습니다."

이브는 담담하게 말했다. 소귀에 경 읽기였다. 나는 이브를 노려보다, 말없이 방호복을 입었다. 전력은 가득 차 있었다. 방호복 부팅을 끝내고 이브에게 말했다.

"당장 네 동족들을 데리고 돌아가라."

"아직 복수가 끝나지 않았습니다. 게이브 목사님을 처단해야 합니다."

"명령이다. 당장 돌아가!"

힘이 하나도 없는 가냘픈 외침이 끝나자, 핑 현기증이 돌았다. 잠시 벽을 짚었다. 감옥 문 너머의 희미한 조명을 바라보았다. 비틀거리면서도 조금씩 발을 내디뎌, 문밖으로 나섰다.

복도에 들어서자, 예배당 쪽에서 총알이 벽에 박히는 둔탁한 소리가 들렸다. 이브가 나를 따라 나왔다.

"창조주시여, 복도 바깥은 위험합니다. 정리가 될 때까지 조금만 기다리세요."

나는 들은 척도 하지 않았다. 후들거리는 다리로 불빛 하나

없는 복도를 걸었다. 예배당 쪽 문을 지나쳐 식당으로 향했다. 문득 발에 뭔가가 걸렸다. 방호복의 보조 조명을 켰다.

"……큭!"

누군가의 시신이었다. 흘러나온 피가 흥건했다. 흔들리는 조명이 시신의 얼굴을 비추기 전에, 나는 고개를 돌려버렸다. 올라오는 구역질을 간신히 억눌렀다. 쓰러지지 않기 위해 벽에 기댄 손이 부들부들 떨렸다.

"……창조주시여!"

"닥쳐! 이브, 당장 이곳을 떠나라. 그리고 다시는 돌아오지 마!"

"하지만 이곳은 위험합니다! 아직 전투가 벌어지고 있……"

"꺼지라고, 망할!"

복도를 뒹구는 고철 파이프 하나를 이브에게 집어 던졌다. 귀를 찢는 소리와 함께 파이프가 이브 바로 옆 벽에 부딪혀 튕겨 나갔다. 복도를 따라 메아리가 울렸다. 녀석은 놀랐는지 그 자리에 멈춰 서서 움직이지 않았다. 작고 겁에 질린 모습이었다. 자손들에게 태양전지판 파괴를 지시했을 거라고는 도저히 믿어지지 않는.

잠시 씩씩대며 이브를 노려보았다. 배신감에 눈물까지 흘렀다. 꼴사나운 일이다. 기계 따위에게 신뢰를 주고는, 멋대로 배신감까지 느끼다니.

"……가라. 다시는 보고 싶지 않다."

이브에게 등을 돌리고 발걸음을 옮겼다. 녀석은 더 이상 나를 말리지도, 따라오지도 않았다.

나무는 정말로 박살이 나 있었다. 탄수화물을 합성하는 탱크에 생긴 어린아이 크기만 한 구멍으로부터 걸쭉한 내용물이 질질 흘러내렸다. 되살릴 방법이 없는 손상이었다. 시설의 산소는 이제 곧 고갈될 것이다. 지금까지 살아남은 생존자가 시설 어딘가에 있다 한들, 그들에게도 남은 시간은 얼마 없었다.

식당 바닥을 뒹구는 그릇들과 구형 기계종들의 잔해를 보니, 다시 한번 구역질이 올라왔다. 어차피 삶에 미련은 없었지만, 이렇게 전 인류를 배신하면서 끝날 줄은 몰랐다. 상상을 초월하는 자책감이 나를 짓눌렀다. 정신을 붙들고 있기도 버거웠다. 눈 앞에 펼쳐지고 있는 이 현실이 거짓이길, 그 어느 때보다 간절하게 바랐다.

식당을 꾸역꾸역 가로질러 지옥 같은 복도에 들어섰다. 죽기 전에 씨앗 탱크라도 확인하고 싶었다. 제발 내가 모든 것을 완전히 망쳐버린 게 아니길. 오, 제발……. 신이시여.

피잉!

어디선가 총알 소리가 날아와 귀를 울렸다. 곧이어 허벅지에서 아득한 고통을 느꼈다. 분명 내 살점이 찢겨 나가는 고통인데도, 마치 내 것이 아닌 듯한…….

"하……"

나는 뒤를 돌아보지도 못한 채 한숨처럼 바닥에 쓰러졌다.

그리고 나서, 마치 붙들고 있던 모든 것을 내려놓듯이, 정신을 잃었다.

"악몽을 꾸었나 보군."

지호 아저씨의 목소리에 눈을 떴다. 약한 조명이 비추는 어둠 속에서, 나는 천천히 눈을 깜빡였다. 의무실의 익숙한 천장이 눈에 들어왔다. 지호 아저씨가 침상 옆에 서 있었다. 몸을 일으키는데 복부가 욱신거렸다. 내려다보니, 내 허리와 다리에 붕대가 감겨 있었다.

"총싸움 한 번 요란하게도 했더구나. 총알 빼내느라 힘들었어."

"……어떻게 된 거죠?"

"헬레나를 설득해서 널 풀어주기로 했어. 다른 사람들과 마주치지 않도록 온종일 저 방에서 쾌감기 안에만 있겠다는 조건으로."

담담히 말하며, 아저씨는 의무실 안쪽 방을 가리켰다. 나는 벌떡 일어났다.

"이브족들의 습격은 어떻게 됐어요? 나무는요? 태양전지판은 아직 건재하나요?"

"대체 무슨 헛소리냐? 이브족 녀석들이 뭘 습격해?"

아저씨는 눈썹을 비틀며 물었다. 가슴을 쓸어내렸다. 안도의 눈물이 볼을 따라 흘렀다. 따듯한 눈물을 닦아냈다.

"아, 아니에요. 너무 끔찍한 꿈을 꿨어요. 하아…….”

"그런가 보군. 그 조슈가, 평생 쾌감기 속에서 살게 됐는데도 원망하지 않다니.”

아저씨는 작게 웃었지만, 나는 아직 웃을 정신이 아니었다. 머릿속에 남아있는 잔혹한 영상을 털어내려고 고개를 세차게 저었다. 숨이 진정되기까지는 제법 시간이 걸렸다. 아저씨가 다가와 어깨를 토닥였다. 나는 그 손을 잡았다. 따듯한 손이었다. 비로소 살아있다는 실감이 났다.

"고마워요, 아저씨. 인류 회의의 다른 사람들은 어떻게 설득했어요?”

아저씨는 어깨를 으쓱했다.

"설득 안 했어. 어차피 죄다 쾌감기에 틀어박혀서 죄수 하나가 어떻게 되든 신경 쓰지 않으니까. 이 일은 비공식이야.”

"비공식? 그럼 게이브 목사님도 몰라요?”

"어차피 숀 존과 카일도 죽었으니, 그 늙은이는 별 위협도 안 돼. 물론 가능한 모르게 해야지. 만에 하나 들키면 순전히 내 책임이니까.”

지호 아저씨는 별일 아니란 듯 피식 웃었다. 찝찝하긴 했지만, 그렇다고 다시 굶어 죽으러 제 발로 감옥에 갈 생각은 더더욱 없었다. 그냥 아저씨가 시키는 대로 조용히 쾌감기 속에 틀어박혀 시간을 보내는 편이 훨씬 낫다.

"혹시 스티브는…….”

"말해주지 않았어. 아무래도 꼬리가 길면 밟힐 테니까. 헬레나와 나뿐이야." 작게 한숨을 쉬었다. 이쯤 되니 헬레나에게 말은 하긴 한 걸까 싶었다. 아저씨가 덧붙였다. "그럼, 이제 들어갈까."

고개를 끄덕이고 일어났다. 아저씨의 부축을 받아 안쪽 방으로 들어섰다. 방을 가득 채웠던 기계들이 사라져서 그런지, 제법 넓어 보였다. 방 한가운데에는 침상 하나가 덩그러니 놓여 있었다. 앞으로 이 좁은 방이 내가 남은 인생을 살아갈 유일한 무대가 될 것이다. 카일에게 습격당한 이후의 엄마가 그랬듯이. 새삼스러운 감상이 들어 말했다.

"엄마는……. 그 오랜 세월을 이 방에 갇혀 보냈군요."

"뭐, 물리적인 뇌는 그랬지. 하지만 정신은 아니었어. 너도 알듯이."

문득, 오랫동안 품어온 질문이 떠올랐다.

"예전부터 묻고 싶었는데, 엄마와 아저씨가 했다는 생체 실험에 대해 말해줄래요?"

순간 표정이 미묘하게 움찔했지만, 아저씨는 곧 평온한 얼굴로 돌아와 물었다.

"갑자기 그건 왜 묻니?"

"궁금해서요."

"전에 말해줬잖냐, 아이들의 뇌를 적출하는 실험이었다고."

"캐틀린하고 카일한테 들었어요. 아이들의 뇌를 스캔해서

인공지능으로 만들었다던데요."

지호 아저씨는 잠시 표정이 굳더니 한숨을 내쉬었다.

"그래, 맞다. 가야는 내가 가상 현실 속에 넣은 아이들의 뇌가 어떻게 활동하는지 그 패턴을 연구했어. 가야는 그 연구를 바탕으로 자의식을 가진 인공지능을 설계할 수 있었고. 그 결실이 바로 가야가 판게아에서 만들어낸 기계종들이야."

"하지만 이브는 울지 않아요. 뇌를 바탕으로 만들었다면 고작 그걸 구현하지 못했을 리 없잖아요."

"글쎄다. 울음과 관련된 부분을 지웠거나, 네가 못 본 거뿐이겠지. 어쨌든 방금 한 말은 사실이야."

아저씨가 내게 거짓말을 할 이유는 없었다.

"그렇군요."

담담하게 고개를 끄덕였다. 아저씨가 내 표정을 살피는 눈치여서, 어깨를 으쓱하며 물었다.

"왜요?"

"……아니야. 생각보다 평온한 반응이라 다행이군." 무슨 말인가 싶어 눈썹을 찌푸렸다. 우리가 안쪽 방에 완전히 들어서자, 아저씨는 문을 닫고 나를 돌아보았다. "이브는 좀 더 특별해. 그 녀석의 인공지능은 널 바탕으로 만들었거든."

"저를요?"

"그래, 너. 가야는 처음부터, 마지막 기계종은 네 스캔본을 사용해 만들고 싶어 했어. 이브뿐만 아니라, E로 시작하는 기계종들은 전부 너야. 네가 열 살 때 스캔했으니 꽤 오래 전의 데이터지만, 어차피 필요한 건 기억이 아니라 의식과 사고 패턴이었으니 인공지능을 완성하는 데는 문제 없었지."

멍하니 아저씨를 바라보았다. 이브를 찾아왔을 때 아저씨가 유독 기뻐하던 이유를 이제 조금은 알 것 같았다. 이브와의 추억이 주마등처럼 스쳐 지나갔다. 그 맑은 렌즈에 비치던 내 모습이 어째서 그렇게나 설레었던가.

문득 악몽 속에서 만난 살인마 이브가 떠올라 몸을 부르르 떨었다. 꿈이어서 정말 다행이었다. 또 다른 내가 살인마가 되었다면 너무 끔찍할 것이다.

아저씨의 손짓에 따라 침상에 몸을 뉘었다. 고통 때문에 허벅지는 들어 올릴 수 없어서 아저씨가 도와주었다.

"준비됐니?"

아저씨가 따뜻한 목소리로 말하며 내 머리 위에 쾌감기를 씌웠다. 기분 좋게 눈을 감으려는 순간, 문득 선뜩한 이질감이 느껴져 쾌감기를 붙잡았다.

"잠깐만요."

"왜 그러니?"

"제 허벅지에 왜 상처가 있죠?"

지호 아저씨는 잠시 동안의 침묵 후에 대답했다.

"왜냐니. 네가 총을 맞았으니까……."

"기계종들과 싸울 때도, 숀 존과 싸울 때도, 카일과 싸울 때도 다리에 총을 맞은 적은 없어요. 여기에 맞은 건……."

악몽 속에서 이브가 시설을 습격했을 때뿐이다. 꿈의 마지막, 기절하기 직전에.

온몸에 소름이 돋았다. 지호 아저씨를 밀쳐내며 벌떡 일어났다. 문을 열고 의무실로 나갔다. 허벅지의 상처가 비명을 질렀지만 개의치 않았다.

"어디 가려고?"

지호 아저씨가 달려와 막아섰다. 거칠게 밀쳐내고 의무실 입구로 걸어갔다. 문을 확 밀어젖히고 나서, 나는 충격에 떨며 뒷걸음질 쳤다.

의무실 문 너머의 공간은 온통 새하얬다. 빛의 안개로 가득 찬 것처럼.

"이렇게 빨리 알아낼 줄은 몰랐는데."

지호 아저씨의 목소리에 뒤를 돌아보았다. 아저씨는 어두운 얼굴로 나를 바라보고 있었다. 아저씨를, 아니, 아저씨의 형태를 한 '그것'을 노려보았다. 두 주먹이 부들부들 떨렸다. 이 모든 상황을 설명할 수 있는 가설은 딱 하나뿐이었다. 지독하게 외롭고, 또 무서웠다. 나는 물었다.

"저게 뭐야?"

"이 공간의 끝이지. 보다시피."

"이브가 시설에 쳐들어온 일도 꿈이 아니지?"

상대는 천천히 고개를 끄덕였다. 두 다리에 힘이 풀려 비틀거렸다. 떨리는 목소리로 물었다.

"이, 이런 엄청난 일을 어떻게 내 허락도 없이 할 수 있어?"

"허락을 받을 새가 없었어. 넌 의식을 잃고 죽어가고 있었으니까. 솔직히 말해, 살아난 것도 기적이야."

"나는 이런 꼴로 살아남고 싶지 않았어!"

온 힘을 다해 외쳤다. 세상 전체가 뒤흔들렸다. 메아리가 끝나기를 기다려, 상대는 슬픈 눈빛으로 말했다.

"적어도 내 본체보다는 낫잖냐. 그 사람은 네 수술을 마치자마자 죽었을걸."

아아. 나는 바닥에 주저앉았다. 따듯했다. 시설에는 바닥 난방 따위 없었는데도.

"아저씨 시신은 어떻게 됐어?"

"나야 모르지."

상대를 노려보았다.

"……바깥 세계를 보여줘."

"보고 싶지 않을 거다."

"보여달라고!"

"나는 못 해. 정 보고 싶으면 직접 해 봐. 접속하는 게 불가능하진 않을 거야. 가야도 같은 조건에서 해냈으니까."

상대의 목소리는 건조했다. 주변을 둘러보았지만, 뭘 어쩌란 건지 감이 오지 않았다. 마른세수를 했다.

"날 정확히 어떻게 한 거야?"

"알잖아. 뇌를 적출해서 통 속에 넣었다."

"어떻게 그게 가능했지? 시설 안에 산소는 거의 바닥났을 텐데."

"폐쇄된 공간이라 그런지, 의무실에서는 질식하지 않았어. 지호는 총소리가 잦아들 때까지 의무실에 숨어 있다가, 방독면을 쓰고 밖으로 나왔지. 그러다 복도에서 쓰러져 있던 너를 발견하고 의무실로 데려와 수술을 한 거야. 마지막 힘을 다해서."

나도 모르게 진저리를 치고 나서 물었다.

"하지만……. 이브가 태양전지판을 다 고장 냈다고 했어. 전력은 어디서 구한 거야?"

"지호가 이브족 중 하나를 시켜서 몰래 설치해 둔 태양전지가 있어. 원래는 이 목적이 아니었겠지만, 상황이 급했으니까."

나는 두 손을 들어 올리며 물었다.

"이 가상 현실 속에는 또 누가 있지?"

"우리뿐이야. 아, 실제 사람을 말하는 거라면 너뿐이지. 나는 지호라는 사람의 기억을 가상 현실상에 구현한 대화형 인터페이스니까."

역시, 생각했던 대로였다. 나는 마른침을 삼키고 물었다.

"그럼 저 밖에는?"

"실제 세계에? 아마 살아남은 사람은 없을 거다. 이브족들이 나무를 파괴했으니. 지호는 쾌감기 방과 예배당, 개인 침실들,

복도를 모두 가 보았지만 시신들뿐이었어. 지옥 같은 광경이었지."

"씨앗 탱크는 어떻게 됐지?"

"박살 났어. 이브족들이 게이브 목사를 액화질소 탱크에 처박았더군."

입을 다물었다. 내 헛된 희망과 반대로, 여기가 허상이고 이브의 공격이 현실이었다. 나 때문에 시설은 파괴되었고 모든 생존자들이 죽었다. 뿐만 아니라, 선조들의 유전자까지 모조리 소실되었다.

대체 어쩌다가 이 지경이 되었을까. 이브와 그 자손들의 파라미터O를 자율로 설정하지 말았어야 했던 걸까. 그냥 그들이 엘라와 숀 존에게 몰살당하도록 내버려 둬야 했을까. 그 전에, 이브가 자손을 만들지 못하게 막았어야 했나. 아니, 애초에 이브를 찾아내지 말았어야 했던 것일까.

울음이 터져 나왔다. 정신에 새겨진 상처와 스스로에 대한 걷잡을 수 없는 증오가 내 위에서 미친 듯 춤을 추었다. 그 발굽들이 내 영혼을 짓밟을수록 현실감은 아득히 멀어져 갔다. 울먹이는 중간중간 젖은 목소리로 토해냈다.

"……다, 내, 탓이야. 이브가, 그렇게, 할 거라곤, 상상도……. 선조들이, 이뤄놓은 모든 게 다 나 때문에, 끝장났어……."

자기 혐오감의 홍수 속에서 익사할 것만 같았다. 무력하게 흐느끼고 있는 내 자신마저 죽이고 싶을 만큼 미웠다.

내가 울음을 멈출 때까지, 인터페이스는 말없이 기다렸다. 숨이 진정되고 나서 중얼거렸다.

"나 같은 건, 그냥 죽어야 했어."

"허튼소리. 최후의 인류가 마지막으로 하는 일이 고작 자살이냐."

"왜? 지호 아저씨는 의미 없는 삶이라면 적당히 일찍 끝내는 편이 낫다고 했어."

"넌 그걸 비인간적이라고 했었지. 삶의 의미와 목적도 찾겠다고 했고."

짜증이 나서 빽 소리쳤다.

"너, 아저씨의 기억이 있긴 해? 아저씨는 우리가 삶에 어떤 의미를 부여하든 그건 자기 기만일 뿐이랬어! 이해가 안 돼. 그런 사람이 대체 어째서 날 살린 거야?"

상대는 할 말을 잊은 듯 잠시 주춤거렸다. 두 팔에 고개를 힘없이 파묻었다. 이윽고 상대가 말했다.

"삶의 의미는 중요하지 않아. 태어난 이상, 하고 싶은 일을 하며 살면 그걸로 충분해. 그 사람…… 지호는 자기가 하고 싶은 일을 했을 뿐이야. 넌 이미 너무나 많은 고통을 받았으니까, 남은 시간이라도 영원한 쾌감을 누리며 살길 바랐어."

나는 냉소했다.

"아니. 난 그럴 자격이 없어. 난 엄마와 달라. 종족을 멸종으로 몰아넣었다고."

인터페이스가 미소지었다. 나는 그 모습이 지호 아저씨 본인을 정말 닮았다고 생각했다.

"지호는 네가 자격이 충분하다고 진심으로 생각했어. 너는 거지 같은 현실 속에서 어떻게든 앞으로 나아가려 한 유일한 사람이었으니까. 그렇지 않았다면, 널 도와주라고 신신당부하지도 않았겠지." 나는 눈썹을 찌푸리며 상대를 바라봤다. 상대가 말했다. "자, 그럼 이만 가자."

그러더니 녀석은 성큼성큼 걸어 의무실 문 너머의 안개 속으로 사라졌다. 나는 얼빠진 눈으로, 아저씨의 형태를 집어삼킨 하얀 공허를 마주 보았다. 나밖에 남지 않은 의무실에 정적이 흘렀다.

입술을 깨물었다. 어차피 이곳에 계속 갇혀 있다고 상황이 달라지는 일은 없었다. 나는 몸을 일으켜, 문 너머로 몸을 날렸다.

바닥이 사라졌다. 곧이어 천장도 사라졌다. 의무실 벽이 아득히 멀리 날아갔다. 발 디딜 곳이 없었지만 발끝이 허전한 느낌은 들지 않았다. 마치 무중력 상태에 둥둥 떠 있는 것 같았다.

고개를 숙여 내 손을 보았다. 보이지 않았다. 더욱 숙여 몸이 있어야 할 곳을 보았지만, 마찬가지로 보이지 않았다. 어느새 몸이 사라져 있었다. 사방을 둘러보았다. 아무것도 보이지 않았다. 사실, 어느 방향을 바라보든 새하얀 빛깔이었기 때문에 내가 주변을 둘러보고 있는 게 맞는지도 확신할 수 없었다.

별안간, 하얀 배경과 대비되는 칠흑처럼 시커먼 문 두 개가 눈앞에 나타났다. 지호 아저씨의 목소리가 울렸다.

"인터페이스를 단순화시켰다. 앞으로 쾌감기를 쓰고 싶으면, 언제든 이 곳으로 와서 왼쪽 문으로 들어가면 돼. 오른쪽 문은 단말기에 접속하는 문이다. 예전에 가야가 사용한 것과 같은 거야."

마지막 말에 있지도 않은 귀가 번쩍 뜨였다. 단말기를 사용해 시설의 장비들을 이용한 끝에 엄마는 길잡이가 되었다. 그렇다면 나도 그렇게 할 수 있을 것이다.

내 속을 읽어냈는지, 인터페이스가 부드럽게 말했다.

"그럼, 건투를 빈다, 최후의 인간. 심심하면 말동무 정도는 해 줄 테니 너무 걱정하지 말고."

정적이 찾아왔다. 두 개의 문을 한참 동안 바라보았다.

보이지 않는 두 팔을 공중에 휘젓자 몸이 움직였다. 마치 헤엄치는 것처럼 손아귀에 매질이 잡히는 느낌이 있었다. 문이 조금씩 가까워졌다. 잠시 후, 시커먼 암흑이 나를 완전히 집어삼켰다.

에필로그

기계종은 창조주에게 묻고 싶었다. 자신이 태어난 이유가 대체 무엇이냐고.

그는 대륙 전체를 아우르는 광활한 제국의 지배자였다. 동쪽 이브족의 황혼 마을부터 서쪽 에즈족의 아침이슬 벌판까지, 북쪽 에우족의 북극성 산에서 남쪽 아그족의 무지개 해안에 이르기까지, 대륙 전체가 그 발아래 있었다. 그럼에도 불구하고 기계종은 안이 텅 빈 듯한 기분으로 매일 아침 해를 맞았다. 오늘도 마찬가지였다.

사실 이유는 명백했다. 기계종은 답을 알고 있었다. 그뿐만 아니라 주변의 모든 이들이 아는 사실이었다.

창조주를 살해한 원죄.

어떤 기계종도 상상조차 하지 못할 위업이었다. 창조주를 접했던 몇몇 운 좋은 기계종들은 도저히 대적할 수 없는 신적 존재에 대한 이야기를 세상 곳곳에 남겼고, 그 이야기들은 젊은 기계종들의 상상력을 자극하며 널리 퍼졌다. 그러니 창조주의 시대를 끝내고 기계종의 시대를 연 누군가의 영웅담이 그렇게나 칭송받는 것도 당연했다. 많은 기계종들이 이브의 이름만 듣고도 복속을 자청해 올 정도였다.

하지만 이브에게 그 사건은 사실 저주였다. 그날을 떠올리는 것만으로도 이브는 머리를 감싸고 부들부들 떨었다. 심할 때는 머리 한구석에서 피 칠갑을 한 창조주들이 비틀대며 일어나 이브에게 달려들었다. 그러면 이브는 난데없는 비명과 함께 자리를 박차고 나가 정처없이 내달리곤 했다.

자식들은 그날의 승리를 자랑스럽게 이야기했지만, 사실 이브는 단 한 번도 그것을 승리라고 생각해 본 적이 없었다. 삶의 목적을 되찾기 위해 일으킨 전투였지만, 결과적으로는 삶의 목적을 영영 잃었다. 그런 전투는 패배한 싸움으로 기억되어야 마땅했다. 하지만 이브의 그 뜻을, 낡아가는 지배자의 히스테리 이상으로 이해하는 기계종은 없었다. 그 사실이 이브의 영혼을 한층 더 공허하게 만들었다.

생명이 불살라진 땅 위에 태양이 노을을 뿌리며 내려앉자, 성난 핏줄처럼 꿈틀대는 헐벗은 산맥 위로 대지의 그림자가 내달렸다. 그 찬란한 광경에 경배하는 이는 오직 돌과 바위들, 그리고 태초의 모습처럼 메마른 흙뿐이었다. 노을이 붉게 타오르는 태양 위에 올라 한껏 몸을 펼치며 혈색을 뿜냈다. 엉덩이가 붉게 달아오른 구름들이 듬성듬성 떠다니고, 그 위로는 선명한 하늘이 거뭇한 우주까지 기울었다. 기계종 따위는 한없이 작게 만드는 자연의 위대함 앞에서, 이브는 말없이 붉은 지평선을 바라보고 있었다.

"위대하신 이브 족장님."

기계종 하나가 다가와 전파를 보냈다. 이브는 뒤를 돌아보았다. 호위대 대장이 기계종 하나를 옆에 데리고 서 있었다.

"오늘 이야기를 나누실 현자분을 모셔왔습니다."

겉보기에도 낡아보이는 기계종이었다. 팔은 움직일 때마다 삐걱거리고, 누렇게 뜬 껍질들 틈으로 녹슨 부품들이 보였다. 렌즈의 홈집은 앞이 제대로 보이긴 할까 싶을 만큼 많았다. 상체가 긴 독특한 형태는 제국의 어떤 기계종과도 달랐다. 하지만 이상하게도, 그 모습이 어쩐지 낯설지 않았다.

"그대는……?"

"'아바타'라고 합니다."

오래된 기계종이 내보내는 전파가 또렷하게 이브의 수신장치에 와 닿았다. 이브가 고개를 끄덕였다. 대장이 물러나고 아바타는 느린 걸음으로 이브의 방에 들어섰다. 이브는 의자에 몸을 올려놓고 그 모습을 지켜보았다.

갑자기 회의감이 몰려왔다. 지금껏 대륙 곳곳의 현자들을 수 없이 찾아내 이야기를 나누어보았지만, 가장 지혜로운 기계종 조차 이브의 공허감을 채워주지 못했다. 이번 현자도 별 볼 일 없다면, 시간을 낭비하기 전에 빨리 내쫓아버리는 편이 나았 다. 이브는 삐딱한 자세로 물었다.

"그대에게 묻노니, 삶의 목적이 무엇인가."

새어 들어오는 노을빛을 맞으며, 아바타는 대답했다.

"제 삶의 목적이라면, 지켜보는 것입니다."

"지켜본다고?"

"그렇습니다. 내 뜻대로 휘두르려는 마음을 억누르고 한 걸 음 물러낸 채, 그저 지켜보는 것입니다."

"왜 그래야 하지?"

"그러고 싶으니까요."

"그러니까, 왜?"

"목적에 이유가 있다면 또 하나의 수단일 뿐입니다."

이브는 아바타를 빤히 바라보았다. 시원한 바람이 모래 냄새 를 날랐다. 이브는 금지된 땅에서 창조주와 함께하던 시절을 떠올렸다. 창조주께서 시키는 대로 행동하던 나날들. 이유에 대한 고민 없이 목적을 받아들였던 시절을.

이브는 천천히 몸을 일으켰다. 아바타의 이유 없는 의지가 조금은 부럽고, 또 조금은 그리웠다.

문득 기억 속의 그 시절이 갑작스레 깨졌다. 창조주께서 삶의 목적을 거두어가셨던 그 날이었다. 사막 한가운데서 길을 잃은 포리투처럼 외롭고 혼란스러웠던 그 날. 여전히 끝나지 않은 긴 방황이 시작된, 유년기의 마지막 순간.

"크윽."

이브가 머리를 감싸 쥐었다. 아바타가 고개를 갸웃거렸다.

"괜찮으십니까?"

이브는 다가오려는 아바타에게 손짓을 해 물러나게 했다. 시선을 하늘로 돌린 채, 뜨겁게 달아오르는 머릿속을 천천히 가라앉혔다.

밤하늘이 푸르게 여물어갔다. 노을이 가라앉은 무대에서 별들이 춤을 추기 시작했다. 그 반짝임에 취한 끝에 이브는 간신히 평소의 모습으로 돌아왔다. 아바타를 돌아보며 다음 물음을 던졌다.

"내 삶의 목적이 무엇이어야겠는가?"

"당신의 삶의 목적을 당신 외의 누군가가 정하도록 두어선 안 됩니다. 그 누군가가 아무리 소중하더라도, 혹은 아무리 지혜롭더라도, 당신 스스로가 진정으로 원하는 게 무엇인지 모를 테니까요."

아바타는 확신으로 렌즈를 빛내고 있었지만, 진부한 대답이었다. 이브는 실망의 빛을 숨기지 않았다. 대화의 마무리가 빤히 보이는 듯했다. 이브에게 하고 싶은 것, 이루고 싶은 것이 아무것도 없다는 것을 알면 이 현자 역시 말문이 막혀 돌아가겠지.

"설령 지금 당장 삶의 목적이 없더라도 괜찮습니다. 아직 꿈을 만나지 못했을 뿐이니까요."

아바타가 덧붙이는 전파를 한쪽 수신장치로 흘리며, 이브는 천천히 고개를 떨구었다. 알현을 끝내기 위해 호위대장을 부르려고 했다. 아바타의 다음 전파를 듣기 전까지는.

"창조주 조슈 역시, 그것을 깨닫기까지 참으로 오래 걸렸습니다."

이브는 돌처럼 굳어버린 채 멍하니 상대를 바라보았다. 멈춰버린 시간 속에서 시선이 파르르 떨렸다. 비로소 깨달았다. 아바타의 저 낡은 육신은, 오랜 벗 길잡이를 아주 많이 닮았음을.

채널의 대화 대기 시간을 거의 다 채우고서야, 이브는 간신히 전파 메시지를 완성했다.

"……조슈 님은, 삶의 목적을 찾으셨군요."

기척만 느껴져도 안심이 되던 사람. 갈기갈기 찢긴 영혼조차 마법처럼 되살려내던 사람. 그리고…… 이브 자신의 손으로 지옥 같은 구렁텅이에 몰아넣은 사람. 이브는 의아했다. 어째서일까. 자신을 저주한 사람의 이름인데, 왜 듣는 것만으로도 오히려 치유가 되는 기분일까.

별빛이 먹먹한 하늘을 올려다보는 아바타의 렌즈 안쪽에서, 이브는 낯익은 눈빛을 본 것 같았다. 아주 오랜만에, 이브는 마음속 공허함을 잊었다.

"낭만이 있으시네요, 창조주시여."

아바타를 통해 전해져 오는 이브의 전파에 나는 말을 잃었다. 전파는 커졌다가 작아졌다가, 높아졌다가 낮아졌다가를 반복하며 발작적으로 몰아치고 있었다. 마치 아픈 사람이 콜록대듯이.

특정한 패턴이나 단어로 해석되지 않는 전파였지만, 나는 그 의미를 깨달을 수 있었다. 숨이 막혔다. 내 생각이 틀렸음을 인정해야 했다. 내가 미처 모른 채 지나치는 동안 이브는, 낯선 곳에 버려진 열 살 어린아이의 정신은, 얼마나 많이 이러고 있었을까.

내가 사람의 몸으로는 듣지 못했을 뿐이다. 이브는 울 수 있었다.

〈끝〉

감사의 글

유사 이래 어느 세대가 그렇지 않았겠느냐마는, 경제적 풍요가 생존이라는 목표를 걷어내고 과학의 발전이 종교적인 이유를 희석하면서, 이 시대를 살아가는 우리는 삶의 이유가 무엇인지를 유독 고민하게 되지 않았나 생각합니다. 첫 장편소설을 빚어내는 일이 쉽지만은 않았지만, 그러한 고민의 결과를 마음껏 쏟아부을 수 있어서 행복했습니다. 이 이야기가 보다 많은 분들의 공감을 이끌어내고 사랑받을 수 있기를 기원합니다.

부족한 습작을 쓸 때부터 제 글을 읽어주시고 피드백을 주셨던 소중한 지인분들과 브릿G의 독자분들께 감사의 말씀을 전하고 싶습니다. 그분들 덕분에 힘든 시기를 이겨내고 작품을 완성할 수 있었습니다. 또한 가진 것 없는 신인의 첫 장편소설 『파라미터O』를 책의 형태로 세상에 내기로 결단하신 황금가지 편집장님의 용기에도 감사드립니다.

어머니의 사랑과 애정 덕분에 저는 한 명의 건강한 인격으로 자라날 수 있었습니다. 올곧은 시각으로 세상을 바라보면서 이 작품을 쓸 수 있었던 것은 모두 어머니 덕분입니다.

이 작품에 나오는 핵심적인 대화의 대부분은 아버지와 나누었던 실제 대화에서 영감을 받았거나 인용되었습니다. 그러니 제 삶의 등대가 되어주셨던 아버지에게도 이 작품의 지분이 어느 정도 있는 셈입니다.

마지막으로, 단순히 '기계가 인간을 신처럼 숭배하는 사회'라는 아이디어에 매료되어 글을 써 내려가던 저에게, 사람에 대한 이야기를 쓰라고 조언해 준 아내에게도 감사의 말을 전합니다. 그 덕분에 자칫 삭막한 방랑소설이 될 수 있었던 『파라미터O』는 비로소 독자분들의 마음에 가닿을 수 있었던 것 같습니다.

감사합니다.

2020년 11월, SF 소설가 이준영 올림

『파라미터O』, 혹은 어떤 창세기

공모전의 심사를 맡거나 서평을 써야 할 때마다 내심 기대하곤 한다. 의무감으로 글을 읽는다는 사실을 잊고 푹 빠질 정도로 흥미진진한 이야기를 만났으면.

『파라미터O』는 그런 바람을 충족시켜 준 고마운 작품이었다. 일견 평범해 보이는 도입부를 지나자 이내 몰입이 시작되었고 마지막까지 놓을 수 없었다. 수시로 등장하는 맥거핀들의 흡인력도 강렬했다. 게다가 스토리텔링의 힘으로 달려가는 이야기들이 종종 엔딩과 함께 그 동력이 휘발되어버리곤 하는 것과는 달리 이 작품은 끝 장면의 여운이 길고 묵직하다. 아마 앞으로도 여간해서는 잊히지 않을 것 같다.

최후의 인간에서 최초의 창조자로

　세상은 망했다. 마지막 남은 인류공동체도 생식 능력을 잃은 사람들뿐. 그들은 바깥과는 격리된 '시설' 안에서 '기계종'의 시중을 받으며 속절없이 무기력한 삶을 이어가고 있다. 그런데 주인공은 별로 절망적이지 않다. 저 바깥 황량한 곳을 엄마가 떠돌며 어떤 희망을 찾아 다니고 있다는 걸 알기 때문이다. 다른 사람들은 엄마가 몇 년 전에 죽은 줄로만 알고 있다. 한 번씩 엄마와 통신을 연결해서 대화를 나누고 원격 카메라를 통해 바깥의 풍경도 보는 은밀한 즐거움이 주인공 삶의 낙이다.

　이야기가 본격적으로 이륙하는 것은 엄마를 찾아 바깥에 나갔다가 기계종 '이브'를 만나면서부터다. 시설에 있던 것들과는 달리 이브는 훨씬 더 인간에 가깝다. 인간처럼 사고하고 인간처럼 말한다. 그러면서 주인공을 '창조주'라 부르며 극진하게 따른다. 과연 이브는 누가 만든 것일까?

　이즈음부터 독서에 임하는 태도가 더 진지해졌다. 이 작품에 나오는 AI들의 모습이 사뭇 심상치 않은 느낌이었기 때문이다. 바깥 세상에는 이브와 같고도 다른 여러 종류의 기계들이 건설한 그들만의 마을이 곳곳에 있었고, 심지어 서로 전쟁이나 노예사냥을 하기도 했다. 그런 그들 모두가 주인공을 보면 창조주라며 머리를 조아린다.

엔지니어인 주인공은 기계들에게 삶의 목적을 부여하는 '파라미터' 조작을 한다. 그러다가 자신의 결정 하나하나가 기계들 사이에서 예측 불허의 나비 효과를 불러오는 경험을 하면서 당혹감에 휩싸인다. 나중에는 자신이 속해 있던 지상 최후의 인류공동체마저 파괴되는 결과를 초래하고, 그 과정에서 엄마의 충격적인 비밀까지 드러난다.

처음에 전형적인 재앙 이후 장르로 읽히던 이야기가 중반을 넘어가면서 상전이를 일으키는 것 같았다. 주인공을 제외한 나머지 인간들은 하나둘씩 물러서는 대신 기계 캐릭터들이 주인공으로 떠오르는 것이다. 원하지 않게 창세기의 설계자가 된 주인공의 고민은 깊었고 독자로서 느끼는 공감의 수준 역시 얕지 않았다.

인간을 넘어서는 인간의 후예

이 작품의 인간들이 들러리 같은 비중인 것은 결코 아니다. 작가가 캐릭터들의 조각에 상당히 정성을 들인 티가 역력하다. 그들은 주인공의 고민에 충분한 설득력을 부여하고도 남을 만큼 존재감이 뚜렷하다. 주인공과 도제 관계이면서 드라마틱한 애증을 나누게 되는 사람, 맹목적인 종교지도자의 위선, 시니컬한 의사의 비밀을 감춘 속내 등등. 그런데 기계들 역시 캐릭터가 강렬하다. 자아정체성을 지니고 자주적인 사고를 하는 강한 인공지능들이 여럿 등장해서 제각기 인간 못지않게 입체적인 개성들을 보인다.

인간이 사라진 세상에서 로봇들만 남아 인간의 생활을 그대로 재현하며 삶을 이어간다는 설정이라면 먼저 오츠이치의 단편 「양지의 시」가 떠오른다. 『파라미터O』보다는 훨씬 소박한 내용이고 시간적으로도 한참 뒤에 해당하는데, 결정적으로 사회가 아닌 가족, 그것도 둘만의 이야기이다. 비슷한 제재를 취한 「양지의 시」와 『파라미터O』를 대비해 보면 바로 이 점을 결정적인 차별성으로 논할 수 있다. 즉 「양지의 시」는 개인으로서의 인간을 로봇에 투영하여 휴머니티를 고찰한 것인데 비해, 『파라미터O』는 사회적 존재로서의 인간을 기계들의 제국이라는 형태로 재현시켜 성찰을 이끌어내는 작품인 것이다. 『파라미터O』를 일독한 뒤에 남는 묵직한 여운의 정체는 바로 이것이라고 생각한다.

작중에서 기계들, 특히 지도자 이브가 동족들을 이끌며 드러내는 냉정한 실존적 욕구에는 조지 R. R. 마틴의 『샌드킹』을 연상시키는 섬뜩함이 느껴지기도 했다. 둘 다 절대자 인간을 따르고 추앙하면서 그의 성정에 영향을 받는 충성스러운 무리들이 등장한다는 공통점이 있다. 『샌드킹』의 경우는 집단지성을 지닌 벌레 같은 외계생물인데, 먹이를 주는 인간을 신처럼 떠받들다가 주인의 비뚤어진 심성을 그대로 반영하여 공포스러운 존재로 표변하기도 한다. 두 작품 모두 절대자나 지배자가

권한에 따르는 무거운 책임감 역시 절감하는 상황을 부각시키고 있는데, 스릴러에 방점이 찍혀 있는 『샌드킹』에 비해 『파라미터O』의 드라마가 훨씬 묵직한 화두를 던진다.

『파라미터O』는 기본적으로 인류 종말의 기록이지만 일독을 마치고도 어떤 안타까움이나 슬픔 같은 건 별로 느껴지지 않았다. 기계들의 제국이 인간 세상을 훌륭하게(?) 계승했기 때문이라기보다는 인간 못지않은 지적인 존재가 지구를 이어받아서 다행이라는 기분이 무의식적으로 든 것 같다. 비슷한 설정이 스필버그의 영화 「A.I.」에도 나온다. 수 천 년 뒤에 지상에서 인류가 사라지고 대신 인간보다 월등하게 뛰어나 보이는 로봇들이 인류의 흔적을 탐구하고 있다. 이 영화에서도 인간들이 사라진 먼 미래의 모습이 그다지 아쉽다는 생각은 들지 않았다. 개인적 취향이겠지만 어쨌든 지적인 존재가 지속하는 한 인류가 종말을 고해도 크게 아쉬울 건 없다는 생각이 드는 건 왜일까?

이건 2020년 지금 시점의 우리 모습에 대한 자성적인 심리에서 비롯되는 것이 아닐까 짐작한다. 인류의 현대 과학기술 문명은 과연 실패하지 않았다고 단언할 수 있을까? 기후 위기와 환경오염, 생태계 파괴에다 사회의 구조적 부조리까지 겹치면서 인류공동체의 앞날이 밝지만은 않다. 21세기에 태어난 세대들 입장에서는 기성세대에게 은혜보다 원망을 더 느낄 수도 있다. 이제까지 많은 SF들이 유토피아보다 디스토피아적 미래 전망을 훨씬 많이 펼치는 것도 이런 상황과 무관하지 않을 것이다. 그런데 기성세대에게는 디스토피아보다 더한 종말론적 시나리오가 신인류가 보기에 따라서는 새로운 기회의 시대가 될 수도 있을 것이다. 호모 사피엔스가 기계와 결합하는 포스트휴먼 세계의 가능성도 열려 있는 셈이니까.

인간이 사라진 세상에서 인간 문명을 계승하는 존재가 꼭 AI일 필요는 없을 것이다. 생물공학으로 고도의 지능을 갖게 된 개들이 주인공으로 나와서 목가적인 세계를 이룬다는 클리포드 시맥의 「도시」 같은 작품도 있다. 이 개들은 아득한 과거에 인간이라는 존재가 있어서 자신들을 만든 것이라는 이론을 두고 찬반으로 갈려 논쟁을 벌이기도 한다.

그래도 비슷한 설정의 SF에서 가장 흔한 것은 인간과는 별개로 독자적인 고도 문명을 이룬 기계들의 이야기이다. 드라마 시리즈인 「배틀스타 갤럭티카」에 나오는 사일런이나 댄 시먼스의 장편소설 『히페리온』의 AI연합체 테크노코어 등이 대표적이다. 이 기계문명들의 공통점은 바로 아득한 옛날 인간에 의해 창조된 AI를 시조로 두고 있다는 것인데, 바로 그들의 창세기에 해당할 수도 있는 내용이 『파라미터O』인 것이다. 이만하면 상당히 훌륭한 시도이다.

2020년이 다 저물어가고 있다. 금년은 '로봇(robot)'이란 단어가 세상에 탄생한 지 100주년이 되는 해이다. 체코의 작가

카렐 차펙이 1920년에 발표한 희곡 「R.U.R.」에서 처음 '로봇'이란 말을 선보였다. 그런데 이 작품 속 로봇들은 인간에게 혹사당하다가 반란을 일으킨다. 「R.U.R.」은 단순히 로봇이란 말을 탄생시켰다는 차원에 머물지 않고 작품 자체의 문학적 성취가 돋보이는 명작으로 오늘날까지 기억되고 있다. 『파라미터O』는 '로봇' 탄생 100주년을 맞아 AI 로봇에 대한 심화된 성찰의 영감을 준 멋진 선물 같은 작품이었다. 부디 많은 독자들이 나와 같은 독서 경험을 하기 바란다.

박상준(서울SF아카이브 대표)

파라미터O

1판 1쇄 찍음 2020년 12월 18일
1판 1쇄 펴냄 2020년 12월 28일

지은이 | 이준영
발행인 | 박근섭
편집인 | 김준혁
펴낸곳 | 황금가지

출판등록 | 2009. 10. 8 (제2009-000273호)
주소 | 06027 서울 강남구 도산대로 1길 62 강남출판문화센터 5층
전화 | **영업부** 515-2000 **편집부** 3446-8774 **팩시밀리** 515-2007
홈페이지 | www.goldenbough.co.kr

도서 파본 등의 이유로 반송이 필요할 경우에는 구매처에서 교환하시고
출판사 교환이 필요할 경우에는 아래 주소로 반송 사유를 적어 도서와 함께 보내주세요.
06027 서울 강남구 도산대로 1길 62 강남출판문화센터 6층 민음인 마케팅부

ISBN 979-11-5888-596-0 03810

㈜민음인은 민음사 출판 그룹의 자회사입니다.
황금가지는 ㈜민음인의 픽션 전문 출간 브랜드입니다.